目次

貧乏旗本 恋情剣法

山手樹一郎

コスミック・時代文庫

槍《やり》は錆《さ》びても

一

小普請組《こぶしんぐみ》が三代つづくと、旗本は無能という不名誉な正札を張られて、甲府勤番を命じられる。甲府へ追いやられた旗本は、ほとんど江戸へ帰ってこられない。つまり、甲府は無能旗本の捨てどころなのである。

直江慶三郎《なおえけいざぶろう》はその小普請組の三代目で、いつ甲府へ追いやられるかわからない窮地《きゅうち》に立たされていたが、当人は別にそう気にもしていなかった。自分をそう無能な男だとは思っていないからである。

「若だんな、少しはその筋のいいつてをたよって、頭をさげてまわったらどうなんです。失礼ですが、腕前だって、おつむのほうだって、そこいらにころがっているお旗本衆とは段が違うんですし、いいえ、あたしのひいき目ばかりじゃありません、若だんなのうわさが出る度に、ああ湯島天神前の直江か、あれは遊ばしておくのは惜しい男だって、どなたもいっています。本当なんですよ」

今夜も帰りぎわに、柳橋の船宿舟七の女房のおかじが歯がゆそうな顔をしてしみじみといっていた。

「うむ、まあ考えておこう」

慶三郎はあいかわらずそんな煮えきらない返事をして舟七を出てきたが、正直にいうと役付きになろうなどという夢はもうとっくの昔に捨てていた。それは腕や頭の問題ではなく、当節はすべて賄賂《わいろ》がものをいう御時世で、しかも競争が激しいからその賄賂が年々せりあがっていく。直江家にはそんな金もないし、だいいち金をつかってあまり感心もできない人間に頭を下げて歩くなどということは、慶三郎の性分《しょうぶん》にあわないのだ。

直江家は直参《じきさん》五百石の家格だが、祖父と父と二代派手な放蕩児《ほうとうじ》がつづいて、慶三郎が家督をついだ時には、かなり裕福のほうだった家財から家禄《かろく》までつかい果たし、残っていたのはほんの住んでいる家屋敷と不義理な借金だけだった。

亡父の葬式がすむと、その借金取りが大勢屋敷へ詰めかけてきた。慶三郎はそれらを書院へ集め、葬式の費用の残りの金を全部そこへ出して、

「金はこれだけしかない。これを一同でいいように分けて、後は家の中のものをなんなりと気のすむだけ持っていってくれ。ただし、召し使いの物に手をつけてはならん」

と申し渡した。それよりしようがなかったのである。

すると、借金取りどもも意地になって、まだいくらかは残っていた家財道具から台所道具、畳建具まで、きれいに根こそぎ車に積んで運んでいってしまった。

「おい、まだ庭に植木も石も残っているじゃないか。遠慮はいらないよ」

慶三郎が苦わらいをしながらいうと、

「せっかくですが、石や庭木は運び賃のほうが高くつきますんで」

と、これだけにはさすがに手をつけなかった。

それでも、翌日たずねてきた八丁堀のほうの友人が見かねて、畳建具だけはすぐに買いもどしてくれたが、以来ここ三年ばかり、慶三郎はその空き家同然の屋敷に住んで、乳母と老用人と下男の三人の内職に養われ、どうやら今日までやってきている。

亡父の親友に野村半蔵《はんぞう》という三百石取りの旗本がある。屋敷は裏神保町《じんぼうちょう》だが、今は家督をせがれにゆずり、末娘をつれて妻恋坂《つまこいざか》のほうへ隠居して、もっぱら菊造りをたのしんでいる。

この半蔵老人は小野派一刀流のほうでは浅利又七郎《あさりまたしちろう》についでの名人として知られているが、

「どうだ、慶三郎、おぬし屋敷へ道場を建てて、小野派の指南をやってみぬか」

と勧めてくれたことがある。

慶三郎は浅利について剣術を学び、すでに若手の人材として剣客仲間ではかなり名前も知られていた。だから、半蔵老人としては、道場を建てて多少とも門弟がつけばそれだけ生活のほうも楽になるし、侍の表芸で人気が出てくれば、その功によって自然役付きに抜擢《ばってき》される機会も多くなるという厚意からだったに違いない。

老人の気持ちはよくわかるが、しかし慶三郎は剣術を売り物にする気ははじめからなかった。今日流の剣術ではそう実戦の役には立ちそうもないし、そんな役にも立たない剣法を世渡りの方便にするのはうしろめたい。むしろ、侍が一生刀を抜かずにすめば、そのほうが人間としては幸福な人生なのだと考えるようになっていたので、その時も、

「おじうえ、それはだめです。わしのような若僧にはとても道場を運営していく

器量はありませんし、正直にいいますと、わしは剣は自分で学んでおくだけでたくさんだと考えているほうで、剣客で世に立つ気持ちはないんです」

と、せっかくの厚意ではあったが、はっきりとことわっておいた。

「そうか、その気持ちはわからぬこともないが、おぬしもそろそろ身をかためなければならん年だと思ってな」

「それもまだだめです。主人夫婦が家来の内職で養われているなどというのは、世間のものわらいにされるだけでしょうからね」

半蔵老人は末娘の菊枝を自分にくれる考えがあったようだが、この時かぎりそれはあきらめたようだ。後で菊枝に、

「あれも惜しい男だが、世渡りという点になると一生うだつのあがらないほうだろう。困ったものだ」

といって苦い顔をしていたそうである。

その世渡りの下手な、金にはまったく縁のないような人間に、ぜひ月末までに十両ほどなんとかならないだろうかと相談を持ちかける人間もいるのだから、世の中というものはさまざまである。

それはいま別れてきた舟七の女房おかじで、おかじは屋敷に奉公していたこと

があるから心やすだてにそんな打ちあけ話をしたのだろうが、亭主の七五郎がいかさまばくちに引っかかって、どうにもその金の都合がつかず、からす金を五両ほど借りた。それがたちまち十両にでんぐりがえしを打ってしまい、月末までになんとかしないと商売物の舟を取りあげられてしまうのだという。

こっちは舟七に飲みしろもだいぶたまっているので、おれに金の相談は無理だとわらってしまうわけにもいかず、

「よし、なんとかしてやろう」

と、引きうけてやった。

「若だんな、十両はほんとにほしいんだけれど、あんまり無理はしないでくださいね」

それでも後で気の毒そうにいってはいたが、一度男がよしと返事をしたからには、これはなんとかしてやらなければならない意地がある。

――なあに、いざとなったら腰の国宗《くにむね》を売ればいい。

いつものことで、慶三郎にはそういう当てがないではなかった。この国宗は先祖重代の逸品で、これだけは祖父も父も手放さずに、よく守りとおしてきた。慶三郎の代になっても、しばしばこれを売ってという窮地に立ったことがあるが、

ふしぎとその金はどたん場でいつも間にあい、いまだに無事に腰におさまっているという因縁つきの刀なのである。

といって、この直江家の守り刀も、こんどもまた売らずにすむだろうなどという当てはまったくない。むしろ、こんどこそいよいよ手放すことになるかもしれないという公算のほうが多いくらいのものだ。

——おれは人間が少し正直すぎるからな。

あの時、半蔵老人のいうことを聞いて、屋敷うちへ道場を建て、無論その道場は老人が婿《むこ》引き出として建ててくれるのだが、その上で菊枝を女房にしていさえすれば、十両ぐらいの金は老人のところへ駆けこんでもすぐ都合がついていたろう。

そういう幸運を自分からぴしゃりとことわってしまったのだから、性分というものはしようがないものだと我ながら苦笑しながら、浅草橋のたもとから神田川ぞいに左衛門河岸《さえもんがし》へ出てきた。

中秋名月が昨夜だったから、今夜は十六日の月が昨夜より澄んで、あたりは昼間のようにひっそりと明るかった。時刻はもう四ツ半（十一時）を少しまわっているかもしれぬ。

菊枝は女にしては少し上背がありすぎるが、すごいような美人で、今年たしか二十になったはずだ。婚期がこんなにおくれたのは、老人が手放したがらなかったからで、それをまた老人も娘もさほど気にしてもいない。性分は老人の娘だから相当強情で、この一、二年慶三郎とはいい口げんか相手になっていた。

別に恋愛感情など少しもおこらないのは、子供のころからさばさばとした口をききあってきたからだろう。

「菊枝さんには少し色気がなさすぎるんじゃないかなあ」

「大きなお世話ですのよ。あたくしは慶の字のお嫁になってあげようなどとは一度も考えたことさえございませんの」

平気でそんな口がきける菊枝なのだ。

――そうだ、ここしばらく会っていないが、あの娘に十両の相談を持ちかけてみようかな。

今夜の慶三郎はなんとなくおかじの十両のことが頭から放れようとしない。

二

「だんな、助けておくんなさい」

新《あたら》シ橋《ばし》の手前までくると、そこの路地口からいきなり飛び出してきた男がある。

背は小造りだが、身なりはきちんとしたこいきのほうで、どこか芸人くさい。

年ごろは三十がらみ、どことといって取り柄のない平凡な平べったい顔が、土気色《つちけいろ》になっている。

「どうした、辻切《つじぎ》りにでも出会ったのか」

それにしてはこんな路地の中から出てくるのはおかしい。

「へい、人殺しなんで」

「なにっ、人殺し」

「歩いておくんなさい、だんな。追いかけられていますんで」

男は路地のほうをしきりに気にしながら、急にこっちのたもとをつかんで佐久間町河岸のほうへ歩き出す。

こっちは縫いなおしものだが、無紋茶羽二重《むもんちゃはぶたえ》の着流しで、やせても枯れても行儀だけは旗本育ちだから、人間は大丈夫そうだと早くも見て取ったのだろう。

「追いかけられているっていうと、やっぱり辻切りか」

「違いやす、人殺しなんで――。すごいのなんのって」

男はがたがたとまだ歯があわないようだ。

「いい年をして、もう少し落ち着いたらどうなんだ」

「無理でさあ、だんな。あっしはもう助からねえかもしれねえ。畜生《ちくしょう》、どうすりゃいいんだろうな」

「だれも追ってこやあしないじゃないか」

「いいえ、追ってこなくたって、もうだめなんでさ」

「はてな、おまえまさか間男をしてきたんじゃないだろうな」

あの辺は向柳原《むこうやなぎはら》の東がわになっていて、囲い者の家の多いところだ。

「御冗談で、――間男だなんて、そんな」

男は身ぶるいをしながら、

「だんな、助けてやってくれませんか。あっしは泥丸《どろまる》っていう下《した》っ端《ぱ》芸人で、人間はごく正直なほうなんです。恩にきまさあ」

と、泣き出しそうな声を出す。

「泥丸っていうのか」

「へい」

「泥助じゃないのか」

「といいやすと――」

「こそどろ――」

「違いやす、からかっちゃいけやせん。あっしは本当に芸人なんで」

「どろぼうも芸のうちだ。ぬすっとはな、家の者に見つかったら黙って逃げ出す。刃物など持って歩かないのがどろぼうの名人なんだ。知っているか」

慶三郎はわざとからかいながらそんなむだ口をたたく。相手の気持ちを落ち着かせるための軽口なのである。

「あっしは決して刃物なんか持っちゃいません。ふところを調べてもらってもいいんで」

「しかし、槍は持っているんだろう」

「ええ、なんですって」

「小男のなんとやらいうなあ。その槍だ」

「けっ、人が悪いや、だんなは」

さすがに泥丸は苦わらいをしながら、

「ねえ、だんな、こんなのは罪になるんでしょうかねえ」

と、どうやら少し落ち着いてきたようだ。

「どんな罪を造ったんだね」

「本当のことを話したら、だんな、きっと助けてくれやすか」

「それはきっと助けてやる」

「ありがてえ。あっしにはなんの罪もねえんでさ。だんなは向柳原の鬼ばばあっていう金貸しを知っていやすか」

「つまり、女の高利貸しだな」

「お寅《とら》ばばあっていうんでさ」

おかじの亭主七五郎が金を借りたのは、そのお寅といっていた。

「評判ぐらいは聞いている。相当あくどい女らしいな」

「すごい腕でしてね、家には耳の少し遠いばあやを一人雇って、女二人っきりなんですが、豊島町《としまちょう》の的場屋《まとばや》一家の用心棒や子分どもをたのんで、びしびし貸し金を取り立てさせる。なんでももう一万両近い金が蔵で泣いているっていううわさなんです」

「それで女二人っきりとは、不用心な話だな」

「だれが聞いたって、そうでござんしょう。ところがねえ、お寅にいわせると、人間など何人いたって強盗にねらわれればそれっきりの話だ。そんなむだ金をつかうより、戸じまりを厳重にしておきさえすれば、どろぼうはきっと防げると、大口をたたいているんでさ」

「なるほど、それも一理あるな」

「あっしはこんちくしょうと思いやしてね、この春、的場屋の賭場《とば》ですってんてんになった時、その厳重な戸じまりをまんまと開けてしまったんでさ。わけのねえ話で。いいえ、あっしはなにも悪気があったわけじゃねえ、ちょいとお寅をおどかしてやるつもりだったんだ。本当ですぜ」

「まあ真《ま》にうけておこう。それでどうした」

「敵もさる者でね、あっしが寝間へそっと押しこんでいくと、寝まき姿でちゃんと床の上へ起きて座ってやがった。しまったとこっちは思って、こんばんはっていうと、静かにおし、おまえはあたしの知っている男だねって、勘のいいことをぬかしやがる。こっちも度胸をすえやしてね、知ってる男ならどうするねとちょいとすごんでみせると、おまえあたしの男めかけにおなりよ、小遣いぐらいあげるからって、ひどく色っぽい目つきをするんでさ。鬼ばばあといっても、年はまだ四十を出たばかりで、女相撲の幕内ぐらいの体はあるから、やっぱり男がいなくちゃいられないんですね」

「おまえ、男めかけを承知したのか」

「しやしたよ。据《す》え膳《ぜん》でござんすからね。もっとも、でっかい据え膳だが、女は女だし、しかも小遣いになるんですからね」

ちょいと人間離れのしたあきれた話である。

「いくらくれたね」

「一分くれやしてね、内緒だよといいやがった」

「芳町《よしちょう》（陰間）並みだな」

「鬼ばばあにしちゃ奮発したつもりなんでしょうねえ」

「小男の槍が気に入ったんだろう」

「ひやかしちゃいけやせんや。それっきりでやめておきゃよかったんだが、小遣いがほしくなると、つい足がそっちへ向いてしまうんでさ」

「槍もろともにな」

「そんな冗談どころじゃありやせんや。今夜もその伝で、さっき裏口から庭へ忍びこんでみると、いつもの雨戸がいっぱいあいてやがる。おかしいなと思って、そっちに行ってみようとすると、ぬっと宗十郎頭巾《そうじゅうろうずきん》の男が中から出てきて庭へおりた。びっくりして石燈籠《いしどうろう》のかげへかくれやすとね、その宗十郎頭巾が刀の柄《つか》に手をかけて、つかつかとそばへ寄ってきやがった。てっきりやられたと思って、こっちは声ひとつ出ない」

「なるほど――」

「いいあんばいに、宗十郎頭巾は騒ぐと切るぞといって、そのまま裏木戸から足音もたてずに出ていきやした。あっしは人間が甘いから、なあんだ芳町の衝突かと思って、半分は中っ腹で廊下へ飛びこんでいきやすとね、ぷうんと血のにおいがして、あっいけねえと気のついた時には、お寅が血だらけになって布団の上へ仰向《あおむ》けにぶっ倒れているのをこの目で見てしまっていたんでさ」

「待て――」

慶三郎は思わずそこへ立ちどまっていた。すでに和泉橋《いずみばし》の近くまできている。

「お寅はたしかに切られていたのか」

「へい。肩からすごい血が吹き出していやした。間違いありやせん」

「そりゃいかん、これからすぐに引きかえしてみよう」

「なんですって、だんな」

「かりそめにも人一人が殺害されているのだ。そうとわかって、見のがしにするわけにはいかぬ」

「だって、だんな、あっしは宗十郎頭巾に顔を見られているんだし、あっしがそんなところを見たと役人にでも調べられると、ただじゃすまねえでしょう。あっしはいやだ、怖いからいやだ」

泥丸は青くなって、じりじり後じさりしはじめる。

「そうか、おまえの立場もあるにはあるな」

「助けておくんなさい、だんな。あっしにはなんにも罪はねえんでさ」

いまにも泣き出しそうな泥丸の顔を見ると、慶三郎もちょっと考えないわけにはいかなくなってくる。

三

考えてみると泥丸がいうとおりで、これから向柳原の女金貸し殺害の現場へ引きかえしたのでは、たしかに変な目で見られそうである。しかも、自分は今夜、舟七のおかじから十両の金策をたのまれていて、その借金の元はお寅から出ているのだ。君子危うきに近よらずで、これは余計なお節介はやめたほうがいいと慶三郎は思いなおし、そのまま屋敷へもどることにした。

「それじゃ、泥助、おれはこのまま屋敷へ帰ることにするが、おまえはどうするつもりなんだね」

「すんませんが、だんな、今夜一晩だけ、あっしをお屋敷の下男部屋へでも泊めてやっておくんなさい。あっしは自分の家へ帰るのが怖いんでさ」

泥丸はすがりつくような目つきをしていう。

「なにがそんなに怖いんだ」

慶三郎はかまわず和泉橋のほうへ歩き出す。

「宗十郎頭巾の目がぴかっとへびのように光って、あっしをにらんでいやした。本当なんです。ひょっとしてあっしを泥丸だと知っているやつだと、あいつを生かしておいちゃ危ないってんで、あっしを切りにくるかもしれやせんからね」

「まさか、そんなことはないだろう。それならその場で切っているはずだ」

つまらぬ心配をするものだと、慶三郎はおかしかった。

「だって、だんな、一度はかわいそうだと思っても、人間にゃ気がかわるってことがありやすからね。あっしは今でも、あのへびの目に後をつけられているような気がして、怖くてしようがないんでさ」

泥丸は身ぶるいをしながら、思い出したようにうしろを振りかえっている。しいんと月の明るい深夜の町は、陰影がくっきりとしすぎていて、恐怖心のある者の目にはなにか不気味なものがあるのだろう。

「そういえば、お寅の家にはばあやが一人いるといったな。そのばあやはどうした」

「わかりやせん。耳が少し遠いって話だし、ばあやは台所のそばに寝ているんで、なんにも知らずに眠っていたんじゃないでしょうかねえ」

「それはちょいとおかしいようだが、とにかくおまえの目にはふれなかったわけだな」

「へい、あっしは血を見たとたんびっくりして夢中で飛び出してきちまったんで」

「ばあやはおまえがお寅の男めかけだってことを知っていたのか」

「いいえ、知らねえと思うんです。こいつはまったくお寅と二人っきりの内緒ごとで、あっしが忍んでいくのはいつも四ツ（十時）すぎときまっているんだから、ばあやは寝てしまっていまさ。顔をあわせたことなんか、一度もねえんです」

「お寅といっしょに寝酒を飲むなどということはなかったのか」

「あのけちんぼがそんなことをするもんですか。茶をのんだことだってありゃしませんや」

「すると、おまえのは本当にただ槍《やり》一筋の御奉公だったわけだな」

そういう情事が男も女もどんな気持ちでくりかえされてきたのか、慶三郎にはちょいと想像もつかない。

「わらっていやすね、だんなは」

「うむ、おれには色男に茶ひとつ出さない女の気持ちがわからないんだ」

「なあに、わかっていまさ。あのけちんぼが一分出すんですからね、一分だけ槍をおもちゃにすればいいんです。こっちも一分になると思うから我慢しているんで、すごいのなんの。――けど、その槍も明日からは浪人でさ」

「なるほど、槍の浪人か。――それで、お寅の家へ通う時は、雨戸をたたくことにでもなっていたのか」

「いいえ、日がきまっていて、その時はそこだけ戸締まりがしてねえんです」

「はてな――。下手人がもしその戸締まりをしてない日を知っていたとすると、おまえの身近にいるやつかもしれないな」

「おどかしちゃいけやせん。あっしはこんなこと友達にだってしゃべったことはねえんですぜ。あんまり自慢になる話じゃありやせんからね」

しかし、当人はそういっても、これは当てにならないと慶三郎は思った。その度に一分になる奇妙な色ごとだし、相手の名前さえ出さなければ、男はとかくそんなことを自慢話にしたくなるものなのだ。

道は花房町《はなぶさちょう》の角を曲がって、いつか御成街道《おなりかいどう》へ出てきていた。

「どうだ、家の中は荒らされていたようか。無論、金が目的の押しこみなんだろう」

「それがねえ、だんな、いま気がついてみると、ふしぎと座敷はあらされていねえようでした。ことによると、あのへびの目は強盗じゃなかったのかもしれやせんぜ」

泥丸はなにか思い出したように急に小首をかしげている。

「強盗でないとすると、怨恨《えんこん》か」

「だんなは、今年になってから、金貸しの家ばかりねらって押しこみ、主人は切っていくが、金や品物には手もふれないで消えてしまうおかしな殺し屋があるってうわさを聞いちゃいやせんか」

「知らないなあ」

「あっしは髪結《かみゆ》い床《どこ》で話しているのを耳にしたんですがね、その男はよっぽど金貸しに恨《うら》みがあるんだろうっていうんです。すばらしく腕の立つ若い浪人で、しかも忍びの名人らしく、どんな厳重な戸締まりでも、ことりという音さえ立てずにあけてしまう。ふしぎなのは、戸惑いひとつしないでまっすぐ主人の部屋へ押しこみ、起きろって主人を起こしておいて、起きなおったところをずばりと抜きうちにしてしまうんでさ。そして、ぱちんと刀が鞘《さや》におさまった時には、もう煙のように姿を消しているんだっていうんです」

　どこまでが本当の話なのか、泥丸は言葉に力を入れてのべたてる。

「すごい怪盗だなあ。しかし、そうおまえの話のようにうまくいくかな」

「本当にしねえんですか、だんなは。今年になってから、本郷で一軒、下谷で一軒、牛込《うしごめ》で一軒、三軒とも因業な金貸しばかりで、主人は切るが金は奪っていかない。優形《やさがた》な若い浪人で、袴《はかま》をはいているっていうから、今夜のがそれに違いありやせんや」

「すると、おまえはぱちんと刀が鞘におさまる音を聞いているわけだな」

「ひやかしちゃいけやせんや。こっちはまじめなんですからね。そういやあ、今夜のへびの目も、木戸から姿を消したっきり、どっちへ行ったか、足音ひとつ聞こえやせんでした。ことによると、あいつは人間に化けた魔物かもしれませんや」

泥丸のいうことはだんだんおおげさになってくるようだ。

「しかし、化け物や魔物が金貸しを恨んだってしようがないだろう」

「だって、だんな、金貸しを恨んで死んだ人間が化け物や魔物になるってことが、きっとないとはいえねえでしょう」

「そうか、それも一理ないとはいえないな。よし、明日おれがひとつ調べてみてやる」

泥丸がいうように、金貸しを恨んで、直接なんの恩怨《おんえん》もない金貸しまで切って歩く、そんなばかげた人間があるとは考えられないが、このごろの江戸はなんとなく物騒で、凶悪な強盗、辻切り、刃傷沙汰《にんじょうざた》が度々世間を騒がしていることは事実なのだ。

世の中がぜいたくになって、物価はあがる一方だから、江戸は生活が安定しにくい。いきおい捨てばちになる人間が多くなって、平気で無軌道なことをやり出す。無軌道というやつは見た目には派手だから、必ずまねをしたがるやからが出てくるものなのだ。

今夜の女金貸し殺しもそういう捨てばちな人間がやったことなのだろうが、自分で行って調べるまでもなく、幸い八丁堀の与力組の中に親しい友人がいるから、これに調べてもらえばおよそのことはわかるだろうと慶三郎は考えたのである。

とにかく、お寅殺しの現場を見てきた泥丸という男を一晩でも屋敷へ泊めるからには、慶三郎としては舟七のおかじの問題もあるし、この事件をこのままほうかむりですませるわけにはいかなくなってきたのだ。

四

「泥助、ここがおれの屋敷だ」

湯島天神社の男坂からあがって境内を西へ通りぬけ、切り通しのほうからいえば南の横町へ曲がった三軒目の屋敷が直江家で、直参五百石の格式があるから、古びてはいるが立派な屋根門構えである。

「へええ、大きなお屋敷でござんすねえ、だんな」

泥丸は思いがけなかったというように目を丸くしている。

「うむ、大きな屋敷だ。中へ入って驚くなよ」

慶三郎はわらいながらくぐりから入って、まっすぐ式台つきの表玄関へかかっていった。

時刻はやがて九ツ（十二時）を少しまわっていたろう。

「五郎吉《ごろきち》、――五郎吉」

下男を呼ぶと、五郎吉は手燭《てしよく》を取ってすぐに玄関へ出てきた。

「だんなさま、おかえりなさいまし」

年は慶三郎より一つ二つ下だが、もう十二、三年も奉公していて、家族も同様の若者である。いや、この慶三郎の代になってから、せっせと傘張《かさは》りの内職をして家計を助けているから、主人よりは有能な大切な下男なのである。

「五郎吉、客人を一人つれてきた。寝床を都合してやってくれ」

「へい、客人はもう一人先へきて若だんなの帰りを待っているです」

ここの奉公人はみんな古いから、つい若だんなが口に出る。公式にいえば、五百石以上の旗本の当主は殿さまが本当なのだ。

「なに、だれか先客があるのか」

「へい、一人きているです」

「だれだ」

こんな貧乏屋敷へは親類縁者でもめったに寄りつかない。損はしても絶対に得なことなどありえないからだ。

「だれだかわかりませんが、若い女の人で、どこかのお嬢さんのようです」

五郎吉はにこりともしないでいう。

「妻恋坂ののっぽさんじゃないだろうな」

「菊枝さまなら、わしよく知っているです」

「武家の娘か」

「そうです。菊枝さまとおなじ年ごろのお嬢さんで、慶三郎さまにぜひお目にかかりたいんだといってきたですから、若だんなを知っているひとに違いないです」

「わからんなあ、だれだろう、一人できたのか」

「一人できたです。家出をしてきたのかもしれません。いまお乳母さまと座敷で話していますから、早く会ってごらんなさいまし」

「家出をしてきたような娘なのか」

慶三郎はいよいよ見当がつかなくなってくる。

「若だんなは本当に心当たりがないんですか」

「ないなあ」

「あちらさまはここへ泊まる気できているかもしれないんですよ」

「どうもわからん」

「きっと知らないんですね」

「おまえどうしてそんなに念を押したがるんだ。なにかおれを疑っているようだな」

「本当に知らないんならいいです。わし妻恋坂のひとのことを考えていたもんだから」

五郎吉はむっつりといって目を伏せてしまう。

ああそうかと慶三郎は思った。五郎吉は直江家の嫁は菊枝ときめて、そうなることを信じこんでいるのだろう。そこへ妙な娘がふいにたずねてきたので、もしやと主人を疑い出し、一人で心配していたのだ。

「とにかく、そのひとに会ってみよう。おい、客人、いっしょに来い」

慶三郎はわざと泥丸をつれて座敷へ出ることにした。五郎吉を安心させるためだ。

「へい、すんません、だんな」

泥丸は小さくなって後からついてくる。

玄関の間から一間の廊下へ出て、そこを突き当たって左へ折れたところが乳母の居間で、その次の二間つづきの座敷が奥の客間になっている。乳母はその客間で、なぞの娘と会っていた。

客間とはいっても、ただ古びた畳建具が入っているというだけで、調度、道具の類《たぐい》はなに一つない。まるで空き家へ行燈《あんどん》を一つおいて客の応対をしているようなものだから、慣れない者にはなんとも不気味だったに違いない。

「乳母、いま帰った」

「ああ、お帰りなさいませ」

五十をすぎてもただ若々しく、台所の水仕事まで一切自分で引きうけている乳母のお磯《いそ》は、作法どおりいそいで座をしさって慶三郎を迎えた。

「客人だそうな」

「はい、お縫《ぬい》さまと申しあげますそうで、なにか深い事情があるようでございます。どうぞ、お話をうかがってあげてくださいまし」

乳母も同情はしているが、多少当惑している顔つきをかくしきれないようだ。

見ると、客は菊枝とおなじ年ごろの旗本の娘らしく、身なり物腰にも相当以上のたしなみが見うけられる。面立《おもだ》ちはどっちかといえば寂しいほうだが、菊枝なよりはるかに気品のあるふっくらとした美貌で、それがそこへしとやかに両手をつかえて、こっちから声をかけるのを待っている。

「わしが当家のあるじ、直江慶三郎です。あなたはわしになにか用があってたずねてまいられたそうですな」

慶三郎が座について声をかけると、

「はい、縫と申すふつつか者でございます」

お縫はそう名乗って両手をひざになおしたが、言葉がつづかずに目を伏せてしまう。

「人がいて話しにくければ、しばらく乳母に遠慮してもらいましょうかな」

「あのう、そんなわがままを申せる身ではございませんが、生きるか死ぬか、途方にくれている事情がございますので」

お縫は申し訳なさそうにいう。

「乳母、そっちの客人は泥丸といって、これも少しわけのある男だ。後で話をするから、その客人をつれてしばらくさがっていてくれ」

「かしこまりました。お縫さま、御遠慮なくなんなりと御相談なさいませ」

「ありがとうございます。そうさせていただきます」

「さあ、あなたはこちらへ」

乳母は廊下にかしこまっている泥丸をうながして居間のほうへさがっていく。

「失礼だが、お縫さんはだれからわしのことを聞いてここへたずねてきたんです」

慶三郎は相手が話しいいようにと、はじめから気さくに切り出していく。

「こんな夜分に、本当に申し訳なく存じております」

「いや、人間生きるか死ぬかの場合は、朝も夜もないでしょう。話は違うが、三年前にわしがこの屋敷の跡をついだ時は、おやじの借金でどうしようもなかった。つまり、わしの生きるか死ぬかのときで、しようがないから借金取りどもをみんな集めて、葬式をした残りの金を投げ出した上、屋敷の物はなんでも持っていっていいといってやると、驚いたことに、なにからなにまで一切合財《いっさいがっさい》、それこそ畳、ふすま、障子まで車に積んで持っていってしまった。さすがに友人が見かねて、畳建具だけはすぐ買いもどしてくれましたがね。人間裸にさえなる覚悟があれば、なんとか生きる道はあるものです」

「あたくしにはその生きる道がないかもしれませんの」

お縫はそっとため息をついている。

「そんなことはない。現に、お縫さんはいまここに生きている」

「いいえ、死のうとしているところを、ある人に助けられたのでございます」

これはまた意外なことをいい出す。

「どこで死のうとしたんです」

「和泉橋のところまで逃げてまいりまして、屋敷へはもどれませんし、身投げをしようと思って、しばらくそこに立っていました」

「はてな、わしもいまその和泉橋のところを通ってきたんだ。神田の和泉橋なら」

「その神田の和泉橋でございますの」

お縫はちらっとこっちの顔を見ている。

「すると、わしのほうが一足おくれたのかな。どんな人に助けられたんです」

「頭巾《ずきん》をかぶっていましたから、顔はわかりません。お若い侍のようでございました」

「頭巾をかぶった若い侍ねえ。袴をはいていましたか」

「はい。背のすらりとしたお方ですの」

どうやら泥丸が見かけたお寅殺しの下手人とおなじ人間らしく思えてくる。

「それで、その男がなんといったのです」

「はじめは恐ろしゅうございました。いきなりあたくしの腕をつかみまして、ばか、いっしょに来いと、ずんずん歩き出すのでございます。あたくしびっくりいたしまして、どうぞおゆるしあそばしてとたのみますと、死に神が離れたらゆるしてやると申しましたの」

「うまいことをいうなあ。その時のお縫さんには、たしかに死に神がついていたかもしれないものな」

「でも、あたくしはどこへつれていかれるのか、どんな目にあわされるのかと、生きた気持ちがしませんでした」

「死ぬ気でも、やっぱり人間は怖いんだろうな。つまり、それが生きている証拠なんだ」

「あたくし、もう死に神は離れましたからゆるしてくださいませといいますと、それなら、どうして死ぬ気になったのか、そのわけを正直にいえと、強い力であたくしの腕を力いっぱいつかむのです。あたくしは思わず痛いと泣き声をあげてしまいました」

話しているお縫の目が、その辺からいくらか落ち着いてきたように見えてきた。

五

「その男も、相当変わっている人間のようですな」

慶三郎は頭の中で女金貸し殺しの下手人の姿を描いてみながら、お縫に話の先をうながした。

「はい」

お縫の言葉はそこでまたふっととぎれてしまう。順序からいえば、これからが身の上話になるのだから、やっぱり口が重くなるのだろう。

話がとぎれると、庭いっぱいに鳴いているこおろぎの声が、深夜の波のように耳についてくる。

お縫の痛々しい傷心の姿は、その押し寄せるこおろぎの声にのみこまれてしまいそうな哀《あわ》れ深いものにみえた。

「お縫さんはその男に、死のうとしたわけを話したんでしょう」

「はい」

それならもう口に出そうなものだと思ったが、

「その話をした後で、その男がお縫さんをここへ案内してきたということになるのかな」

と、慶三郎はついお先っ走りがしたくなる。

こっちとしては、むしろその話のほうが気になるからだ。

「あのう、あたくし恐ろしくて、どうしてもことわりきれませんでしたの」

「そんなに、その男におどかされたの」

「いいえ、おどかすというのではございませんけれど、その方はあたくしの話を聞きまして、とても怒っているのがよくわかるのです。そして、おまえ行くところがないんなら、おれがこれから案内する屋敷へ行け。おまえが安心してやっかいになれるような家はそこよりない。日本一の貧乏屋敷で、主人は直江慶三郎という少しつむじ曲がりのほうだが、ごめんあそばして、その方がそうおっしゃって、そのくらいのことは我慢しろというのです。あたくし、いやだといえばまたしかられそうですし、ほかに行くところもございませんので、とうとうついてきてしまいましたの。御迷惑でしたでございましょうか」

お縫はいまさらのようにすまなそうな顔をしてみせるのである。

「いや、見てのとおり、迷惑するような屋敷じゃありません。くぐりだって戸じまりなどしたことはない。どろぼうが入っても、持っていかれるものなどなにもありはしないんだから。――それで、その男とはどこで別れたんです」

「くぐりからあたくしを押しこんでおいて、もし主人が留守でもよくたのんで帰るまで待たせてもらうんだぞと、そういって戸をしめてしまいました」

「自分の名前はいいませんでしたか」

「おうかがいしたのですけれど、おれは死に神だ、だからおまえについている死に神をおれがつれていってやるんで、おれのことなど忘れてしまえとしかられました」

「なんだ、お縫さんはその死に神にしかられてばかりいたようだな。やさしい言葉は一言もかけてくれなかったの」

お縫は黙ってうなずいてみせる。

おかしなことになってきたと慶三郎は思った。その死に神はこっちをちゃんと直江慶三郎と知っていて、屋敷の様子もわかっている。とすると、自分の身近にいる男、すくなくとも自分の知っている男ということになりそうだが、お縫の話からはそれがだれだかまったく見当もつかない。

しかも、その死に神が泥丸の見た女金貸し殺しの下手人とおなじだとすると、いよいよ奇妙なことになってくる。

「さあ、お縫、こんどはおまえが死のうとしたわけを話してみろ」

慶三郎はちょいと死に神の音声というものを自分流にまねしてみる。

お縫はどきりとしたように目をあげて、まじまじとこっちの顔を見ていた。おびえたようないじらしい目である。

「どうです、死に神の声に似ていますか」

「いいえ、まるっきり違います。びっくりしましたわ」

「少しも似ていませんか」

「ええ、死に神の声は、もっと低い、怖い声ですの。それに、慶三郎さまのほうが背も高いようですし、肩幅もひろいと思いますわ」

お縫は一生懸命に死に神のかっこうをおもい出そうとしているようだ。

「無論、わしは死に神じゃない。むしろ、貧乏神のほうへ近いかもしれない」

「そんなことおっしゃらないで――。悲しくなります」

「なあに、貧乏神でもお縫さんの一人ぐらい居候《いそうろう》においてあげられるから大丈夫だ」

「違いますの。あたくしは、貧乏はしても心さえあたたかければ、そのほうがうれしいと思います」

お縫の胸の中へなにか怒りのようなものが燃えてきたらしく、思わず激しい口ぶりになってくる。

「よし、そのわけを正直に話してみろ。心のあたたかい貧乏神が聞いてやる」

相手が話しいいように、慶三郎は親しみをこめて、もう一度死に神をまねながら、わざと座りなおしてみせる。

「あたくしは、血をわけた実の兄に、この体を売られようとしたのです」

こんどはお縫も悪びれずに、案外意地のある目をまともに向けてきた。

「本当か、お縫さん」

貧乏神はたちまち人のよさをさらけ出して、思わず目を丸くせずにはいられなかった。この娘の体を売るとは、どういうことなのか見当さえつきかねるのだ。

「かまいません。あたくしみんなお話ししてしまいます」

「わしは他言はしないから、その点は安心してもらっていい」

「あのう、あたくしの兄は直参八百石で、屋敷は駿河台《するがだい》でございます。兄は無役なので、お役につきたい望みがあって、いろいろ人にもたのんでいたようですが、それにはやっぱり相当のお金がいるのだそうでございます。それで、こんど用人の平田才蔵《さいぞう》と申す者が神田松下町の質両替屋倉田屋利兵衛《りへえ》という者から千両のお金を用立ててもらう約束ができたのだそうです。それについて、兄があたくしに、倉田屋に年ごろの娘があって、それに行儀作法を仕込んでもらいたいといっているから、しばらく倉田屋へ行ってやるようにというのです」

「それはおかしい。行儀作法を習うんなら、向こうから奉公にあがるというのが普通じゃないのかな」

慶三郎にもどうやら普通でない話のからくりがのみこめてきたような気がした。

「あたくしも、なんですか妙な話ですし、そんな町家などへ住みこむことは旗本の家の面目にもかかわることだと思いましたので、それは困りますと、はっきり兄にことわったのです。すると、おまえがここでことわっては約束をしてきた平田の立場がなくなる、だいいち家計の都合もあるのだから、そんなわがままは許さぬと、兄に頭からしかられてしまい、どうしようもなくて、今日の夕方、才蔵をつけられ、無理に駕籠《かご》で倉田屋へ送りこまれてしまったのです。倉田屋はなるほど大きな質屋のようでしたが、利兵衛というのは隠居をして、店の裏の隠居所へ別に住んでいて、そこで金貸しをしているのだとわかりました」

「ふうむ、金貸しをねえ。どんな男でした」

「それがもう六十ぐらいの因業《いんごう》そうな年寄りで、怖いというのかしら、いやらしいというのかしら、ほんのしばらく話をしただけでしたけれど、まるで欲の深い古だぬきににらまれているようで、こんな家はいやだなあと、本当に胸が重くなってしまいましたの」

「つまり、お縫さんはその隠居所のほうへ寝泊まりするわけなのか」

「孫娘が隠居所のほうへいっしょに住んでいて、今日は親類へ泊まりがけで遊びに出かけているのだといっていました。ところが、それがみんなうそだったのです」

「うそというと――」

「四十ばかりの女中があたくしの世話をしていてくれたのですが、その女中が寝間へ入った時、あたくしがあんまり浮かない顔をしているので、お嬢さんは承知の上でここへきたんですかとそっと聞くんです。どきりとしてしまって、それはどういうわけかしらと聞きかえしますと、今夜はここへ御隠居さんがきていっしょにやすむんですよ、お嬢さんは御隠居さんのおめかけになったんですけれど、知っているんですかっていうんです。あたし真っ青になってしまって」

お縫は目にありありと恐怖の色をうかべて、いまさらのように身ぶるいをしていう。

「そうか。あぶなくその古だぬきに生き血を吸われるところだったんだな。そいつは死に神などよりむごい話だ」

その優雅ともいいたい美貌といい、娘としてはちょうど女に熟れかけてきたようなみずみずしい体つきといい、お縫はたしかに千両に値するだけのものを備えているだけに、それをねらう貪婪《どんらん》な金貸しのたぬきおやじと思いあわせて、慶三郎は義憤《ぎふん》めいたものを感じてくる。

「それで、よくそんなところから一人で逃げ出せたねえ」

「いいえ、その女中が気の毒がって、裏木戸からそっと逃がしてくれたのです。あたくし夢中で柳原土手まで逃げて、そこのお稲荷さまのかげへしばらくかくれていました。こんどは涙ばかりこぼれてきて、どう考えても屋敷へはもどれないと思いました。兄は前にも一度支度金が目当てであたくしをいやらしい男の後添えにしようとしたことがあるくらいですし、今夜は才蔵が倉田屋から千両受け取って帰っているようですから、屋敷へもどってもまた倉田屋へつれもどされるに違いありません。考えれば考えるほど世の中が味気なくなってきて、もう死んだほうがましだと思いました。そして、ふらふらと和泉橋をわたり、気がついた時には、そこの橋だもとにぼんやり立っていたのです」

「なるほど、そこで死に神よけの死に神につかまったというわけだな」

話は一通りわかったが、お縫は兄にはばかってさすがに家名は口にしていない。

「お縫さん、その死に神にも屋敷の名は話さなかったのか」

「いいえ、屋敷はどこだと怖い声でしかられたものですから、――あの、兄は小栗主水《おぐりもんど》といいますの」

お縫の声は細かった。

六

翌朝――。

慶三郎は朝飯がすむとすぐ湯島の屋敷を出た。呉服橋内の北町奉行所へ出てくる八丁堀の友人、伊賀市兵衛《いがいちべえ》に会うためである。

「どうだ、泥助。ずんと立派なお屋敷で感心したろう」

　今朝、昨夜は五郎吉の部屋で寝て、もう仲よく屋敷の掃除を手伝っている泥丸に声をかけてやると、

「お早うござんす、殿さま。まったくお見事なお屋敷でござんすねえ。あっしはこんなにさばさばと余計なものはなに一つない、すみからすみまでずういっときれいさっぱりなお屋敷ってのは、生まれてはじめてでござんしてね。おかげで掃除に手がかからねえから、ここは居候《いそうろう》の極楽でさ」

　と、泥丸は居心地のよさそうな顔をして、そんな軽口をたたいていた。

　昨夜、乳母のお磯の居間でいっしょに一夜を明かしたお縫は、これも今朝は台所へ出て乳母の水仕事を手伝っていた。

「お縫さん、そんなに無理をしなくたっていい。屋敷では台所などへ出たことはないんだろう」

　そう同情してやると、

「いいえ、そうでもございませんの。あたくしにだって、お内職ぐらいできそうでございますのよ」

　と、これは自分の食い扶持《ぶち》ぐらい自分でかせぐ気になっているようだった。

　老用人の中林仁右衛門《にえもん》は心配して、

「若だんな、あんまり重荷をしょいこむと、思わぬところでころんでけがのもとになりますぞ。深入りはしないことですな」

と、老人くさい注意をしていた。

「心配するな。おれはころんでも自分で起きあがることを知っている男だ。しかし、まあなるべくならころばないように十分気はつけることにしよう」

なんといっても、主人のほうが家来に食わせてもらっているのだから、あまり大きな口はきけない慶三郎なのだ。

「乳母、急に居候が二人ふえた。米のほうは大丈夫か」

出がけにそっとお磯に聞くと、

「当分は大丈夫ですよ。食うぐらいのことはなんとでもなります」

と、乳母は細い目でわらっていた。

五郎吉は今朝はむっつりとしていて、あまりきげんはよくないようだった。泥丸と気があわないというような風も見えないから、やっぱり妻恋坂の菊枝の手前、お縫を居候におくのが気に入らないのだろう。

――窮鳥《きゅうちょう》ふところに入ればなんとやらで、そう邪険にもできないからな。

しかし、お縫の問題はそう簡単にいくかどうか、慶三郎としても内心かなりの重荷を感じてはいるのだ。

第一に、他人の娘を無断であずかるというのは、表ざたになった場合、当然こっちの不利になりそうだからだ。

小栗家からお縫をもどしてくれという掛け合いがあれば、これを拒むだけの理由はこっちにない。へたをすれば、こっちになにか野心があって、無断でお縫を屋敷へ引っぱりこんだといいたてられても、申し開きができないことになる。

無論、小栗が千両でお縫を倉田屋へ売ったということは、小栗のほうの大きな傷にはなるが、それだけに小栗のほうでもお縫が湯島の屋敷にいるとわかれば、どんな必死の手を打ってくるかわからないおそれさえある。

この問題はどうしても一度、伊賀に相談しておく必要があるのだ。

もう一つは、お縫を昨夜屋敷へ送りこんできた死に神のことである。死に神はお縫に同情して、湯島の屋敷へあずける気になったのか、それとも後でなにかたくらむところがあって一時湯島へあずけることにしたのか、お縫がなまじ美貌の娘なだけに、考えさせられるものがある。

しかも、死に神は女金貸し殺しの下手人と同一人らしい疑いが濃厚なのだ。とすると、これは決して世の常の善人とは考えられない。他人の家へ覆面をして押しこみ、人を切って平気で深夜の町を横行できる人間なのだから、これも冷酷な性根を持った相当な悪党か、あるいは異常な神経を持った狂人に近い人間か、いずれにしてもこういう人間からお縫をまもってやるとなると、こっちの命がいくつあっても足りないような危険にさらされなければなるまい。

悪いことには、死に神は自分でお縫をつれてきたくらいだから、お縫は湯島の屋敷にいるとちゃんと知っているのだ。その上、彼は直江家の内情をすっかり知りつくしている男なのである。

——どうもわからんなあ。そんな男がおれの身近にいる。だれなんだろう。

親友はすくないが、交友のある男は善人から多少悪党っ気のある人間まで、かなり多い慶三郎なのだ。その中のあれかこれかと昨夜から何度も物色してみているのだが、これはという顔は浮かんでこなかった。

もう一人、あぶないのは泥丸である。泥丸はお寅殺しの下手人と顔をあわせているのだ。

当人もへびの目が怖いと極度に恐れをなしているが、死に神はその泥丸と自分が湯島の屋敷へ入るのを昨夜どこからか見ていたかもしれない。

「泥助、今日はおれが帰ってくるまで、一足も表へ出てはならんぞ」

出かけに泥丸にはかたく禁足を命じてきた。

「どうしてなんです、殿さま」

夜があけて世の中があかるくなると、泥丸はへびの目の恐怖をけろりと忘れてしまったらしく、変な顔をしていた。

「おまえ、ゆうべのへびの目を忘れたのか」

「いけねえ、宗十郎頭巾の魔物でござんしたね。けど、だんな、魔物はまさか真っ昼間は出ねえでしょう」

「さあ、真っ昼間は姿を見せないかもしれないが、おまえがここにいることを突きとめられると、夜になって風といっしょにすうっと押しこんでくるかもしれない」

「おどかしちゃいけやせんや」

「おれの屋敷はあいにく邪魔なものはなに一つないよく見とおしのきく屋敷だから、へびの目ににらまれたが最後、かくれる場所はどこにもないぞ」

「わかりやした、だんな。どこへも出なけりゃいいんでしょう。ひでえ目にあいやがる」

泥丸はすっかりしょげこんでいた。

泥丸に禁足を命じたのは、もう一つ理由があった。

下郎は口さがないから、外へ出てもしお縫のことでもしゃべられると、どんなことからそれが小栗のほうへ知れないでもない。その用心からでもあった。

とにかく、死に神がこっちのことを一から十までちゃんと知っているということは、考えれば考えるほど不気味である。

慶三郎の足は湯島天神社の境内をぬけて、うっかり妻恋坂のほうへ向かっていた。

妻恋坂をおりて、神田明神下から昌平橋《しょうへいばし》へ出るのが呉服橋への近道なのだが、その妻恋坂の上に野村半蔵老人の隠居所がある。

どうしてもその隠居所の前を通るようになるので、

――しまった。道を変えるんだったな。

今日は先をいそぐから、なるべく老人にも菊枝にも顔をあわせたくないと慶三郎は思ったのだ。

色はにおえど

一

　三組町通りをまっすぐ行って、島田という旗本の屋敷へ突き当たり、道なりに左手の妻恋《つまこい》稲荷の境内の柵にそって曲がると、妻恋坂の上に出る。野村半蔵《はんぞう》老人の隠居所はその坂道へ曲がる少し手前の右がわにあって、門ぎわの塀《へい》の上からあいかわらず手入れのよく行きとどいた松の木が風情ある枝ぶりを往来へ見せていた。

　この辺は神田明神社の裏手になっていて、旗本の屋敷が多いから、あまり人通りのない閑静な町である。先をいそぐ慶三郎《けいさぶろう》は、幸いだれにも会わずに野村の門の前を通りすぎ、なにかほっとしながら妻恋坂の上へかかると、坂の下から高島《たかしま》田髷《だまげ》、紫矢絣《むらさきやがすり》の娘がゆっくりこっちへのぼってくるのが、ほかに人影がないので、いきなり派手に目の中へ飛びこんできた。

——なあんだ、無事に関所を通りぬけたと思ったら、とんだところへ野村お菊とおいでなすった。

思わず苦わらいは出たが、昨夜もこの娘に金策をたのもうかなと考えていたくらいで、別に会っては困るの、いやだのという間柄ではない。むしろ、おたがいにあまりにも慣れすぎていて少しも遠慮がないから、かえって妙な気がねが出るといったような仲なのだ。

正直にいえば、一度はもう一歩というあぶないことさえあった。

三年前、まだ父が病床にいたころ、父の手紙を持って老人の隠居所をたずねたことがある。手紙はどうやら金の無心のようだったが、あいにく老人は留守で、すぐ帰ってくるだろうからと菊枝のすすめるままに、座敷へ通って二人で話しこんでいた。菊枝は十七になっていたが、男のようにさばさばと口をきくほうだから、

「慶さんは柔《やわ》らのほうも少しぐらいはできるの」

と、なにかの拍子にそんな話になった。

菊枝は女の護身術として多少柔らのけいこをさせられたことがあるのだ。

「そっちはほんの初心程度だが、お菊さんには負けないな」

「じゃ、あたしの締めをうけてごらんなさいよ」

こっちは冗談のつもりだったが、菊枝はわらいながらいきなり正面からひざをこっちのひざへ乗りあげるようにして、両手で締めの型に襟《えり》をつかんできた。

「本当に締めてもいい」

「いいとも」

それが思ったより強い腕力で、こっちは両手で相手のひじをつかみにいったが、どうしようもない。そのうちに、ごうっと耳鳴りがしだしたので、こいついかんといささかあわて気味に、それでもとっさに右手が菊枝の乳房をつかんでいた。

「あっ、ずるいわ」

さすがに菊枝ははっとなって、締めの力は少しゆるんだが、まだ襟の手を放そうとしない。

こっちももう一度締めにくるようなら乳房の手にもっと力を入れてやるつもりで、じんわりとそこをつかんでいる。意外にも大きくむっちりとふくらんだ乳房で、慶三郎はその時はじめて菊枝が女になっているのをはっきり感じた。

「いやっ、ずるいわ」

菊枝は体をくねらせて、何度も乳房の男の手を振り切ろうとしたが、その度にこっちの手のひらは鳥の子もちのような乳房の感触をもてあそんでいる形になって、小さな乳首が固くなってくるのさえちゃんとわかった。しかも、汗ばんだ生《き》娘《むすめ》の甘ずっぱい肌のにおいが、妙に男の情欲をそそってくる。

一瞬、菊枝も急に身もがきをやめて、じっと体をすくませながら、なんとなく熱い息づかいになってきたが、

「もういやっ、いやっ」

と、ふいに襟の手を放して身をひいた。

真っ赤になった顔のわらっている目が火のように燃えながら、こっちを見すえて、

「いやっ、いやよ」

と、そのまま体を後じさりさせていく。

が、言葉とは裏腹に、その上気した顔にも、ひざ前を派手に乱したままの体つきにも、明らかにこっちの気持ちを敏感に感じ取って、こっちが強引に誘いこみさえすればたわいなく胸の中へくずれこんできそうな媚《び》態《たい》をもうかくそうともしていなかった。

少し上背のありすぎるのと、口の荒っぽいのが玉に傷だが、器量も十人並みに

すぐれた大まかなうりざね顔で、なによりも色の白い生娘らしく脂の乗ってきた肌の光沢に心ひかれるものがある。どうせ嫁にもらう娘なんだしという腹もあって、慶三郎はむらむらっと情欲のとりこになりかけたが、わずかに残っていた理性が、ふっとここには召し使いの目があると気がついて、あやうくそれ以上の行動は自制しながら、

「おれはなんにもしないよ。お嫁になるまでは大切にしておくんだ」

と、冗談にまぎらせてしまった。

「ふ、ふ、いやだわ、あたし」

十七娘には半分は未知の世界への恐怖もあったらしく、気恥ずかしそうにわらいながら、いそいでひざ前をなおしていた。

妙なことには、その翌日から二人ともそのことはまったく忘れてしまったようななな顔をして、時には菊枝さんには少し色気が足りないなどと、わざとこっちがそんなことをいうと、あたしは別に慶の字のお嫁になってあげる気持ちはないのよと、菊枝もさばさばとやりかえしてきて、そんな憎まれ口は平気でたたきあっても、体に手をふれていくようなまねは決してしなかった。どっちかからそんな気持ちで積極的に出れば、こんどはただではすまなくなる。おたがいにそれがよく

わかっているので、そこにかえって照れくさいような気兼ねができてくるのだ。そのうちに、こっちの父が死んで、直接貧乏という重荷をしょいこんでみると、もう嫁をもらう話どころではなくなってくる。そして、去年の春、野村老人のほうが待ちくたびれてきたらしく、道場を持たぬかという話を持ちかけてきたが、これはきっぱりとことわった。

こっちは別に菊枝までことわったつもりはないのだが、がんこな老人はそれ以来こっちの人柄になくとなく興がさめてしまった様子で、二度とは娘のことも口にしないままに今日に至っている。が、菊枝のほうは以前の菊枝と少しも変わっていないはずなのである。

その菊枝がいま、向こうはのぼり道だから足もとばかり見ながら坂をのぼってくるのだ。のっぽのくせに、背をぬすもうなどという女心はいささかも持たない菊枝だから、まことに堂々たる体つきで、その体も年だけにもうすっかり女になりきっている。

秋の日ざしはまだかなり強かった。

「お菊さん、どこへ行ってきたんだ」

すぐ前まで行って、こっちから声をかけると、

「あら、うちへ寄ってきたの、慶さん。隠居は留守だったでしょ」

と、あいかわらずあけっ放しな親しさを見せていきなりいう。いきいきとした顔が少し汗ばんでいるようだ。

「おじさんはどこへ出かけたんだね」

寄ったとも寄らなかったともいわずに、そう聞くと、

「神保町《じんぼうちょう》のほうへゆうべから出かけているのよ」

と、ちらっと顔が曇ったようだ。

「ふうむ、泊まりがけでねえ。神保町になにかあったのか」

裏神保町に勘定方へ勤役している嫡子《ちゃくし》、半十郎《はんじゅうろう》の屋敷があるのだ。

「困ったことができてしまったの。——ここは暑い、うちへ寄ってくれない」

「せっかくだが、おれはあいにく今日は少しほかにやぼ用を控えているんだ」

「じゃ、しばらくそこの境内を借りましょうよ。日中はまだ暑いわね」

菊枝は先に立って、さっさと妻恋稲荷の境内へ入っていく。ここの境内はかなり広く、木かげにひと休みできるような捨て石などがおいてある。

「お掛けにならない」

「おれはいいよ。こんなところで仲よくすると、お稲荷さんがやきもちをやく」

「ばかねえ、やきもちをやくのは弁天さまじゃありませんか」

「そうか。ここはおきつねさんだったな。化かすほうだ」

「当節はね、おきつねさんなんかより人間のほうがもっとうまく人を化かすんですって」

木かげはさすがに風が涼しかった。捨て石に掛けた菊枝の前に立つと、いやでも目の下に胸のふくらみがくっきりと見おろせて、慶三郎はちょいとくすぐったい気持ちだった。

二

「一体、だれがだれを化かしたんだね」

「神保町のあねが、あねの里の兄貴に化かされたらしいのよ」

半十郎の家内は小夜《さよ》といい、小夜は深川の徒士組頭《かちぐみがしら》森川宗兵衛《そうべえ》の娘で、宗兵衛には宗之助《そうのすけ》という道楽息子がいる。

「つまり、お小夜さんが宗之助に化かされたというのかね」

「そうなの。なんでも、このお正月にね、その兄貴があねをうまくだまして、うちの兄貴の実印を出させ、それをそっと自分の借金の証文におして帰ったのね。借りた金は十両だったけれど、相手が高利貸しだから、このごろになって倍の二十両近くに引っくりかえってしまい、この間その高利貸しの代理人だというすごい浪人者が、神保町のほうへ催促にきたんです。あねはびっくりしてしまって、一人ではどうしようもないから、やっぱり御亭主に泣きつくよりしようがないでしょ」

「なるほど、そいつはちょいとことだな。半十郎さんはああいう物堅い人柄だしね」

「物堅いっていうより、けちんぼなのよ。だから、かんかんになって怒ってしまい、とにかくおまえは里へ帰って待っていろということになったらしいんです」

「しかし、お小夜さんも少しうかつだったなあ」

「いやだわ、慶さんまでそんなことをいって。いまさらそんなことというのは愚痴《ぐち》というものよ」

菊枝はこっちの目を見あげながら、きっぱりときめつけてくる。

「そうか、たしかに愚痴には愚痴だな。それで、どうした」

「兄貴は隠居を呼んで、あねを離縁する気だったのね。家にお金がないわけではなし、離縁というのは少しむごすぎると、隠居が仲へ入って兄貴をなだめるやらしかるやら、だいぶごたごたしたんです。それで、今日は隠居が深川へあねを迎えに行くことになっているようなの」

「つまり、無事におさまったわけだね」

「お嫁とお金とどっちが大切か、考えてみたってわかるのにねえ。だれかさんのように、借金取りに畳建具までわたした度胸のいい人だっているんです」

「ひやかすなよ。それでも庭木庭石は持っていかなかった。借金取りにも情けはある」

「ふ、ふ、庭木庭石は運び賃がかかるからよ。でも、あたしはそういう人が大好き」

熱ぼったい目を向けて、菊枝はわらっている。そういうところは少しも悪びれない娘なのだ。

「おれのことなら、ありがとう」

ついでに十両ばかり用立ててくれるともっとありがたいんだがなと口まで出かかったが、それでは虫がよすぎるとすぐに思いなおして、

「その高利貸しってのは、どこのやつなんだ」

と、念のために聞いてみる。

「向柳原《むこうやなぎはら》のお寅《とら》とかいうすごい後家の金貸しなんですって」

「なにっ、お寅ばばあだって――」

慶三郎は唖然《あぜん》とした。

「あら、慶さんその鬼ばばあ知ってるの」

菊枝は目を丸くしている。

「おれは直接知ってるってわけじゃないが、その鬼ばばあならゆうべ怪盗に殺されたはずだぞ」

「なんですって」

「ゆうべおれは柳橋の舟七にいたんだ。おかしな因縁だなあ。舟七でも亭主の七五郎がいかさまばくちに引っかかって五両取られた。その五両をお寅から借りたら、とうとう十両に引っくりかえって、この月末までに十両できないと商売ものの舟を取りあげられることになっているというんで、おかじに金策をたのまれたんだ」

「無理だわ、慶さんに十両だなんて。もう庭木と庭石しか残っていないのに、おかじもよっぽど苦しいのね」

「自分でも気がついたとみえて、若だんな、無理はしないでくださいと、帰りがけにいっていたがね」

「慶さん、とまれ国宗《くにむね》を売る気になっちゃいやよ。どうしてもお金がいるんなら、あたしがなんとかする」

まるで世話女房のようなことをいい出す。菊枝にはうそがないのだから、思わずじいんと胸へこたえて、

「大丈夫だ。おれは国宗は売りはしない。お菊はやっぱりおれのお嫁だな」

と、つい本音が出てしまう。

「いやだわ、そんなこといっちゃ」

珍しく目を逃げて、一瞬泣き出しそうな顔になる。

「なあに、心の中でそう思っているだけだ、心配なんかしないでいい」

「それで、お寅ばばあはどうしたの」

強い顔をあげて、強情だから自分の感情は押し殺してしまったらしい。

「その帰りに、新《あたら》シ橋《ばし》の手前までくると、泥丸《どろまる》という下《した》っ端《ぱ》芸人らしいやつが飛び出してきて、助けてくれというんだ。話を聞いてみると、これがお寅の夜だけ通っている男めかけで、そのお寅がいま宗十郎頭巾《そうじゅうろうずきん》の怪盗に切られた、その宗十

郎頭巾とぱったりと顔をあわせてしまったんで、おれは切られるかもしれない、助けてくれというんだ」

「慶さんはそのお寅の家へ行ってみたの」

「それだけは、少しお先っ走りすぎるようなんで、やめておいた」

「それでいいのよ。つまらない嫌疑《けんぎ》でもかけられたら、それこそあたし本当に泣くわよ」

「おれはどうも少し人がよすぎるんでねえ」

「その泥丸って男はどうしたの」

「家へつれていって泊めてある」

「ああ、わかった。慶さんはこれから呉服橋の伊賀《いが》に会いに行くところなのね」

「すごいなあ、どうしてそんなことがわかるんだ」

その頭のよさにあきれて顔をみていると、

「慶さんの胸の中ぐらい、あたしにはすみからすみまでわかるのよ。自分でもおかしいくらい」

と、菊枝は正直にいって、ほんのりと目のふちを赤らめていた。

「つまり、それだけおれはお人よしってことになるんだろう」

「いいから早くお行きなさいよ。いまからなら、まだ伊賀が呉服橋にいるうちに行きつけるかもしれない」

菊枝はゆっくりと立ちあがる。

「そうだな、いそいでみよう」

「伊賀に会ったらね、なんでもかくさずに話して相談するのよ。もちはもち屋で、どうすればいいかちゃんと教えてくれるわ」

こんど近々と立って姉のような口をきく。

「うむ、そうしよう」

「慶の字、お小遣いあるの」

「持ってるよ」

「ふ、ふ、あたしからもらうの恥ずかしいんでしょ。本当に持ってるわね」

「本当だ」

わざとぽんと胸をたたいてみせる。

「じゃ、お行きなさいよ、おきつねさんに化かされないうちにね」

「行ってもいいか」

「ばかねえ。いつまでここにいたってしょうがないでしょ」

わらってはいるが、なにか寂しそうな菊枝の顔だった。

「じゃ行くぜ。おじさんによろしく」

慶三郎は思いきって一足先に境内を出て、一気に残りの坂道を下る。その道を突き当たって右へ折れれば昌平橋《しょうへいばし》へ出る明神下通りなのだ。

――おれにもお菊の胸の中はすみからすみまでわかっている。

老人の目の黒いうちは到底いっしょにはなれないと、すっかりあきらめている菊枝なのだ。だから、ひょいとあんな悲しそうな顔が出る。

会って話せばいちばん親身なものを感じる菊枝だけに、慶三郎は胸が重くなる。今日もとうとうお縫《ぬい》の話は口にできなかった。傷心の菊枝に余計な心配をさせたくなかったからだ。

それにしても、向柳原のお寅ばばあが野村家へまでたたっているとは、まったく意外だった。その寅を切った宗十郎頭巾の死に神がお縫を助け、お縫はいま自分があずかっている。お縫をそんなどたん場へ追いこんだのも、お寅とおなじ高利貸しなのだ。

――こいつも宗十郎頭巾の死に神にねらわれるんじゃないかな。

慶三郎はふっとそんな気さえしてくる。

「伊賀になんでも打ちあけて、よく相談するんですよ」

そんな姉ぶった口をきいていた菊枝の顔へ、ふいにお縫の悲しそうな顔が重なってきた。

「あたくしにだってお内職ぐらいできそうでございますのよ」

お縫の顔がそう話しかけてくる。

——こっちも因果なことにならなけりゃいいがなあ。

今のところどっちを向いても慶三郎は気が重いばかりだった。

三

「おい、慶の字——」

昌平橋をわたりかけると、ふいにうしろから声をかけてきた者がある。

はっきりこっちの名を呼んでいるのだから、だれか知っている者に違いないと思って振りかえってみると、それがまったくはじめて見る顔だった。

年ごろは自分とおなじ年配で、しゃっきりとした黒羽《くろは》二重《ぶたえ》の紋服を着し、今ごろのんきに町を出歩いているのだから、これも小普請組《こぶしんぐみ》の旗本くさいが、役者のようにのっぺりとした顔立ちの切れ長な目が剃刀《かみそり》のように鋭くて冷たい。その異様な眼光が、この男ののっぺりとした殿さま面《づら》を男らしく引きしめているといった感じだが、とにかくまるで見おぼえのない顔なのである。

「おれは貴公とは初対面のような気がするんだがねえ」

慶三郎は思わず当ての顔を見ていた。

「さよう、そのとおりだ。まあ、歩きながらあいさつをしよう」

その男はわらいながら肩をならべてきて、さっさと昌平橋をわたり出す。

「貴公はおれを知っているのかね」

「うむ、知っている。おぬしは湯島の直江《なおえ》貧乏ノ守《かみ》慶三郎だ」

「それで、貴公は――」

「おれは両国矢《や》ノ倉《くら》の小普請組、佐久間唯介《ただすけ》という風来坊だ」

はてなと慶三郎は思った。この男に宗十郎頭巾をかぶせたらどういうことになるだろう。体つきもすらりとしているし、この眼光は夜見るとへびの目のように光るかもしれない。しかも、風来坊唯介はちゃんとこっちの抜きうちのきかない左がわへ肩をならべて、橋をわたりきると左へ切れて八辻《やつじ》ガ原《はら》のほうへいざなっていく。

「風来坊うじはおれになにか用があるのかね」

「用があるから呼びとめたんで、おれはこれで用のない者とばかっ話をして歩くほど暇人じゃないんだ」

「失礼した。おれもほかにちょいと忙しい用をひかえているんだが、おれにどんな用があるんだね」

「まあ、そういそぐこともあるまい。娘っ子と人目を忍んでのんびりと話しこんでいる暇があるんだから、おぬしの用というのは大したことはない。そうだろう」

「はてな。すると、貴公はおれがお菊と話していたのを見ていたのか」

「うむ、見ていた」

風来坊はにやりとわらったようだ。すると、この男は妻恋稲荷の境内のどこかにいて、そこからこっちつけてきたことになる。いや、もしこの男が昨夜の宗十郎頭巾だとすると、屋敷を出た時からつけていたと考えて考えられないことはない。

「おれは少しも気がつかなかったなあ」

「おぬしはまったくの善人らしいからな、あまり人を疑ったことなどないんだろう」

「貴公は善人じゃないのか」

「人はおれを悪党だと見ているやつもあるようだが、おれは世の中の裏面がよく見えすぎるんで、多少人間がへそ曲がりにできているだけだ」

「つまり、善人には善人というわけだな」

「そいつは、おれの話を聞いてから、おぬしが自分で勝手に判断してくればいいんだ」

へそ曲がりは相手にしにくい。向こうから用件を切り出してくるまで黙っていることにしようと慶三郎は思った。

唯介はまっすぐ八辻ガ原を突っ切って、どうやら柳原土手へこっちをつれていくつもりのようだ。

「慶の字、おぬしはもう野村のお菊をなでてしまっているのか」

唯介がいきなり聞いてきた。

「なでるっていうと――」

「善人は勘が悪いなあ。娘がいちばん大切にしているところをなでたことがあるかって聞いているんだ」

「肩ぐらいならなでたことがある。どうしてそんなことを聞くんだね」

「おれはまじめなんだから正直にいってくれ。本当になでたことはないんだな」

「うむ、いちばん大切なところはない。大切にしてあるんだ」

なんともばかくさい話だが、相手がまじめだというので慶三郎もまじめに答えておく。

「おかしいなあ。さっきのお菊の様子を見ていると、顔つき体つきも、おぬしには開けっ放しになっている。おれにはたしかにもうなでられている娘のかっこうに見えたんだがなあ」

「それはお菊のほうにいつなでられてもいいという気持ちがあるからだろう」

「それで、おぬしのほうはどうなんだ」

「だから、おれは事情がゆるすまで大切にしておくとお菊に話してある」

風来坊はちょいと考えているようだ。

道は柳原土手へかかってきた。

「慶の字、おぬしのいう事情は決して好転しない。隠居にその気がないんだ。男らしくあきらめて、お菊から手を引くことだ」

「はっきりいうなあ。おれが手を引くと、貴公がかわりにお菊をなでようというのかね」

「そのとおりだ。はっきりいうと、おれはもう一年がかりでお菊をねらっているんだ。隠居もこのごろではどうやらそのつもりになってきたようだ。お菊のほうもまんざらではないんだが、どうもまだおぬしとのことがあるんで、なんとなく煮えきらない。おれはどうしても一度おぬしと対決する必要があると覚悟していたんだ」

正気のさたとは思えない。この男の異様な目の色は、やっぱりどこか頭が少し狂っているところからきているかもしれない。

「それで、お菊は貴公になでさせそうな風なのかね」

「おぬしさえ手を引けば、無論なでさせる。おれはこれまで女でしくじったことはないんだが、お菊ぐらい煮えきらない娘ははじめてなんだ。そのくせ、おれを利用するだけはちゃんと利用しているんだからな」

「利用するのか」

「これだけはおぬしにもいえぬ。絶対に秘密にするという約束がお菊との間にあるんでな」

これは聞き捨てならないと、慶三郎は思わず息をのまずにはいられなかった。娘が男とそんな秘密の約束をしたとすれば、それはもうなでさせることを承知したとおなじことになるからである。

「貴公は本当にお菊を女房にする気なのか、それともただなでてみたいという好奇心だけなのか、どっちなんだね」

「本当にほれていなければ、おぬしを切ろうとまでは考えなかったろう」

「すごいことをいうんだなあ。おれを切りさえすれば、お菊は貴公のいうことをきくと貴公は考えているのか」

「おれはそう信じている。おれは一度お菊に、そう煮えきらないのなら、おれは慶の字を切るといった。お菊は顔色を変えて、そんなことをすればあんたも生かしてはおかないと、はっきりいっていた。その時から、おれは、どうしてもおぬしと対決しなければお菊はおれのいうことをきく気になれそうもないと、腹をきめていたんだ」

どこまでが本当で、どこまでがこの男の狂った独断なのか、慶三郎の常識ではどうにも判断がつきかねる。

「お菊は本当に貴公を利用しているのかね」

「している。現に、ゆうべもおれは利用されているんだ。だから、今朝妻恋坂をたずねていくと、隠居もお菊も留守だった。お菊はたぶんすぐ帰ってくるだろうと思ったんで、あの稲荷の境内で待っていると、お菊がおぬしを引っぱりこんできたんだ」

そう話しているうちに、唯介はなにかむらむらっとしてきたらしく、

「おれは今日はじめてお菊のあんな顔を見た。それで、すっかりわかったから、おぬしの後を追ってきたんだ。話をつけよう。おぬしは今日かぎりお菊と絶交するか、それともおれと対決するか、どっちを取る」

と、急にそこへ立ちどまって決意を迫ってきた。冷たい目に殺気のようなものが青白くめらめらっと燃えている。

「お菊と絶交しなければならないような理由が、おれにはなんにもない」

慶三郎は相手の抜きうちを警戒しながら冷静に答えた。

「そうか」

一瞬、唯介はじっとこっちを見すえながら、

「しようがない。今夜五ツ（八時）までにこの場所へきてくれ。おれはお菊をつれてくるから、お菊の前ではっきりと話をつけよう。約束したぞ」

押しつけるように一人できめて、こっちの返事は待たず、くるりと八辻ガ原のほうへ踵《きびす》をかえしていく。ちょうど柳原稲荷の前あたりであった。

四

——あいつは狂人に違いない。

慶三郎は唖然《あぜん》として、その男のうしろ姿を見おくっていた。

唯介のいうことは、たしかにどこか狂っている。が、いちばん気になるのは、昨夜も菊枝に利用されていると口走っていたことだ。まさかとは思うが、あの男が昨夜の宗十郎頭巾だとすると、向柳原のお寅殺しは菊枝があの男にいいつけたということになってきそうだ。理由はないとはいえない。神保町の兄嫁がお寅のために離縁されそうになっているのだ。そして、唯介の宗十郎頭巾はその帰りにお縫を助け、どこへもつれていきようがないんで、菊枝からよく話を聞いてわかっている湯島の屋敷へ送りこんだ。その報告をしに、今朝、妻恋坂をたずね、あの稲荷の境内で菊枝と自分との立ち話を見せつけられたということになるのだろう。

菊枝の今朝の様子は、あの男の言葉を借りていえば、だれが見ても、もうなでられずみの恋娘としか見えない開けっ放しなところがあった。

が、解せないのは、どうして菊枝があんな男を、なんの目的で、どういう風に利用しているかということである。

あの男が隠居に近づいて、隠居のきげんを取りながら菊枝をねらうのは、あの男の勝手である。菊枝には隠居の用意している相当の持参金があるはずだから、欲のほうも手伝っているかもしれない。

しかし、ねらわれた菊枝のほうは、そう簡単に男にすきを見せるような甘い娘ではないはずなのだ。まして、色仕掛けで男を利用するなどということは、その男に弱みをつかまれて、ついには抜き差しならない羽目におちいるぐらいのことはちゃんと知っているはずなのである。

だいいち、菊枝とはその後も、前ほどではないが、たまには隠居をたずねて、しばらく話しこむことがよくあった。その菊枝の口から、佐久間唯介などという名は一度も出ていない。

わざと菊枝がかくしていたのならこれは別な話になってくるが、菊枝の開けっ放しな性分《しょうぶん》として、特に自分に対しては隠しごとなどできないはずなのだ。

おそらくそうではなくて、菊枝のほうではあの男にそう大した関心を持っているわけではなく、ただざばさばとした口をきくほうだから、それをあの男がひとりよがりでとんだ誤解をしている、つまりそれだけあの男の頭が狂っているのだと慶三郎は解釈しておきたかった。とすると、今夜の五ツと刻《とき》をきったあの男との対決は、どう処置すればいいのか。

――はてな。あの男はこれから妻恋坂へ行くつもりじゃないかな。

隠居はまだ留守のはずだと、慶三郎はふっとそんなことが心配になってきた。

それに、自分としても、そんな話が耳に入った以上、どうしても一度菊枝に直接会って、事の真相をたしかめておく必要がある。

あの男とおなじ道をとってはまずいので、慶三郎はとっさに和泉橋《いずみばし》のほうへ歩き出していた。佐久間町をぬけて、御成街道《おなりかいどう》から妻恋坂へ先まわりをするつもりだったのだ。

そして、和泉橋のたもとへ出たとたん、

「やあ、慶さんじゃないか」

と、松枝町のほうからきた伊賀市兵衛《いちべえ》とばったり顔をあわせてしまったのである。市兵衛は例によって若党と草履取《ぞうりと》りをつれている。

「おお、だんなか」

まずいなと一瞬どきりとはしたが、実はこの伊賀に会うために今日は出てきているのだ。

「どうしたんだ、そんな顔をして——。おれに会って具合いが悪いんなら、そっぽを向いて通りすぎてやってもいいぜ」

八丁堀のだんなはとっさにそんな気のきいたせりふが口から出るほど、いつもながらてきぱきとして五分のすきもない。

「いや、違うんだ。おれはこれからだんなに会いに行く気でいたんだが、——はてな、だんなは向柳原へ行くのか」

「なんだ、よく知ってるな、慶さん。こいつは少し怪《あや》しい」

「うむ、大いに怪しいんだ。おれはゆうべその時刻にその近くを通っているんでね」

「ふうむ、聞き捨てならねえな。なにか見ているのか」

伊賀は真顔になって和泉橋をわたり出す。

「現場を見て逃げてきたやつにぶつかっているんだ」

「どんなやつだったね」

「三十がらみの、泥丸っていう下《した》っ端《ぱ》芸人で、当人はお寅の夜だけの男めかけだといっているんだがね」

「夜だけの男めかけねえ。そいつの家を聞いておいてくれたかね」

「その男なら、なんとか助けてくれと泣きつくんで、湯島の屋敷へつれていってある」

「そうか、それはいいことをしてくれた。こんどの殺しはちょいと因縁つきなんで、こっちも軽く見るわけにはいかなくなっている」

「下手人は宗十郎頭巾の男だそうだね」

和泉橋をわたりきって右へ折れる。

もう妻恋坂のほうは一時あきらめるほかはないと慶三郎は観念した。

「その宗十郎頭巾を、泥丸ってやつは見ているわけなんだな」

「うむ、見ている。――話は違うが、だんなは両国矢ノ倉の佐久間唯介って男を知っているかね」

こっちはやっぱり菊枝のほうが気になって、つい佐久間の名を持ち出してみる。

「知っちゃいるが、肝心なところで話を変えちゃいけねえや」

伊賀は苦わらいをした。

「いや、それが肝心な話につながってくるんで、おれもまごついているんだ」

「なにっ」

伊賀は素早くこっちの顔を見て、

「よし、その話のほうから聞くことにしよう」

と、たちまちなにかを想像したようだ。

「佐久間はこの一年ばかり妻恋坂の隠居のところへ出入りしているそうだが、そんな話は聞いていないか」

「なんだ、慶さんは今ごろそんなことを知ったのか」

「うむ」

「のっぽさんはなんにも話していなかったのか、佐久間のことは」

「おれはのっぽからはなんにも聞いちゃいない」

どきりとせずにはいられない慶三郎だ。

「おかしいなあ。佐久間って男は小普請三百石で、両国矢ノ倉に屋敷がある。賭《か》け碁《ご》の名人で、そのほうで飯を食っているようなものなんだが、役者のようにのっぺりとした男前で、女を引っかけるというより、ああいう男には女のほうから夢中になってくる、そんな女も江戸には多いんだ。つまり、陰間《かげま》を相手にするより、骨っぽいだけおもしろい。それに、なんといっても直参《じきさん》三百石という家柄があるからな。そういう女を食い物にしても、結構金には困らないという代物《しろもの》なんだ」

「どこか気ちがいじみたところはありゃしないか」

「そりゃ、賭け碁でもうけたり、平気で女を食い物にできる男だから、常人とは違う。世をすねているというやけもあるんだろうが、頭もいくらか狂っているかもしれない。こいつは多分に梅毒のほうからきているんじゃないかな。困ったことに、こいつがまた居合い抜きと、すえもの切りが得意なんで、うっかり怒らせるわけにはいかないらしいんだ」

「すると、札つきの悪ということになるのか」

「決して善人じゃないが、金には困らないから、女を泣かせる以外は、ゆすりたかりをやるというほどあくどいまねはしない」

「そいつがどうしてのっぽのお菊などねらったんだろうな」

慶三郎は気が重くなるばかりだ。

「そののっぽで、普通の女よりは大柄なところが、ああいうひねくれ者にはたまらない好奇心がわくんだろう。慶さんがのっぽに愛情を感じているのとはまったく違う性質のものだ。品川に化け物伊勢屋っていう女郎屋があって、結構店が繁盛しているのとおなじ口なんだろうよ。それに、お菊さんには相当な持参金がある」

「やっぱり、それか」

「隠居は碁気ちがいのほうだろう」

「なるほど——」

あっと慶三郎は目をみはる。

「まさか賭け碁はやるまいが、腕はてんぐのほうだから、佐久間はそっちのほうからうまく隠居に食いついていったんだ」

「お菊のほうはどうなんだろう」

もう恥もみえもない気持ちだった。

「冗談いうなよ、慶さん。お菊さんの気持ちは慶の字がいちばんよく知っているはずだぜ」

伊賀はこともなげにわらい出す。

五

その日、慶三郎が二度目に伊賀市兵衛と会ったのは、柳橋の船宿舟七の二階だった。

道々慶三郎から昨夜の奇妙な話を一通り聞いた伊賀は、

「おどろいたなあ。まさかおれの身辺からこんどの金貸し殺しの下手人に引っかかりのある人間が出てこようとは、考えてもいなかったぜ。とにかく、一足先へ柳橋の舟七へ行って待っていてくれ。お寅のほうの検視がすんだらおれもすぐ行くから」

といって新シ橋の近くで別れていった。

慶三郎としては、お縫のほうのこともあるし、今夜の佐久間との対決についても伊賀の意見を一応聞いておきたかったので、伊賀のいうとおりにしたのである。

「おや、いらっしゃいまし」

舟七の土間へ入ると、炉端《ろばた》にいた女房のおかじが顔を見るなりいそいで立ってきて、

「大変なことになりましてねえ、そら、ゆうべお話しした向柳原のお寅が、また宗十郎頭巾に殺されたんですって」

と、声をひそめながら早口に告げた。

「どうして宗十郎頭巾に殺されたってことがわかったんだね」

慶三郎は念のために聞いてみた。

「耳の遠いばあやが一人いて、それが出ていくうしろ姿を見たとかで、腰をぬかしたんだっていいます」

それなら、そのばあやは泥丸の姿を見ているはずである。

「宗十郎頭巾は一人だったのか」

「宗十郎頭巾はいつも一人じゃないんですか」

おかじはちょいと変な顔をした。

「そういえば、その宗十郎頭巾てのは、前にも金貸しばかりねらって切っているという話だな」

「そうなんですって。こんどもお金には手をつけていないんだって話ですよ」

「おかじはそのお寅ばばあに男めかけがあるって話は聞いていないか」

「あら、男めかけがいるんですか」

おかじはあきれたような顔をしながら、

「まあおあがりくださいまし、若だんな」

と、やっと気がついたように炉端へ請《しよう》じて、客の座布団を出してくれた。

おかじの口からいまだに泥丸のことが一言も出ないところを見ると、ばあやはゆうべ泥丸の姿は見かけていないということになりそうだ。

「実はな、おかじ、おれはゆうべここからの帰りに、ちょうどそのころ、つまりお寅殺しのあった時刻に、新シ橋の近くを通っているんだ」

「まあ、それでなにかあったんですか」

「うむ。いまいった男めかけだっていう男に出会っている」

「どんな男でした」

「下《した》っ端《ぱ》芸人といったかっこうだったな。助けてくれと泣きつくんで、歩きながらだんだん様子を聞いてみると、その男はお寅の夜だけの男めかけで、だれにも知れないように裏口からそっと通っていた。一晩一分の約束だったんだそうだ」

「いやですねえ、若だんな。そんなのってあるかしら」

おかじがちらっとこっちの顔をにらんでわらい出す。

「当人は槍一筋《やりひとすじ》のかせぎだといって自慢していたがね」

「女相撲のような大女だっていうから、あちらさんは按摩賃《あんまちん》のつもりだったんでしょうよ。けど、あの欲張りばばあがよく一分なんて大金を出したもんですねえ」

「まあ槍も気に入っていたんだろうが、口止め料という分も多少含まれていたんだろう。それで、どうだ、お寅が死んでしまえば、舟七の借金のほうも自然、帳消しということになるんじゃないかな」

「それがねえ、そうもいかないらしいんです。お寅に勘当同様の道楽息子が一人いて、それがどこで聞いたか、もう家へ入りこんで、家中のものを引っかきまわしているって話なんです」

「ふうむ、そんな息子がいたのか」

ありそうなことではあるが、ちょいと意外な話だった。

「それに、お寅には豊島町《としまちょう》の的場屋《まとばや》一家っていう評判の悪《わる》がついていて、いよいよとなるとこれが貸し金の催促に乗り出して、あくどいいやがらせをやるんですから、このほうだって黙っちゃいないでしょうしね」

おかじはうんざりしたような顔をしていた。

「ここへもその的場屋一家が催促にきているのか」

「うちへきたのは代貸しだとかいうばくちうちですけれど、親分は的場軍十郎《ぐんじゅうろう》という武家あがりで、一家にはすごい用心棒浪人がそろっているんだっていいます。大きな声じゃいえませんけれどね、ゆうべの宗十郎頭巾はその軍十郎じゃないかって陰口もあるんです。それでなけりゃ、あの用心のいい家へ裏口から入りこめやしないっていうんですけれどねえ」

「それなら、金を盗んでいくだろう」

「いいえ、たとえば取ってきた貸し金をつかいこんでいるとか、お寅にわたすのがいやになったとか、どうせ前に宗十郎頭巾の例があるんですから、そいつのまねをして罪をしょってもらうって手だってあるでしょう」

「そうか、そんなことが絶対にないとはいえないかもしれないな」

すると、お縫を助けた宗十郎頭巾は、お寅殺しの宗十郎頭巾とは別だということになってくる。

「うちへきた代貸しってのもいやなやつで、おかみさん、話によっては借金のほうはもう少し先まで待ってやってもいいんだよって、変な目つきをしてみせるんです。子分でさえそのくらいなんですから、軍十郎はお寅ばばあとどんな取り引きになっていたかわかったもんじゃありません。若だんな、これだけはうちの人にも内緒にしておいてくださいね」

おかじは後からいそいでそう念を押していた。それだけその代貸しというやつの色じかけは執念深いものがあったのだろうし、おかじもまたそんな男にちょいとねらわれそうなあかぬけのした大年増《おおどしま》になっているのである。

伊賀市兵衛がお寅のほうの検視をすませて舟七へまわってきたのは、ちょうど昼飯どきになっていた。

「だんな、検視のほうはどんな様子だったね」

二階座敷へ二人で落ち着くのを待って、慶三郎はすぐに聞いてみた。

「すごい切り口だったな。お寅が寝床の上へ座りなおしたところを抜きうちにいったらしいんだが、片手であれだけ切りさげているんだから、下手人は相当以上の腕前だ」

伊賀は浅利《あさり》の道場で野村半蔵老人について剣術の修業をして、八丁堀の人種としては珍しく皆伝に近い腕を持っている。それが感心するくらいだから、宗十郎頭巾はたしかにすごい腕なのだろう。

「座敷で、よく袈裟《けさ》にいけたなあ」

「慶さん、なかなかいいところへいくなあ。大刀じゃ天井へつかえる心配がある。おれは差し添えのほうだろうとにらんでいるんだ」

「なるほど、小刀のほうだとすると、よっぽど腕がさえていることになるな」

「切られるほうもいい度胸だったらしい。賊の姿を見て、ちゃんと床の上へ座りなおっているんだ」

「はてな。すると、顔見知りということも出てくるんじゃないのか」

おかじのいっていた的場軍十郎が、ひょいと慶三郎の頭をかすめる。

「顔は宗十郎頭巾をかぶっている」

「いや、声をかけているだろうから、声でわかる」

「慶さんはまた下手人を別にこしらえたようだな」

伊賀は苦わらいをしていた。

「素人の出る幕じゃなかったかな。しかし、いまおかじに聞いたばかりなんだが、お寅のせがれってのが出てきたそうだね」

「そうか、もうそんなうわさがこんなところまできているのか。宇之吉《うのきち》っていう極道者でね、勘当同様になって、深川の岡場所《おかばしょ》あたりをごろついていた野郎なんだ。今朝早く押しかけてきて、さっそく家の中じゅうを引っかきまわしているようだから、あんまりいい気になるとてめえを下手人にするぞと一本しかりつけておいたんだ」

「なるほど、こいつも宗十郎頭巾をかぶれば下手人になれるな」

「しかも、親殺しぐらい平気でやりかねない極道者ときている」

「どうだろう。そのせがれが出たとなると、貸しつけ金のほうはそいつが受けつぐことになるのか」

「高利は重罪のうちだが、元金ぐらいはしようがないことになるだろうな。それも、こっちの吟味が一段落ついてからのことだ」

伊賀は舟七の借金を頭においてにやりとわらってみせてから、

「そういえば、慶さん、神保町のほうの二十両は昨日返済ずみになっている。ほんの一足違いということになったわけだ」

と、声をひそめていっていた。

六

「隠居はうちの死んだおやじなどと違って、そういうほうはきちょうめんだからね」

慶三郎はそんな借金が残っているよりむしろ帳消しになっているほうが後腐れがなくていいと、その点はほっとした気持ちだった。

「ところで、お縫を助けた宗十郎頭巾と、下手人の宗十郎頭巾とは、同一人か、それとも別者か、だんなの考えはどうなんだろう」

慶三郎としては、このほうが差し迫った重大問題なのである。

「こいつは、はっきりと断言はできないが、どうも同一人くさいな。しかし、その宗十郎頭巾を佐久間に結びつけるのは、おれとしては納得しにくい」

「そうかなあ」

「佐久間という男は、さっきもいうとおりいわゆる変質者だから、そういういい鴨《かも》にぶつかれば、おなじ助けるにしても、恋敵《こいがたき》の湯島へはつれていかない。道順からいっても、矢ノ倉の自分の屋敷へつれていったほうが早いくらいなもんだからね」

「すると、のっぽのほうはあきらめるのか」

「いや、うまくいったら両方とも自分のものにしてしまうさ。あれは慶の字のようなお人よしじゃないんだ」

伊賀は断言するようにいう。

「もう一つ、佐久間はただ恋敵というだけで、慶の字と対決してやろうと考えるほど凶暴性のある男なんだ。そいつがもし現場で泥丸にぶつかったとすれば、泥丸を生かしちゃおかないだろう。だいいち、自分の身があぶなくなるからな」

「そういえば、耳の遠いばあやは宗十郎頭巾のうしろ姿を見ているそうだが、泥丸の姿は見ていないようだね」

慶三郎はそれを思い出して聞いてみた。

「ばあやは、お寅の切られているのを見ると、すぐにはって自分の部屋へ逃げ出しているんだ。泥丸がお寅の座敷をのぞいたのはその後になるんだろう。泥丸だって、死骸《しがい》を見るなり逃げ出しているだろうからね」

「どうだろう、泥丸は番屋へつれていく必要があるかね」

「無論、大切な参考人だから町内預けということになるんだが、当人さえどこへも逃げ出さなければ、慶さんにあずけておいてもいいんだ」

「泥丸が下手人の宗十郎頭巾に今後切られるという心配はないかね」

「それはまあ、まずないだろうな。宗十郎頭巾には自分は絶対につかまらないという自信があるんだ」

「お縫をさらっていくというようなことはないだろうか」

「このほうはなんともいえないが、そんなことをすれば自分の足もとへ火がつく。まあ、そんなばかなまねはしないだろう。それより、お縫さんのほうは屋敷の手を十分警戒する必要がある」

「もし屋敷の者が引き渡しを迫ってきた場合、これを拒むことはできないだろうな」

「そういう危険があったら、番所へあずけてしまうのがいちばんいいんだ。小栗《おぐり》家《け》のほうはおれが手をまわしてよく内情をさぐってみるから、慶さんはお縫さんからなんにも聞いていないことにして、窮鳥《きゆうちよう》として保護してやっていればいいんだ」

「そうか、それがいいか」

「しかし、のっぽがお縫さんをかくまっているとわかると変な気をおこしゃしないかな。いくらものわかりがいいといっても、女は女だからな」

伊賀のこの心配は当然すぎるほど当然だった。

「こっちからよく事情を話してみてもだめかねえ」

「おれはむしろ当人同士を会わせてしまったほうがいいんじゃないかと思うな」

「なるほど」

「その上で、お縫さんのことはのっぽにまかせてしまうんだ。まさか妻恋坂の隠居所へつれていくというわけにもいかないだろう。隠居が承知すれば別だがね」

「小栗のほうの捜索は相当きびしいと見なければならないだろうな」

「それは、千両という大金のかかっている玉だからね。表向きにはできないから、まあ的場屋一家のような渡世人を使うんだろうな。的場屋一家は松下町の倉田屋の用心棒も引きうけているんだ。お寅とおなじで、高利のほうの催促係もやらせている」

「ふうむ。的場軍十郎というやつは、おかじの話だと、相当すごい男らしいな」

「大なり小なりすごいやつでなければばくちうちの親分にはなれないんだが、軍十郎というやつは高利貸しの手先をやって、そっちでもうまいしるを吸っているような悪知恵の働く男だから、すごいほうでは大関格だろうよ」

「そいつに宗十郎頭巾をかぶせたらどういうことになるね」

「なんだ、さっき慶さんがもう一人こしらえた宗十郎頭巾は軍十郎だったのか」

伊賀はちょいとあきれたような顔をして、

「軍十郎は佐久間なんかよりもっとすごい悪党だから、お縫さんのような娘をわざわざ湯島までつれていくもんか。ちゃんと自分で一度、いや、あきるまでなでまわしておいてから、倉田屋へ高い金で売りこんでしまうさ」

と、あっさり一蹴《いっしゅう》する。

「いや、その場合は、お寅殺しの宗十郎頭巾と、お縫を助けたのとは、別者と見ての話なんだ」

「ところが、お寅殺しの下手人の手口は前の宗十郎頭巾の手口とそっくりだし、またそういう宗十郎頭巾の気質でないと、お縫さんを湯島へつれてはいかないんだ。だから、これは別人と見るわけにはいかないんだ」

「ちょいと待ってくれ。すると、その宗十郎頭巾はどうしてもおれの知っているやつということになるのか」

「いや、慶さんのほうでは知らなくても、直江家ぐらいの貧乏屋敷になると、人の口から口へ伝わって、たいていの者は直江慶三郎を知っていることになる」

「恐ろしいもんだなあ」

「恐ろしいとも。だから、正直にいうとな、宗十郎頭巾は慶さんだと早合点をするあわて者があっても、絶対にそうじゃないといいはることは、おれだってそう簡単にはいいきれないことになる」

あっと慶三郎は思わず目をみはった。

「冗談いうなよ。だんな、本当におれにそんな嫌疑《けんぎ》がかかっているのか」

「おれはそんなことは考えてもいないが、もしだれかが悪意でそんな嫌疑をかけたとすると、慶さんだってその申し開きをするのは相当骨が折れやしないか」

まったく考えてもみなかったことなので、慶三郎には返事のしようもない。

「慶さんには味方も多いが、敵もないではない。第一に佐久間、第二に小栗と倉田屋が共謀しないとはいえない。こっちは豊島町の的場軍十郎という悪党をかかえこんでいる。油断しちゃいけないとおれは忠告しているんだ」

「そうか、やっかいなことになるもんだなあ」

「つまり、ゆうべ泥丸にぶつかってそれを助けた。屋敷へ帰ってみたら、お縫さんが待っていた。話があんまり奇妙すぎるから、泥丸とある程度まで共謀という説が成り立ちさえすれば、宗十郎頭巾は直江慶三郎だということになる。だいいち、泥丸がお寅の男めかけだったという事実は、これも変な話すぎて、人は泥丸という男のいうことなど頭から信用しないだろうからね」

「どうだ、だんな、おれがその宗十郎頭巾を引っつかまえてやればいいんだろう」

「そう簡単にいくかな」

「おれは宗十郎頭巾は近いうちに倉田屋利兵衛《りへえ》をねらうんじゃないかと見ている」

「なるほど」

「だんなも、ひとつ手を貸してくれぬか」

「むきになったな、慶さん」

伊賀はにやにやわらい出しながら、

「それで、今夜の佐久間との果たし合いはどうするね」

と、思い出したように聞く。

「やるよりしようがないだろう。佐久間はお菊をつれてくるというから、おれは泥丸をつれてきて、そっと佐久間に会わせてみようと考えている。どうだろうな」

「いいだろう。おれはおれで手を打っておくことにするから、慶さんは思ったとおりにやってみろ。できるだけ出処進退《しゅっしょしんたい》をあきらかにしておく、そいつを忘れないようにしておく。敵はきつねのように狡猾《こうかつ》な悪党ばかりなんだからな」

そう話がきまって、伊賀とは舟七で昼飯を食って別れた。

――伊賀もえらいことを考え出すやつだなあ。

慶三郎は思いもかけない自分への嫌疑に、一度はあきれはしたが、しかし、そういう伊賀に対して疑ってみるという気持ちには少しもなれなかった。

七

その夜――。慶三郎は六ツ半（七時）ごろ、泥丸をつれて湯島の屋敷を出た。行きがけに妻恋坂の隠居所へ寄って菊枝に会ってから柳原土手へ出向けば、ちょうど佐久間との約束の五ツ（八時）に間にあうと考えたからである。

ことによると、佐久間のほうもそのころ菊枝を迎えにきているかもしれない。隠居所で顔があうようになれば、むしろそのほうが話は早い。慶三郎の気になるのは、菊枝と佐久間の仲がはたしてどの程度まで進んでいるのか、佐久間の今朝放言していたことはまったくのひとりよがりなのか、それとも菊枝との間に多少なりともそういう事実があるのか、それを菊枝の口から聞いておきたかった。それさえはっきりすれば、対決などという気ちがいざたはなるべく避けたいのだ。

しかし、伊賀から聞いた佐久間の人柄は、どう考えても変質者としか思えない。そんな男に菊枝が引っかかるとはちょいと考えられないので、もし菊枝がそのために迷惑しているようなら、これはたとえ対決をしてでも話をつけておいてやらなくてはならないと、それだけの覚悟はしていた。

「あのう、またお出かけになりますの」

出がけに乳母の居間をのぞいてみると、一人で針仕事をしていたお縫がちらっと顔を曇らせながらいう。

「お磯《いそ》はどうしました」

「呉服屋さんがみえましたとかで、いま表のお座敷へまいっておりますの」

呉服屋というのは本郷三丁目の大黒屋のことで、針の立つお磯はそこから仕立物をまわしてもらって内職にしている。お縫はもうそれを手伝っているようだ。

「お縫さん、あんまり無理をしないほうがいいよ」

「いいえ、よろしいんですの。慶三郎さまはまたあたくしのことでお出かけになるのではございませんかしら」

「そうじゃありません。しかし、伊賀にも会うことになっているから、駿河台《するがだい》のほうの様子もなにかわかるでしょう」

「あたくし、駿河台へはどうしても帰りたくございません。お乳母さまはここにいてもいいといってくれますから、当分ここへおいていただきます」

だから一生懸命に内職を手伝っているといったような、いじらしいお縫の顔つきなのだ。

「それは、こっちはそれでちっともかまわないんだが、まあ今夜もう一度伊賀ともよく相談してみよう。——ああ、立たなくてもいいよ、お縫さん。あんたはなるべく人に顔を見せないほうがいいんだ」

「すみません。では、ここで失礼させていただきます」

お縫はいそいでそこへ両手をつかえていた。この娘にはまた菊枝とは違う芯《しん》の強さがあるようだ。

「乳母、ちょいと出かけてくる」

表の廊下へきて障子越しに座敷へ声をかけると、大黒屋の番頭と話しこんでいたお磯がすぐに立って見送りに出てきた。

「今夜もおそくなるんですか、若だんな」

「いや、ゆうべよりは早いだろう。おやじはどこかへ出かけているのか、乳母」

「仁右どのは香林堂でございましょう」

用人中林仁右衛門《にえもん》の内職は写字写本で、香林堂はその版元なのである。

「おれの留守にだれがお縫さんをたずねてきても、そんな人は知らないといっておいてくれ。わかっているな」

小声で耳もとへいっておくと、

「大丈夫ですよ。そういう時は、ちゃんと隠れるところまでもうこしらえてあるんですから」

と、お磯も小声になってわらっていた。たいていのことではあまり驚いた顔をしたことのないたのもしいお磯なのである。

「だんな、お出かけでござんすか」

玄関へかかると、足音を聞きつけた泥丸と五郎吉《ごろきち》がそこの部屋からいっしょに出てきた。

「泥助、おまえは今夜おれの供をするんだ」

「ありがてえ。じゃ、久しぶりで娑婆《しゃば》の風にあたれるんですね。お供いたしやす」

泥丸は額をたたいてよろこんでいたが、五郎吉はあいかわらずむっつりとしたふきげんな顔つきで、黙って主人の草履《ぞうり》を玄関先へそろえていた。

屋敷を出て湯島天神の境内へかかるころ、十七日の月が下町の甍《いらか》の上へ顔を出しはじめて、たちまちあたりが明るくなってきた。

「月が出やしたぜ、だんな」

「うむ、ゆうべとおなじ月夜だ」

「いけねえや、だんな。いやな話は口にしねえことにしやしょうよ」

「おまえそんなに娑婆の風がうれしいか」

「そりゃあね、お屋敷の風も、娑婆の風も、風にかわりはござんせんがね、やっぱり町の風はなんとなくうきうきとしていやすからね」

「しかしなあ、泥、おまえは今朝、ここの貧乏屋敷は居候《いそうろう》にゃ極楽だといっていたようだがな」

「そりゃあ、お屋敷は極楽でござんすとも。だいいち、あんないい人情なんてものは、どこへ行ったってそうざらにあるってもんじゃありやせんや。本当ですぜ、だんな」

「そんなに急にほめてくれなくてもいいよ。耳がくすぐったい」

慶三郎は苦わらいをしながら、三組町通りへ出ていく。

「お世辞でいってるんじゃありやせんや。だんなには菊枝さまっていう娘の許婚《いいなずけ》さんがあるんですってね」

「五郎に聞いたのか」

「そうなんです。いまはおやじさんのほうと少しまずいことになってはいるが、その許婚さんの真実心なんてものは、まったく貞女の鑑《かがみ》みたいなもんだ。だから、もしだんながどこの馬の骨かわからないようなお縫さまと妙な仲にでもなったら、それこそその貞女の鑑が生きちゃいないだろうって、五郎さんは一人で気をもんでいるんでさ。そのお主おもいの人情なんてものは、あっしのような極道者でも、感心が股をくぐっちまいやがった。本当ですぜ、だんな」

泥丸は一人でそんなおおげさな感心のし方をしてみせる。

「泥、五郎はまさかお縫さんに意地悪いまねはしちゃいないんだろうな」

慶三郎はふっとそんなことが心配になってくる。一徹な五郎吉にはそういう心配が絶対にないとはいいきれないからだ。

「あれえ、そんなことが気になるようじゃ、だんなはもう少々怪《あや》しいんじゃねえのかなあ」

「なにが怪しいんだ」

「あのお縫さまってお嬢さんも、見たところ弁天さまのようなべっぴんでござんすからねえ。大体、武家方の娘なんてものは、やぼのやの字って相場がきまったもんだが、そのやぼに気品てやつがつくと、こいつはどうして芸者でも町娘でも足もとへ追いつけなくなる。しかも、だんながその気になって、おたわむれとかいうずるい手でちょいとちょっかいでもかけようもんなら、弁天さまのほうは顔を真っ赤にして体をくねらせながら逃げるまねはするが、その実、黙って御意《ぎょい》のままになりたい娘心が胸ん中でわくわくしているんだ。こいつはねこにかつお節よりあぶねえ。そうでござんしょう、だんな」

泥丸はひやかし半分、そこは下司《げす》根性でこっちの気をひいてみるようなことをいう。

「ところがなあ、泥、そのねこは目下へびの目とにらめっこの最中で、かつお節のほうまではとてもまだ手がまわりかねるんだ」

慶三郎はあっさり逆手を取っていく。

「へびの目っていうと、ゆうべの宗十郎頭巾でござんすか、だんな」

案の定、泥丸はぎくりとしたようだ。

「そのとおりだ。今夜はおまえにその宗十郎頭巾の目ききをしてもらおうと思って、いっしょにつれてきたんだ」

「冗、冗談でしょう、だんな。そいつは殺生《せっしょう》でさ。黙ってつれ出しておいて、そんな不意うちはいけねえや。だんな」

「なあに、正面からぶつかれというんじゃない。おれが今夜これから出会う男を、おまえは陰からそっと見ていて、ゆうべの宗十郎頭巾とかっこうが似ているかどうか、黙って目ききをしておいてくれればいいんだ」

「けど、そんなまねをして、あのへびの目ににらまれようもんなら、こんどこそあっしは命がありやせんからね。勘弁してくんなさいよ、だんな」

泥丸はしょぼんとなってそこへ立ちどまりそうにする。

「まあ歩け。おれがついているんだから、そんな心配はしなくてもいい」

「そうでござんすか」

「そうだ、こうしよう。おまえは手ぬぐいでほおかむりをして、しりっぱしょりになれ。そのかっこうでおれの跡をつけてくるんだ。それなら、宗十郎頭巾にぶつかっても、まさか向こうはおまえとは気がつかないだろう」

「大丈夫ですかねえ」

「しっかりするんだ。おまえも槍一筋《やりひとすじ》の豪の者じゃないか」

「ひやかしちゃいけやせんや」

それでも泥丸はしぶしぶ手ぬぐいをぬすっとかむりにしてしりっぱしょりになる。

「なるほど、こいつは、だんな、ちょいと切られ与三《よさ》って役ですねえ」

支度ができると、まんざらでもなさそうな顔つきだ。多少度胸がついてきたのだろう。

「口をきくとばれるぞ。おれがいいというまで黙って跡をつけてくるんだ」

やがて、向こうに隠居所の門の松の木が見えるあたりまできていた。

八

慶三郎は泥丸を表へ待たせておいて、くぐりから野村老人の隠居所へ入ってい

った。ここの玄関は格子《こうし》造りになっている。いよいよ勝負だなと思いながら、土間へ入って、

「たのうむ」

と奥へ声をかけると、どうれと答えて、玄関わきの下男部屋から下男の松吉がすぐに手燭《てしょく》を取って出てきた。

「ああ、直江さま、おいでなさいまし」

「松吉、菊枝さんは在宅か」

「へい、いらっしゃいます」

松吉が心得て取り次ぎに立とうとすると、菊枝の居間は玄関に近いので、こっちの声を聞きつけたらしく、もうさっさと自分からそこへ出てきて、

「慶さん、やっぱり寄ってくれたのね。待っていたのよ」

と、今朝とおなじ明るい顔でわらってみせるのだ。

「おれを待っていたのか」

慶三郎は思わず菊枝の顔を見あげる。

「そうですのよ。いっしょに出かけましょう。――松吉、すぐに帰ってきますからね」

菊枝はなにもかも承知しているように、気軽く松吉にそういいおいて、そこにあった履物《はきもの》に足をかける。

「行っておいでなさいまし」

松吉は神妙な顔をして、そこへ両手を突いていた。娘の夜の一人歩きなどという問題は、この気の強い菊枝には通用しないようである。

「おじさんはまだ神保町から帰らないのか、お菊さん」

くぐりを出てから、慶三郎は念のために聞いてみた。

「ええ、まだ帰らないのよ」

「そういえば、今日伊賀から聞いたんだが、おじさんは昨日お寅に深川のほうの借金をかえしているんだそうだね」

「そうらしいわ。そうしなければ、兄が兄嫁を家へ呼びかえすのをなかなか承知しそうもないからでしょ」

「十郎さんはそんなに怒ってしまったのかねえ」

「がんこは隠居ゆずりですもの。でも、早く家へ入れてやらなければ兄嫁がかわいそうよ、もうただの体じゃないらしいんですって」

「そうか、お小夜さん子供ができるのか。それじゃ、早くなんとかしてやらなくちゃ罪だな」

　道は月のあかるい妻恋坂をおりはじめている。あまりにも菊枝の様子が落ち着きすぎているので、

「お菊さん、おれは今朝はじめて佐久間という男に会ったぜ」

と、こっちから切り出していった。

「佐久間から聞いたのよ。お稲荷さんの境内で、二人で話していたのを見ていたんですってね」

　菊枝は人ごとのようにわらっている。

「佐久間はそれをひどく怒っているんだ」

「怒らせておけばいいのよ。あの人にはそういうひとりよがりのところがあるんです」

「しかし、すごいことをいっていたぜ。おれにお菊さんと絶交しろというんだ。おれのいる間はお菊さんの気持ちが煮えきらないと怒っているんだが、お菊さんはあの男にそんなことをいわれるようなわけがなにかあるのか」

「いやだなあ。慶の字はやいているの」

　菊枝はいきなりこっちの腕をつかんで、ぴたりと肩を寄せてきながら小声でい

う。娘らしい甘い肌のにおいが、かなり濃厚に鼻をかすめてくる。それは三年前に乳房をつかんでもみあった時よりはるかに熟れたような熱ぼったい感じだった。

「まさかやいてもいないが、正直にいえば心配しているんだ。お菊はゆうべもおれを利用しているんだと、平気でそんなことを公言しているんでね」

「利用だなんて、――ただ、隠居とはちょうどいい碁《ご》相手らしいんで、二、三度松吉を迎えにやったことはあるのよ。佐久間は賭《か》け碁のほうでしょ、隠居は賭けはきらいなんで、佐久間にすればおもしろくないっていうんです。だから、それだけは我慢してくれるようにたのんであります。ただそれだけのことなのよ」

「ゆうべも松吉を迎えにやったのか」

「いいえ、ゆうべは自分のほうから来たんだそうですけれど、あたしもそのとき神保町のほうへ行っていたんで、しばらくお仲と話しこんで帰ったといっていました」

お仲は古くから隠居所に奉公している女中で、隠居の手がついているめかけ同様の四十女なのだ。

「佐久間は前からお菊さんをくどいているんじゃないのか」

慶三郎はあけすけに突っこんでいく。

「いやだなあ、そんなこと——。あたしには慶の字がいるんだからってはっきりいってあるんだけれど、佐久間は隠居と慶さんのことを聞いているもんだから、なんとなくあきらめきれないらしいのよ」

「それで、佐久間は今日なんといっているんだね」

「今朝うちへきて、今夜いよいよ柳原土手で直江と対決をすることにしたから、あたしにも立ちあえっていうんです。どんな対決をする気かわからないけれど、あたしもそのほうがいっそ佐久間もはっきりするだろうし、慶さんはきっと出がけにうちへ寄ってくれると思ったんで、心待ちにしていたのよ」

菊枝の大胆なのは生まれつきなのだから、そう話を聞いてみれば、そんな気持ちになるのもわからないことはない。

「佐久間の今夜の対決というのは、刀にかけてという意味かもしれないよ」

「そんなこと、あたしがさせないわ。話がちゃんとわかればいいんですの。でも、慶の字はいつまであたしをこのままほっておくつもりなのかしら。本当のことをいってごらんなさいよ」

昌平橋をわたって八辻ガ原のほうへ折れると、まったく人通りがなくなる。菊枝は自分でもおさえきれない感情が急に胸の中へたぎってきたらしく、力いっぱい男の腕を引きつけながら体ごと迫るように熱い息をはずませてきた。顔も体も火のように燃えてまつわりついてくる。そうせずにはいられないといったような激しい媚態《びたい》なのである。

「しかし、おじさんの目の黒いうちはどうしようもないじゃないか」

そこをつかれるのが、いちばん痛いお菊なのだ。

「いやっ、そんなのいやよ。あたし今夜湯島へつれてってもらう。ねえ、いいでしょ。あたしはどうしても慶さんのお嫁になりたいのよ」

「本当か、お菊さん」

慶三郎の胸へもかっと火がついてきた。

「本当よ。あたしの気持ち、わかってるくせに、慶さんはいつまでも冷たいんだもの」

「おれは冷たいわけじゃない。――じゃ、お菊さんはおじさんを捨ててもいいんだな」

「捨てるわ。あたしもう死んでもいいの。慶さんが好き」

菊枝は口走るようにいいながら、男の手をいきなり自分の胸乳《むなぢ》の上へ持っていってしっかりとおさえつけてしまう。

慶三郎もまた、その菊枝の肩を抱きしめに行きたい衝動に駆られてくるのをあやうく自制していた。うしろから泥丸がつけているはずだからである。

「恥ずかしい、あたし」

ふっと菊枝は我にかえったように男の手を胸乳から放して、

「ねえ、変な男がつけてくるのを慶さんは知ってるの」

と、これもそれをちゃんと知っていたようだ。

「なんだ、知っていたのか」

「ええ。まだつけているのかしら。いやだなあ、気味が悪い」

どうやら激しく燃えあがった菊枝の情熱はやや峠を越えたような形である。

九

「お菊、あの男なら心配はない。あれはおれがいいつけて、ずっと陰供をさせているゆうべの泥丸なんだ」

あやしい胸のたかぶりがお菊と呼びすてにして、慶三郎はそこにもうなんの不自然さも感じなかった。

「あら、どうして泥丸などに陰供をさせているの」

菊枝は不審そうな顔をする。

「泥丸はゆうべ宗十郎頭巾と出会っている。今夜はどこで宗十郎頭巾とぶつかるかわからないから、首実検をさせてやるつもりなんだ」

「怖いなあ、あたし。宗十郎頭巾が今夜どこへ出てくるの」

「それはどこへ出るかわからないが、おれは宗十郎頭巾にねらわれているかもしれないんでね」

まさか佐久間にも宗十郎頭巾の疑いがかかっているとは、さすがに慶三郎もちょいと口にしにくい。

「まあ、どうして慶さんが宗十郎頭巾なんかにねらわれるの」

菊枝は意外そうにまゆをひそめてみせる。

話がここまできてしまっては、もう昨夜のお縫のことを打ちあけないかぎり、言葉のつじつまがあわなくなってくるのだ。

「実は、おれがゆうべ泥丸をつれて湯島へ帰ると、妙な娘が一人おれの帰りを待っていたんだ」

慶三郎はできるだけ冷静にお縫という娘のことをひととおり菊枝に説明して、

「そのお縫を和泉橋で助けた宗十郎頭巾の死に神は、時刻からいっても、場所柄からいっても、どうもお寅殺しの下手人の宗十郎頭巾と同一人物くさいということになるだろう。しかも、死に神はおれを知っていて、お縫を湯島へあずけにきている。どう考えてそんなまねをしたかそれはわからないが、どうせあずけっ放しということはないだろうからな、一度はきっとおれの前へ出てくるとおれは見ているんだ」

と、誤解のないように十分言葉づかいには気をかけたつもりだった。

「伊賀にそのこと相談してみたの」

「無論、相談してみた。伊賀は、そういう事情のある娘を知っていてあずかったとなると後が面倒だから、なんにも事情は知らないことにしておけ、お縫の身元のほうはこっちでさっそく調べてみるといっている」

「きれいなひとなの、そのお縫さんは」

「それは金貸しの倉田屋が千両という大金を投げ出すくらいだから、まあ美人のうちに入る娘だろうな」

「いやだなあ。慶さんは人がいいから、その娘さんに同情しているうちにだんだん好きになってしまうんじゃないかしら」

菊枝はこっちの手をさぐって、ぎゅうっと力いっぱい握りしめてくる。あきらかにその手にやきもちの感情がこもっているようだ。

「冗談いうなよ。おれは佐久間なんかとは人間が違うんだ」

慶三郎は軽くやりかえしながら、ふっと菊枝とは秘密の約束があると放言していた佐久間の言葉を思い出して、

「お菊こそ、佐久間の執念に負けて、なにか言質《げんち》をとられているんじゃないのか」

と、こっちもやきもちめいた言葉に託してさぐりを一本入れていく。

「ばかねえ。あたしはいつでも慶さんの子供を産むつもりでいるんだって、いまもいったばかりじゃありませんか」

「よし、それじゃ今夜いっしょに湯島へ行くだろうな」

「違うのよ。あたしは隠居所で慶さんの子供を産むのよ。隠居のいる間は、それよりしようがないんだもの」

菊枝はまたしても激しい血に胸をゆすぶられてきたらしく、そんな大胆なことを口走り出す。

「しかし、それはおじさんが承知しないんじゃないのか。その時になって湯島へ駆けこむくらいなら、はじめから湯島へきてしまったほうが、また話のつけよう

があると思うんだがねえ」

「もういやっ。あたしが、あたしがこんな恥ずかしいことまで口にしているのに、慶の字はあたしの気持ちなんかちっともわかってくれないんだから」

菊枝は怒ったようにいって、それっきりむっつりと口をつぐんでしまう。

こっちが心配していたお縫のことなどは、そう気にもしていないようだ。

道はいつか八辻ガ原を突っ切って、すでに柳原土手へかかっていた。月はいよいよさえて、土手の草むらから虫の声が降るように耳につく。

――佐久間はきているかな。

ここまでくるともう慶三郎も甘い気持ちにばかりはなってはいられない。見ると、案の定、柳原稲荷の森の前あたりに黒い人影が立ってじっとこっちを見ているようだ。たぶん佐久間に違いない。

「一足おくれたようだな、お菊」

思わず緊張しながら菊枝の手を放そうとすると、菊枝は意地になってその手に力を入れてきた。それを無理に振り切ることもないので、こっちはそのままのかっこうで佐久間の前へ出ていくことにする。

半狂人に近い佐久間唯介が黙っているはずはなかった。

「菊枝さん、それがあんたの今夜のおれへの返事なのか」

佐久間は目を血走らせながら、いきなり菊枝をにらみすえてきた。

「あたしの返事は、はじめからきまっていますのよ。今朝もちゃんとそういっておいたはずですわ」

佐久間の目をまっすぐ見かえしながら、菊枝は少しも悪びれた風はなくきっぱりという。顔色ひとつ変えていないのだから、とにかく大した度胸である。

「うそだ。あんたは義理にからまれて、わざとそんな心にもないかっこうをおれに見せつけているんだ。おれにはちゃんとわかっている」

佐久間はちらっと皮肉な冷笑さえうかべながら堂々とやりかえしてくる。うぬぼれもここまでくればまた大したものである。

「義理じゃありませんのよ。直江はあたしの夫になる人だと昔からきまっているんですもの」

「その約束は去年消滅したはずだ。親の御隠居が断じて不承知だといっている」

「女というものはねえ、佐久間さん、親よりは夫のほうを大切だと考えているものなんですのよ。夫婦は二世の縁《えにし》というでしょ」

「違う、それがあんたの本心じゃない。おれは知っているんだ。もういいから、菊枝さんは後へさがってくれ」

佐久間は冷たくいいきってから、

「直江、支度をしてくれ。約束どおりここで片をつけよう」

と、慶三郎のほうへうながす。

たとえひとりよがりのうぬぼれにもせよ、佐久間のこんな自信はどこから出てくるのか、慶三郎にはなんとも納得しきれないものが多分にある。

「佐久間さん、今夜の話は、支度などしなくても、いまのお菊の言葉でもはっきり勝負がついているんじゃないのか」

慶三郎は一応おだやかにやりかえしてみた。

「ひきょうだぞ、慶の字。おぬしは今夜出がけに妻恋坂へ寄って、義理にからんで菊枝さんを説きつけ、いっしょにここへ引っぱり出してきたんだろう。男のくせに、女のそでにすがるやつがあるか。そんな見苦しいまねはやめろ」

これはまた思いきった罵倒《ばとう》である。が、どこか神経の狂っているこの男にすれば、そんな曲解《きょっかい》が成り立たないこともないのだろう。

「困ったなあ。おれにいわせると、あんたこそお菊にこんなにはっきり振られていながら、それがわからずに一人でうぬぼれているとしか思えないんだがね。見苦しいのはむしろ煩悩《ぼんのう》に狂っているあんたのほうじゃないのか」

「こざかしい放言は置け。おぬしのような朴念仁《ぼくねんじん》に、女の本心がわかるものか」

「すると、お菊の本心はおれよりあんたのほうにあるというのかね」

「いまさらなにを寝ぼけているんだ。いいか、直江、お菊が口でなんといおうとも、女には本心が二つも三つもあるんだ。二つある場合はその一つを、三つある場合はその二つを男が消してやれば、自分ではじめて本当の本心がわかってくるものなんだ。一人でいい気になっていないで、早く支度をするがいい」

佐久間はふてぶてしくせせらわらいながら、自分はもうさっさと下げ緒を取ってたすきにかけている。

そんな佐久間の押しつけがましい露骨な放言を、菊枝は黙って聞き流しているのだ。狂人の相手になってもしようがないとさじを投げているのか、それとももうっかり口のきけないなにかがあるのか、とにかく意地の強い顔つきなのである。

「佐久間さん、あんたはゆうべ左衛門河岸《さえもんがし》をぬけて矢ノ倉の屋敷へ帰ったのか」

慶三郎はふいに舌刀《ぜっとう》を飛ばしてみた。

「そんなむだ口はもうたくさんだ。おぬし、おれの相手になるのか、降参するか、どっちなんだ」

「そう人を甘く見るもんじゃない。困った御仁だ」

「よしっ、それなら行くぞ」

しりっぱしょりになった佐久間は、正気のさたとは思えない殺気を目に燃やしながら、さっと抜刀した。

「しようがない。お菊、どいていろ」

慶三郎は草履《ぞうり》をぬいだだけで、とっさに抜きあわせる。どっちも青眼の構えだ。土手の上はやっと二人並んで歩けるほどの道幅だから、菊枝は慶三郎のうしろへさがっているほかはない。

十

「えいっ」

「おうっ」

慶三郎は自分から相手を切ってやろうというほどの敵意は持てないが、自分が切られないためには、勢い相手を切らなくてはならない場合を覚悟しておく必要がある。

剣先の間合いは六尺ばかりだ。

月光に青白く光っている敵の剣先に眼を定め、その視線がまっすぐ佐久間の構えへ伸びていく。意外にも、佐久間の構えは八方破れというやつで、どこにも守りがない上に、両足を左右へ踏ん張った常識外れの腰のすえ方なのだ。これでは前後への進退はきいても、左右への変化はきかない。

しかも、佐久間の両眼には相手を切ってやろうというすさまじい敵意があきらかにめらめらと燃えあがっている。

——そうか、こいつは居合いとすえ物切りが得意だったはずだ。

要するに、こっちの仕掛けを誘っておいて、切って出るところをたった一太刀で勝負をきめてしまおうという腹なのだろう。

それにしても、こっちの仕掛けより受けて立つ自分のほうのすえ物切りの一太刀のほうが速いという計算はどこから割り出しているのか、佐久間の面魂《つらだましい》には自分のほうが切られるかもしれないというような不安や恐怖はどこにもないようだ。

「えいっ」

佐久間はどこからそんな声が出るのかと思われるような気ちがいじみた気合いを頭のてっぺんから出しながらこっちの仕掛けを誘ってくる。

「おうっ」

敵が出てこなければ、こっちから出ていくほかない。そこにどんな落とし穴が待っていようとも、いまさらそれを恐れてはいられないのだ。慶三郎は敵の誘いに乗ってじりじりと間合いを詰めていく。

いちばん速いのは突きだ。次は籠手《こて》である。剣先の動く幅が短ければ短いだけ、敵に達する速度がはやくなるのだ。その速度が敵の剣先に及ばなければそれまでの話である。

「えいっ」

「とうっ」

佐久間はあいかわらず八方破れで、あくまでもこっちを誘っている。その誘いに乗らなければ、こっちをひきょう者あつかいにするだろう。いや、誘いに乗っていく慶三郎の気持ちの中には、なにくそ、たかがすえ物切りの曲芸剣術などに負けてたまるかという若い血気がいくぶんあるのだ。

その血気は、不気味なくもの巣にかかっていくはちという結果になるかもしれない。が、もう後へはひけないのだ。

――籠手へ行け。

慶三郎の腹はきまった。慶三郎は籠手の得意業である。身を守る剣法を旨とする慶三郎は、最悪の場合でも人間の生命を断つことは好まない。籠手は相手を不具にするだけですむから、慶三郎はふだん意識して籠手を取る刀法を工夫していた。面と籠手が相打ちになれば、無論面は即死だ。しかし、籠手と面では剣先の動く幅に相当にひらきがある。そこに慶三郎の自信があるのだ。

「おうっ」

剣先の間合いが零になる直前が、一気に踏んごんでいく機会である。

慶三郎がじりじりと前進してその機会をつかもうとしたとたん、

「待って――」

ふいに菊枝が金切り声をあげながら、うしろからこっちの左わきを走りぬけ、あっという間に佐久間の剣先の前へ立ちはだかっていた。

「あぶない。菊枝さん、なにをするんだ」

佐久間は思わず一歩後へさがる。

「あたしの前で、こんな気ちがいじみた切りあいはやめてください。どうしてもやりたいなら、あたしの見ていないところでやってもらいます」

菊枝は佐久間をしかりつけるようにいう。こっちからは顔は見えないが、のっぽの両肩がさすがに大きく息をはずませていた。

「なんだ、菊枝さんはそんなことまで、今夜、慶の字にたのまれているのか」

「違います。あたしはこんなばからしいまねはきらいなんです」

「そうか。じゃ、菊枝さんの見ていないところでなら、慶の字を切ってもいいんだね」

佐久間の口ぶりには、いくぶんひやかすような声音《こわね》がある。

「見ていないところまでは、あたしだってどうしようもないじゃありませんか」

「よかろう。それじゃ見ていないところで今夜のつづきをやる。菊枝さんから慶の字にはっきりそういっておいてくれ」

その言葉と同時に、佐久間が刀を鞘《さや》におさめる鍔鳴《つばな》りの音がした。

菊枝はまだ黙ってそこに突っ立っている。

「じゃ、おれは今夜はこれで帰る」

佐久間は素早く支度をなおして、くるりと和泉橋のほうへ踵《きびす》をかえしたようだ。

急に虫の声がしいんと耳によみがえってきた。

――一体、これはどういうことなんだ。

慶三郎はあっけにとられながら、自分も刀を鞘におさめて、脱ぎすてておいた草履《ぞうり》をはいた。

「慶さん、家まで送っていって――」

菊枝がこっちを向くなりいって、もうさっさと肩をならべてきた。なにか怒っているような顔つきである。

慶三郎は黙って八辻ガ原のほうへ歩き出した。

――おれは勝ったのか、負けたのか。

八方破れの人を食ったような佐久間の構えが、まだありありとまぶたに焼きついている。どうも勝ったとはいいきれない。菊枝が佐久間の前へ立ちはだかった時は、一瞬あっけにとられながらもなにかほっとした気持ちで、わきの下へ冷や汗さえかいていた。

しかも、佐久間はすぐその後で菊枝をひやかしているほど冷静のようだった。

――すると、おれの負けなのか。

負けたとも思えないが、こっちの籠手打ちがどこまできくか、それはやってみなければわからないことなのだ。

胸の中のもやもやとした不愉快さがだんだん濃くなってくる。

「お菊、なんであんなまねをしたんだ」

ついとがった声になっていた。

「慶さんが、慶さんが切られるのいやだもの」

菊枝の声は細い。

「なにっ、おれが切られる」

「相打ちだっていやよ。慶さんは今夜、正直すぎて、怒っていたわ。佐久間のほうがずるいから、あたし急に怖くなったのよ」

「おれのほうが負けだというのか、お菊」

慶三郎はむっとしてそこへ立ちどまっていた。

「負けじゃないけれど、けがをしてもらいたくなかったの。うしろ姿を見ていたら、急に心配になってきて」

それは菊枝に負けだと宣告されたのとおなじことだ。

「なまいきなことをいうな、でしゃばり」

むかっとなった慶三郎の平手打ちが、いきなり菊枝の左のほおへ激しい音をたてていた。

「あっ、――怒ったの、慶さん」

菊枝は一瞬大きく目をみひらいて、思わず打たれたほおを手でおさえている。

慶三郎は知るもんかと思いながら、腹立ちまぎれにどんどん八辻ガ原のほうへ出ていく。

——あいつに負けたのか、おれが。

負けたということは、自分が切られたということである。なんとも我慢ができない。そんなはずはないと思うのだ。それではあまりにも自分がみじめすぎる。

そんなことは、菊枝の勝手な思いすごしなんだ。事実、負けたのなら、佐久間の今夜の侮辱《ぶじょく》をそのままそっくり受け取らなければならなくなる。

くそっ、そんなことがあるものかと、慶三郎は歩きながら何度も歯ぎしりをしていた。

透《す》き間《ま》漏《も》る風

一

翌朝、慶三郎《けいざぶろう》は頭も胃《い》の腑《ふ》もどんよりと重苦しいいやな気持ちで目をさました。

体中にまだ酒がたまっているようで、のどがからからになっている。

すぐに腹ばいになって、まくらもとの水差しの水を湯飲みにつぎむさぼるように飲みほしたが、二杯目はもうなかった。

——酔いざめの水か。

なんとも味気ない、なにかひどくみじめな目ざめなのである。

「慶さんの、ばか」

その重く濁った頭の中へ、いきなり菊枝の声がはっきりとよみがえってきた。

が、そのばかという言葉に対しては、ふしぎと今朝はそう腹も立たない。

それより、そのばかといっしょに思い出した、ゆうべ佐久間唯介《ただすけ》に負けたという事実のほうが、かあっと体中を熱くしてきた。

おれは本当に負けたのだろうか。

思わず目をつぶったまぶたに、昨夜の佐久間の剣先がきらっと光っている。怖いとはどうしても思えないのだが、勝ったという自信も持てない。

――やっぱり、あの時ぶつかってみるべきだったのだ。

どうにも割り切れない気持ちなのだ。

そして、もっと不愉快なのは、おとなげもなく菊枝のほおを引っぱたいていることだ。

なぜあんなに腹を立てたのか、いや、たとえ腹を立てたにもせよ、なぜ女などにあんなみっともない八つ当たりをしたのか、その敗北感のほうがじいんと胸へこたえてくる。しかも、その後がもっと悪いのだ。こっちがあれっきり口をきいてやらなかったので、菊枝は黙って後からついてくるほかはなかった。

「いけねえや、だんな。女を引っぱたくなんて、あんまり感心したことじゃありやせんや。お嬢さんはしょんぼりと後からついて歩きながら何度もため息をついていやしたぜ。とうとう一言も口をきいてやらねえんだものな。強情だねえ、だんなも」

後で泥丸《どろまる》があきれたように口をとがらせていたが、それが昨夜の菊枝の姿だったのだろう。それでも約束どおり家まで送ってやるつもりはあったから、妻恋坂《つまこいざか》の隠居所の前まで先に立って歩いた。まだ声をかけてやる気もしないし、うしろを振りかえってみてやる気にもなれない。ここまで送ってきてやったんだから、もういいだろうという気持ちだった。

が、そこで足をゆるめたことだけは、ちゃんとおぼえている。なにか声をかけてきたら、いや、もう一度あやまったら勘弁してやってもいい、そんな下心があるにはあったようだ。

しかし、菊枝の口から出た言葉は、

「慶さんのばか」

意外にもそれで、その声はたしかに半分泣いていた。そして、ばたばたと小娘のようにくぐりから家の中へ駆けこんでしまったのである。

――勝手にしろ。もう知るもんか。

おれは佐久間などに絶対に負けるものか。あんないやらしい色気違いなどに負けてたまるか。そういう男の自負を、女房にしようとまで信じている菊枝の口から、あなたは負けたのだといってぶちこわされてしまったのだ。

慶三郎は剣技を人生の最上のものとは考えてはいない。だから、それによって生きようとも、出世してやろうとも思ってはいない。しかし、あんなやつに負けたと見られるのは、やっぱりたまらない侮辱《ぶじよく》である。

「そいつは、だんな、違いまさ。お嬢さんはだんなにほれこんでいるから、見ちゃいられなくなっちまったんだ。負けた勝ったじゃなくて、切られちゃ大変だと思った。だから、夢中で白刃《しらは》の中へ飛びこんじまったんで、――だんなにゃ女の気持ちなんてもんがわからねえんですかねえ」

泥丸は怒ったように突っかかっていた。

「まあいい。泥、酒が飲みたい。どこかこの辺に酒を飲ませるところはないか」

やけ酒というわけではないが、どうにもおもしろくないので、急に酒が飲んでみたくなったのだ。

「この辺にゃありませんね。明神下まで引きかえさなくちゃ」

「よし、引きかえそう」

「やけ酒ですかい、だんな」

「やけ酒じゃない。おれのはばか酒だ」

「ちげえねえ。そういや、だんなはお嬢さんにばかっていわれていやしたね。ふ、ふ、泣きながらばかっていわれりゃ、こいつは本物でさ」

その菊枝の家の前をもう一度通りぬけて、明神下へ引きかえしたのである。

神田明神の男坂の石段の下を右へ入った崖《がけ》の前の、白粉《おしろい》くさい女のいる飲み屋だった。下は樽に腰かけて飲めるようになっている土間だが、二階にはそういう女が客を取る小座敷がいくつかあって、時刻が時刻だからそっちのほうが繁盛しているようだった。土間のほうにはもうほかに二組みぐらいしか客はいない。

慶三郎はそう酒は強いほうではない。それが銚子を五、六本ならべても、昨夜は少しも酔えなかった。いや、酔えないと思っていたのは自分だけで、その実、相当酔ってはいたのかもしれぬ。

「おい、お島、女には心が二つも三つもあるってのは本当か」

泥丸がお島さんとかあねさんとか親しそうに呼んでいるから、慶三郎もそう呼んで、いきなりそれを持ち出してみた。酔っていた証拠である。立ったまま泥丸に酌《しゃく》をしていたお島は、あかぬけのしたきつい顔の大年増《おおどしま》で、ちょいとけげんそうに張りのある目をみはったが、

「ああ、それ、女の浮気のことなの」

と、すぐに聞きかえしてきた。

「浮気じゃない。本気で二人も三人も男が好きになれるかと聞いているんだ」

「ですから、二人も三人も好きになるのは浮気じゃありませんか。本気は一人のものよ。でもねえ、浮気から本気になったり、本気だと思ったのが浮気になってしまったり、そんなこと女だって男だっておんなじことじゃないんですか」

「そうかなあ」

「殿さまはあんまりお道楽したことなさそうね。だから、女が浮気か本気かわからない。うまく女にだまされて本気にしてしまう。けど、浮気だ浮気だと思っている女を、いつの間にか本気にさせてしまう。そういう男だってあるんですよ。本当にその女にほれているんなら、しっかりなさいまし」

女はこっちをあわれむような目をしてわらっていた。

なんであんなばかなことを酌女などに聞いたんだろうと、今朝はいよいよみじめな気持ちになる。が、その時は、佐久間があの押しの強さで菊枝を本気にさせてしまう、そんなことだってあるかもしれないと、いやな気持ちにされていた。

どこをどう通って湯島へ帰ってきたか、はっきりおぼえてはいない。ただ妻恋坂は意識してのぼらなかったようだ。

「あのお島って女はねえ、だんな、あの店を一人で切りまわしている評判のやり手なんだが、殿さまはだれか女にだまされているのかって心配していやしたぜ。だから、あっしは、なあに、だんなは痴話《ちわ》げんかってやつをしたんでごきげんが悪いんだっていっておきやしたがね」

帰り道で泥丸はそんなことをいっていた。

――はてな。

水がほしいと思いながら、慶三郎はふっと考えてみた。昨夜の勘定はだれが払ったのか、まったくおぼえがない。そのくらいだから、もっとなにかだらしのないまねをしているんじゃないかと、急に情けない気持ちになって、我にもなく廊下のほうへ手をたたいていた。

雨戸がしめたままになっているから、座敷の中は薄暗いが、庭は日の光が明るいようだ。たしかにもう五ツ（八時）はすぎているに違いない。

「あのう、お呼びでございますか」

廊下へきて障子越しにひざまずいたのは、お磯《いそ》ではなくて、意外にもお縫《ぬい》のようだ。

「お縫さんか」

慶三郎は寝床の上へむくりと起きなおりながらそっちへ聞いた。お縫のことは忘れるともなくついうっかりしていたのである。

二

「失礼いたします」

お縫はつつましく障子をあけて、

「お早うございます」

と、あらためて敷居に両手をつかえた。

きちんと身じまいをすませている鮮やかな顔にも姿にも、いきいきとした若さがみなぎりにおって、がらんとしてなにもない座敷だけに、そこだけ花が咲いたような明るさに見える。

「お早う、お磯はどうしました」

「お乳母さまはいまお台所でございますの。お召し替えでございますか」

「いや、あんたにそんなことをさせては申し訳がない。ああ、そうそう、ゆうべは伊賀《いが》に会えなかったんだ。駿河台《するがだい》のほうのことは今日きっと聞いてきます」

昨夜はそれどころではない慶三郎だったのだ。

「いいえ、よろしいんでございますの」

お縫は明るく微笑してから、

「ゆうべずいぶんお酔いになっていらしたので、お乳母さまがとても心配していましたの」

と、いくぶんたしなめるようなまなざしをしてみせてる。

「なんだ、お縫さんもまだ起きていたのか」

「お内職のお手伝いをしていました」

「いかんなあ、あんたはお客さまなんだから、そんなことはしなくていいんだ」

こっちのことを聞き流すようにして、

「とてもなにか怒っていらして、お乳母さまがここへお連れすると、雨戸をあけろといきなりどなりましたのよ。おぼえておいでになりますの」

と、お縫はきれいな目をまともに向けてくる。

「ふうむ、おぼえていないな」

「お乳母さまがなにをなさるんですと聞きますと、よし、おれがあけるとおっしゃって、御自分で雨戸をあけて、はだしでお庭へ飛び出しました。そして、庭の梅の木の枝をお切りになりましたのよ」

あっと慶三郎は目をみはった。そういえば、たしかにおぼえている。どうしても佐久間の籠手《こて》が切りたかったのだ。その太さぐらいの枝を思いきり切って、よし切れたと、その時は胸がすうっとしていた。

「思い出したよ。気ちがいだな、まるで」

「あんなにお酔いになったのははじめてだって、お乳母さまはびっくりしていましたの」

「悪い酒だったんだ。それに、わしはそう酒に強いほうじゃない」

「なにか、けんかをなすったのでございますか。心配ですわ、あたくし」

「泥丸に聞いたのか、お縫さん」

苦笑せずにはいられない。

「ええ、今朝うかがいましたの」

「ああ、そうだ、うちの五郎がなにかお縫さんに意地悪をするようなことはないだろうね」

半分は照れかくしで話題をかえてしまう。

「そんなことございません。どうしてでございますの」

その点お縫は至極《しごく》無邪気な顔をしている。

「いや、それならいいんだ。あれは少し一徹なところがあるんでね。――すまんが、お縫さん、泥丸をここへ呼んでくれぬか」

「はい。雨戸をおあけしないでよろしいんですの」

「そのままでいい。雨戸をあけると、また梅の木が切りたくなる」

「まだお酒がおさめになりませんの」

お縫は真顔で聞くのである。

「いまのは冗談だ、お縫さん。あんたは正直だなあ」

「まあ、いやですわ、そんな」

お縫は赤くなりながら、障子をしめて逃げるように立っていく。

――おれはそんなに泥酔《でいすい》していたのかなあ。

慶三郎はいよいよ不安になってきて、床の間の刀架《とうか》に飛びついていくなり、秘蔵の国宗《くにむね》を取って抜いてみた。切った跡ははっきり残っているが、刃こぼれは一つもない。

「こいつはたった一つ残っているおれの大切な売り物なんだからなあ」

ばかなことをしたもんだと、我ながら苦わらいが出る。

それにしても、泥丸はお縫に、今朝、菊枝とのことまで話してしまったんだろうかと、妙にほおが赤くなってくる。どう考えても菊枝を引っぱたいたのはおとなげなさすぎるからだ。

これだけは一度会ってあやまっておく必要があると思う。

「だんな、お呼びでござんすか」

泥丸がけろりとした顔つきで、障子をあけて入ってきた。

「おまえ、もう酒はさめたのか」

慶三郎は立って、寝まきをふだん着に着替えながらうらやましそうに聞く。

「さめやしたよ。ゆうべはあっしはそんなに酔っちゃいやせんでしたからね」

泥丸はこっちがぬぎすてた寝まきをさっさとたたみはじめる。

「おれはまだ頭が重い」

「そうですかねえ。ずいぶん飲むにゃ飲みましたがね。だんなもしっかりしているんで、強いなあと感心していたんでさ。もっとも、屋敷へ帰ってから急に酔いが出たようですがね」

「庭の梅の枝を切ったそうだな」

「すごいようないい気合いでしたぜ。やっぱりだんなの勝ちでさ。佐久間なんて野郎に負けるもんですか。まさに籠手ありでさ」

「そんなうれしがらせをいうな。頭が重くてしようがない」

慶三郎はもう一度寝床の上へ座りながら、

「時になあ、泥、ゆうべの勘定はだれが払ったんだ。おれは少しもおぼえがないんだ」

と、正直に聞いてみる。

「あっしが払いましたよ。男一匹、そのくらいの金はちゃんと持っていまさ。ある時だけはね」

「それは気の毒なことをしたなあ。おまえにちそうになる筋合いはない、おれが払うから、いくらだったんだね」

「けっ、そんな水くさいことはよしやしょうや、だんな。それよりねえ、いまちょいとおかしな野郎があっしをたずねてきやしてね、ちょいとびっくりしているんでさ」

泥丸は急に真顔になって座りなおる。

「だれがたずねてきたんだ。一体、いまは何刻《なんどき》ごろなんだ」

どうも五ツ（八時）という時刻ではなさそうである。

「もう四ツ（十時）をまわったかもしれません」

「なんだ、そんな時刻になるのか」

「だんなはお寅《とら》ばばあに宇之吉《うのきち》っていう極道息子のあるのを知っていやすか」

泥丸は声をひそめて聞く。

「話には聞いている。もうお寅ばばあの家へ入りこんで、家中を引っかきまわしているそうだな」

「実はその野郎がたずねてきやしてね、あっしも顔を見るのははじめてなんですが、どうしておれがここにいることがわかったんだねって聞いてみると、ゆうべお多福《たふく》からつけてきた、悪く思わねえでくれっていやがる」

「なにっ。お多福ってのはたしかゆうべの飲み屋だな」

「へい。そのお島の店なんですが、あそこの女にあっしが泥丸だってことを聞いて、すぐに声をかけようと思ったんだが、お連れさんがあるから遠慮をして、そのかわり跡をつけさせてもらいやしたと、薄っ気味の悪いことをぬかしやがるんでさ」

「ふうむ」

こいつは油断がならないと、慶三郎も急にしゃっきりとしてきた。

「それで、用件はなんだったんだ」

「そいつがまたちょいとおかしな話なんで。野郎はあっしが時々お寅のところへ入りこんでいるって話をつんぼのばあやから聞いたらしいんでさ。おまえさんにはうちのおふくろが生前たいそうお世話になっているそうだが、実はおふくろの残しておいてくれた金がどこにあるんだか、どうしてもわからない、そのかくし場所を知っていたら教えてもらいたい、礼金はいくらでも出すっていうんです」

「なるほど――」

「金は一文も見つからないんかねと聞くと、百両と少し手文庫の中にあった。しかし、おふくろの残していった金はそんなもんじゃないはずだという。こいつはあっしが考えても万からの金だと思うんですが、そいつがどこにもないというんです」

「それは百両と少々などということはないだろうな」

「ですから、あっしはいってやったんでさ。そいつはおまえさんのさがし方が悪いんだろう、金はどこかにかくしてあるに違いない、けど、あっしはおふくろさんのごきげんを一席うかがう度に一分と小遣いがきまっていたんで、ほかのことはなんにも知らない、あのしまり屋のおふくろさんが、あっしなんかに金のかくし場所をいうはずはない、こいつは豊島町《としまちょう》の親分に聞いてみたってわかることだってはっきりいいやすとね、そうか、それじゃ自分でもう一度さがしてみようって、がっかりして帰っていきやがった。そいつはそれですんだようなものの、おとといの晩のあっしのことがわかると、こいつはまたうるさいことになりそうだ。どうしたもんでしょうねえ、だんな」

泥丸はそれが心配になってきたようだ。

が、慶三郎はそんなことより、もしやお縫の話が不用意に自分たちの口から出ていて、それを宇之吉に聞かれているとこのままにはしておけないと、そっちのほうが心配になってくる。

三

「泥、おれたちはゆうべお多福でお縫さんのことは口にしなかっただろうな」

泥丸にそんなことを聞くのはいささか心外な気はしたが、なんともそれが不安になってきたので、慶三郎は思いきって聞いてみた。

「さあ、そんな話は出なかったと思いやすが、どうしてでござんす」

泥丸は気軽にうけて、きょとんとした顔をしている。

「いや、いまおまえをたずねてきた宇之吉というやつにそんなことを聞かれているとおもしろくないんだ」

「ああ、それならまあ大丈夫だと思いやすね。お縫さんて名は世間にそう珍しい名じゃない。たとえば、あいつがそんな名前ぐらい聞いたってなんのことかわかりゃしねえでしょうからね」

そうぴしゃりと出られてみると、たしかにそんな気もする。

少し神経質になりすぎたかなとも思ったが、しかし、極道者の宇之吉に湯島までつけられて、それさえうっかりしていたというのは、やっぱりなにか不気味なものが後へ残る。

「やけ酒はいけねえな、泥」

「いけやせんとも。だんなのは酒癖ばかりじゃなくて、しらふで女が引っぱたけるんですからね、しらふ癖だってあんまりいいほうじゃありやせんや」

泥丸はまだそれを根に持っているようだ。

「女房だと思うから引っぱたいたんだ。他人の女なら引っぱたくもんか」

「他人の女をいきなり引っぱたきゃ気違いでさ。けど、あの妻恋坂のお嬢さんは本当にだんなにほれてるんですぜ。五郎さんじゃねえが、あっしはかわいそうでしょうがねえ」

「女のくせに、余計なまねをするから、つい腹が立ったんだ」

慶三郎はまたしても昨夜の自分がいやらしくてたまらなくなってくる。

「そうかなあ。虫のいどころってやつですかねえ。あっしはそれより佐久間って野郎のほうが気にくわねえ。うぬぼれが強くって、執念深くて、いやな野郎でさ」

「おまえにもそう見えたか。どうだ、あいつが宗十郎頭巾《そうじゅうろうずきん》をかぶったら」

「実はそれなんですがね、ゆうべ話に出た時は、ひょっとしたらと思ったんですが、やっぱりあれは違いまさ。あいつが宗十郎頭巾なら、お縫さんがただじゃすまなかったでしょうからね」

「しかし、あの男はいまお菊をねらっているところだからな」

「なあに、そっちはそっち、こっちはこっちでさ。男にだって心は二つも三つもある。そんなことを遠慮する野郎じゃありやせんや。あいつのはお島のいっていた本気と浮気じゃなくて、浮気のほうばかりかもしれやせん」

浮気で命がけの真剣勝負ができるかなと、慶三郎は昨夜の佐久間の顔をちらっと思いうかべたが、

「どれ、顔を洗ってこよう」

と、そんないやな気持ちを払いのけるように勢いよく立ちあがった。

井戸端へ出て顔を洗い、冷たい水を思いきり胃《い》の腑《ふ》へ通すと、どうやら体がしゃっきりしてきたようだ。

やがて昼に近い日差しはまだかなり強いが、空の色はもうすっかりさわやかな秋の気配である。

「若だんな、八丁堀の中間《ちゆうげん》さんが玄関へきてお目にかかりたいといっているです」

五郎吉《ごろきち》が台所口から取り次いできた。

「伊賀の使いか」

「へい」

「よし、いま行く」

台所へあがると、朝飯の支度をしていたお磯が、

「すぐに御飯になさいますか」

と、こっちの顔色を見ながら聞いた。

「いや、飯はまだほしくない」

「あんなにお酒を召しあがるからですよ。まだ気分が悪いんでしょう」

「気分はもうなおった」

玄関へ出てみると、顔なじみの伊賀の中間庄吉《しょうきち》が待っていた。

「なにか用か、庄吉」

「お早うございます。だんなさまがぜひお話ししたいことがありますんで、御都合がよろしければお供をしてくるようにといいつかってまいりました」

「そうか。しばらく待っていてくれ。すぐ行く」

　昨夜は伊賀に会えなかった。

　こっちにも駿河台のほうの話を聞いておきたい用があるので、居間へもどって帯刀を取って出てくると、もう自分の部屋へ帰ってお縫と内職の賃仕事をしていたお磯が、

「お出かけになるのですか」

　と、針をおいて立ちあがろうとする。

「そのままでいい。ちょいと伊賀に会ってくる」

「では、ここで失礼しますけれど、お酒だけは気をつけてくださいまし」

「わかっている。お縫さん、今日は駿河台の様子を聞いてくるよ」

「お世話ばかりおかけしまして申し訳ございません」

お縫はつつましくそこへ両手をつかえていた。

この屋敷にいる間は大丈夫と安心しているのか、暗いところは一つもないお縫である。

「泥、まだ油断はできない。どこへも出るなよ」

五郎吉といっしょに見送りに出た泥丸にそういいおいて、庄吉と連れ立って屋敷を出ると、庄吉はまっすぐに湯島天神の境内を通りぬけて男坂のほうへかかっていく。

「伊賀はどこで待っているんだね」

「神田明神の下で待っています。なんですか、あんまり湯島のお屋敷へは出入りしないほうがいいんだといっておりました」

お縫のことがあるから、気をつかっているのだろう。

「ゆうべ、だんなはいそがしかったんじゃないのか」

それとなくさぐりを入れてみたが、へいといったきりで、さすがに八丁堀の中間は口が固い。

「神田明神下なんかに、だんなの行きつけの家があるのか」

「行きつけというわけじゃありませんが、お多福という小料理屋で、もと八丁堀の上役さんの息のかかった女が出している店があるんです」

「なんだ、お島という女がやっている店じゃないのか」

慶三郎はちょいと意外だった。

「御存じなんですか。ああいう岡場所《おかばしょ》はいろいろな人間が入りこんできますので、だんなは時々お多福へ顔を出します」

「なるほど、思いがけない拾い物があるというわけだな」

「そのようです」

「しかし、そのお島というのが食えない女だと、あべこべに売られるというような心配はないのか」

「それは、ああいう海千山千の女のことですから、憎まれればそんなこともありましょうけれど、うちのだんなは大丈夫のようでございます」

主思いの庄吉は自慢そうにいう。

そういう海千山千の女に、昨夜はとんだ酔態《すいたい》を見られているのだろうから、慶三郎は顔をあわせるのがちょいと照れくさいような気もする。

「お島はいま空き家なのか」

「そんな話です。ああいうところの女は空き家だと店が繁盛しますそうで、お島にもだいぶそんな客がついているんだそうです」

「つまり、ぜひ世話をしたいという客だな」

「顔だけ見ていると、なかなかいい年増《としま》ぶりですからね。豊島町の的場《まとば》軍十郎《ぐんじゅうろう》なども そのおおかみ連の一人だって話です」

「ふうむ、的場屋一家の親分がねえ」

なるほど、伊賀がそんな場所でこっちを待ちあわせる気持ちが慶三郎にもやっとわかったような気がする。しかも、お多福へは現に宇之吉も出入りしているのである。

四

神田明神下の崖《がけ》っぷちのお多福は、昼ごろからそろそろ店が繁盛するようだ。

伊賀はさすがに心得ていて、店の土間からではなく、路地をぬけて裏の板場口からこっちを案内するようにといいつけてあったらしく、庄吉は板場口へまわって、

「お願いいたします」

と、そこに働いている中年の板前にていねいに頭をさげてたのんでいた。

「あいよ。あねさん、お客さんですぜ」

板前は手を休めようともせずに、気さくにそこから見える切り落としの帳場座敷のほうへ声をかけてくれた。

「おや、いらっしゃい。お待ちかねですよ」

すぐに板場へおりてきたぞろりとした身なりのお島が、やっぱりあなただったのねといいたげな顔つきで、にこりとわらいながら出迎えてくれた。

それが慶三郎には昨夜の酔態をわらわれているようにも取れたので、

「やあ、昨夜は赤面の至り――」

と、思わず照れておじぎをしていた。

帳場座敷の奥に六畳ほどの座敷があって、ここは客座敷ではなくお島の居間のようだが、伊賀はそこでお島を相手に茶をのみながら今まで待っていたようである。

「おみえになりましたよ、だんな」

「来たな、大きな坊や」

伊賀がにやりとわらいながら迎えるのを、

「およしなさいよ、だんな、いきなりからかうもんじゃありません」

お島もわらいながらたしなめて、

「若だんな、どうぞごゆっくり」

と、そこのふすまをしめきって出ていく。

「おれはゆうべここで少し酔ったようだ」

慶三郎は苦わらいをしながら正直にぶちまけてしまう。

「泥丸につれてこられたんだそうだな」

「おれはこういう家はあんまり知らないんでね」

「のっぽを送っていった帰りか」

「うむ」

「それがよかったんだな。若だんながここへ寄っていないと、ちょいと面倒なことになったかもしれない」

伊賀は真顔になって声をひそめる。

「それはどうしてだね」

「おれはゆうべ佐久間のほうをつけさせたんだ」

「柳原土手からか」

「そのとおりだ。佐久間の体にすごいような殺気があった。こいつおかしいと思ったんで、忠八に跡をつけさせてみた。案の定、佐久間は和泉橋《いずみばし》をわたって足早に黒門町へ出たそうだ」

忠八は伊賀の若党で、準免許ぐらいの腕はあるしっかり者である。

「ふうむ。黒門町からどこへ出たんだね」

「湯島天神の男坂へ出て境内へあがっていったそうだ。そこでちょいと考えていたが、それからゆっくり三組町通りへ出て、妻恋坂のほうへ向かったというんだ」

「つまり、おれと出会うつもりだったのか」

慶三郎はかっと体中が熱くなってくる。

「慶さんがのっぽを隠居所へ送ってまっすぐ湯島へ帰れば、当然途中で出会うことになる。よっぽど執念深い男なんだな、あいつは」

「惜しいことをした。おれのほうでもゆうべはあいつに出会いたかった」

佐久間は絶対に負けるとは思っていないんだとわかると、こっちもむらむらっと激しい敵愾心《てきがいしん》に駆られてくる。

「正直にいおう。あいつの籠手《こて》が切れる自信があるか、慶さん」

「無論、ある」

「おれの見たところでは、あいつは中段から体ごと踏みこんで、ただ一刀を振りおろすだけだ。それに命をかけている。相打ちだと慶さんのほうが致命傷になるかもしれない」

「伊賀、おれは貴公にまでそんな風にいわれるのは心外だ」

「落ち着くんだ、慶さん。おれはあんたが負けるといっているんじゃない。そのすぐかっとなるのが気になるんだ」

伊賀はたしなめるようにいって、

「あんたはどうしてもまだ大きな坊やだよ」

と苦笑している。

「そうか。おれは大きな坊やか」

すうっと興奮がさめて、そんなにたわいなく興奮したのが妙に気恥ずかしくさえなってくる。

「おれはさっきのっぽさんをたずねてきたんだ」

「ふうむ」

これは聞きずてならないと思う。

「慶の字はのっぽさんのほっぺたを引っぱたいたそうだね」

「いや、わらっていたよ、ずいぶん痛かったといってね」

「恨《うら》んでいたか」

「のっぽはおれのことをばかと罵倒《ばとう》した」

「慶の字には女の気持ちなどわからないと嘆いていたな。いちばん怖いのは、慶の字は正直すぎるし、向こうはずるすぎることだと心配していた」

「いいさ、どうせ佐久間とは一度やらなくちゃならないんだ」

正直が勝つか、ずるいほうが勝つか、その時を見ているがいいと思う。

「おれの怖いのは、佐久間のずるさじゃなく、あいつは半狂人だということだ。狂人を切る工夫はついているのか。技じゃだめだぞ」

「のっぽがそういうのか」

「そう顔色を変えるなというのに。いいか、慶さん、竹刀《しない》を持たせば佐久間など慶さんの相手じゃないんだ。しかし、狂人は自分が切られるとは少しも考えていない。きっと相手が切れるという自信だけ持っている。こいつは無念無想に通じるものがあるんだ。のっぽさんはそれを女の勘で見ぬいた。口に出してはいわないが、それだから白刃《しらは》の中へ飛びこんでしまったんだ」

「だんなもおれが切られそうだと思ったか、ゆうべの勝負は」

「正直にいって相打ちと見た。ぞっとわきの下へ冷や汗をかいていたんだ。負けなくてもいい勝負を相打ちにする、後で考えて腹が立ってきた。あんたには相手を切ってやろうというあせりがありすぎたんだ。腹さえすえればなんでもない相手なんだ」

こんどは伊賀のほうが興奮したような口ぶりになりかけていたが、

「時に、あんたはのっぽさんにお縫のことを話したのか」

と、急に話題をかえてしまう。

「うむ、ゆうべ話した」

「そうだろうな。きっとその話は出ているだろうと思ったんで、それとなくのっぽさんの口うらをひいてみたんだが、あのひとは通じないような顔をしていた。泥丸のことならなんでも話す。さすがにいい意地を持っていると思って感心したんだ」

「佐久間のことはどうだ。なにか話していたかね」

「だから、あの男は怖いと、散々話に出た。しかし、最後に一言いっていた。こんど切りあいになれば、慶の字のほうが必ず勝つとね」

「それはどういうわけなんだろうな」

「そこまでは聞いてこなかった。気になるんなら、帰りに寄って直接聞いてみるんだな」

伊賀はちらっと意地の悪い目をする。

「おれは佐久間と対決するまではのっぽには会いたくない」

こっちも意地で、ふっと今そう考えついたのだ。

「そんなに佐久間のことが気になるか、慶さん」

「そりゃ気になるさ」

「恋敵《こいがたき》だからね」

「あんまり意地の悪いことをいうなよ」

「おかしいなあ。のっぽさんのほうは少しもやきもちをやかないのに、慶の字のほうがやきもちをやいている」

「やきもちかなあ」

慶三郎はそういわれてみて、ひやりとさせられる。それに追い打ちをかけるように、

「お島がな、慶さん、あの大きな坊やのいいひとは、お縫さんていう女かと聞いていた。いや違う、お菊さんだとおれはいっておいたが、そのお菊さんは一言も

お縫の名は口にしていないんだ。こんな飲み屋でその名を口にするのはあぶないぞ、慶さん」

と、伊賀はなじるように声をひそめるのである。

あっと慶三郎は虚をつかれて、我にもなく顔が赤くなってくる。すると、やっぱりゆうべここでお縫の話を口にしていたのだ。

「そうか、すまん。おれはまったくゆうべはどうかしていたんだなあ」

「いや、それを聞いたのはお島だからいいようなものの、ここへは的場軍十郎もくるし、小栗家《おぐりけ》の平侍もよくくるという話だ。注意しなくちゃあぶない」

「実はな、だんな、ゆうべおれたちはここからお寅の極道息子宇之吉というのに湯島まで跡をつけられているんだ」

「なにっ、宇之吉にか」

「宇之吉がつけた理由は泥丸にあるんで、お寅のかくしておいた金がいくらさがしても出てこない、泥丸なら知っているかもしれないというんで、現に宇之吉は今朝湯島へ泥丸をたずねてきているんだ」

「なるほど――。事実、お寅の金はかくし場所がわからないで、的場なども一役買っているには買っているらしいんだがね」

「どうだろう、ひょっとしてお縫の名がその宇之吉の耳へ入っているようなことはないだろうかねえ」

慶三郎はもうみえも外聞もなく、伊賀にすがるほかはなかった。

五

伊賀との話がすんで、飯の前に軽く銚子を一本ほどあけただけだったが、慶三郎は朝飯をぬいてすきっ腹だったのと、ふつか酔い気味の昨夜の酒が一度に発してきたらしく、たちまち全身が紅を刷《は》いたように真っ赤になっていた。

「まあ、きれいな色。まるで五月人形の金時さんみたい」

店の手のあいたすきを見てほんのお愛想に酌《しゃく》をしにきたお島は、おもしろそうに慶三郎の顔をながめてわらっていた。

「慶さん、その顔じゃ真っ昼間から往来は歩けないだろう。おれは一足先に帰るから、少し酔いをさましていくがいい。なあに、ここは遠慮気がねのいる家じゃない」

伊賀は昼飯がすむとわらいながらそうすすめて、後のことはお島に耳打ちしておいてくれたらしく、自分はそのまま先へ帰っていったようだ。

——だらしがねえなあ。

体が酔っているだけで、昨夜ほど苦しいことはないが、慶三郎はひじまくらでごろりとそこへ横になりながら、水のようなわびしさが急に胸へひろがってくるのをどうすることもできなかった。

ここはふすま一重向こうの帳場座敷へ絶えず若い女たちのはずんだ声が出たり入ったりしているし、店の土間のほうから酒で調子づいた客たちのどよめきが波のように耳についてくる。それとは別に、二階座敷からは三味線の音などもやや遠く流れてくることもあって、いってみれば、それらの酒と白粉《おしろい》くさい猥雑《わいざつ》なにぎやかさからふすま一重で取り残されている、うらぶれた人生の楽屋うちといったような空気が重くよどんでいるのである。いや、この楽屋うちがうらぶれているのではなく、こっちの胸の中がわびしすぎるのかもしれない。

「慶の字のばか」

そんな頭の中へ、またしてもひょいと菊枝の罵倒がよみがえってきた。

そのとおりだと慶三郎は思う。こんな路傍《ろぼう》にもひとしい他人の部屋へ丸太ん棒のようにころがっているおれは、男じゃなくてあほうかもしれないと、自嘲《じちょう》したくなってくるのだ。

どうにも菊枝の本心が解せない。それが昨夜から頭の中へ重く引っかかってい て、人生観まで変わってしまったような気がするのだ。

菊枝は、こっちが強引に求めていけば、たしかに体ごとこっちのものになる気にはなっている。そのくせ、自分から思いきって湯島へ駆けこんでくるだけの踏んぎりはつかないようだ。

――なぜだろう。

心が二つあって、その一つを佐久間につかまれているからに違いないのである。

佐久間のどこに菊枝がそんな女心をひかれるようなものがあるのだろう。

おそらくそれは理屈じゃあるまい。ただ、あのへびのような執念と、異常とも思われるうぬぼれの強さについずるずると引きこまれて、そこに男というものを押しつけられている、そんな心のひかれ方なのかもしれない。それとも、やっぱりなにか弱みをつかまれていて身動きができないのか。

――くそっ、あいつはゆうべおれを切る気で帰りを待っていやがったんだ。

そんなにおれを甘く見ているのかと思うと、急に我慢ができなくなってくる。

あいつに勝ちさえすれば、このもやもやしている重い頭の中が一度に晴れて軽くなるんだ。よし、今日はこっちから行けと、慶三郎は全身の血がたぎってきた。が、あいつと対決する前に、お縫の身の振り方をつけておいてやらなければならない。これは男の責任なのだ。

「宇之吉に湯島まで跡をつけられたのは、ちょいとまずかったなあ、慶さん」

伊賀は、さっきその話が出た時、ひどく暗い顔をしていた。

「そうか、やっぱりまずかったか」

「うむ、まずいと見ておくのが本当だろうな。駿河台の小栗主水《もんど》という男は、これもうぬぼれが強いほうで、そんな才能もないくせに長崎奉行をねらっているんだ。こいつは千両ぐらいの賄賂《わいろ》では難しい。それを、平田才蔵《さいぞう》という用人がなかなかのくせ者で、うまく主人をおだてて、松下町の倉田屋から千両借りてしまった。才蔵にすれば、その千両をどうせだめにきまっている賄賂にみんなつぎこむ腹じゃなくて、間に立ってうまいしるを吸ってやろうというのが目的らしいんだ」

「妹を倉田屋のめかけにするという条件は承知の上なのか」

「まさかそんな条件をあからさまにのみこむ兄貴もないだろうが、まあ妹のことなんかには至極《しごく》冷淡なほうなんだろう。妹のほうもそんな冷淡な兄の犠牲にはなりたくないから、倉田屋を逃げ出したんだ。そこで、逃げられた倉田屋のほうでは、さっそく豊島町の的場軍十郎を代人に立てて、娘をつかまえてもう一度めかけに出すか、金をかえすかと、厳重な掛け合いに出た。無論、小栗のほうは用人の平田が応対に出て、お縫さんを逃がした倉田屋のほうにも手落ちがあるんだから、三日と日を限って、双方でお縫さんをさがすことに一応話がついているんだそうだ」

「三日というと、明日がその日限になるのか」

「まあ、明日いっぱいということになるわけだろうな。そんなわけで、小栗のほうは手薄だからそう心配はないが、的場のほうには子分がたくさんついているし、手を打つ方面も広い。つまり、方々に目と耳が働いていることになる。宇之吉もその一人と見ておかなければならないんだ」

「泥丸は、お縫という名は世間にたくさんある、かりにゆうべその名が卯之吉の耳に入っても、こっちがなんの話をしているかたぶん気がつくまいというんだがねえ」

「それは、慶さん、油断だ。宇之吉は直接お縫さんのことには関係がないからうっかりしているかもしれない。しかし、おふくろのかくし金のこともあるし、貸し金のことについても的場屋一家とは絶えず顔をあわせている。その連中の口からお縫という名が出れば、ともかくゆうべのことをはっと思い出す。それが人違いであろうとなんであろうと、やつらは一応湯島をさぐらずにはおかない。それがやつらの稼業《かぎょう》のようなものなんだからね」

そして、伊賀がさずけてくれた策は、二、三日屋敷をあけないようにして様子を見ること、少しでも怪しいやつがうろつき出したとわかったらすぐにお縫をどこかへ移してしまうこと、この二つだった。

――困ったなあ。お縫をだれにあずけたものだろう。

佐久間と対決するとなると、もう二、三日様子を見るなどと、そんな悠長《ゆうちょう》なことはいっていられない。だいいち、今日にも佐久間のほうからこっちへ押しかけてこないとは限らないのだ。そう気がついた慶三郎は、思わずむくりと起きなおっていた。

「あら、いつまでもほっておいて、ごめんなさい」

お島がそっとふすまをあけて、こっちが起きているのを見るとすまなそうにわびごとをいいながら入ってきた。

「いや、こっちこそいつまでも部屋をふさいでいてすまなかった」

「そんなことといいんですよ。早く見てあげなくては風邪をひくと思いながら、つい手が放せないもんですから。――横にならなかったんですか」

お島は近々と前へきて座り、まともにこっちの顔を見ながらわらっている。こういう稼業の女でなければできない芸当だ。客の杯をうけてきたのだろう、いくらか酔っているようでもある。

「なあに、今まで寝ころんでいたんだ」

「一人じゃ寂しくて眠れなかったの」

「おれはいつでも一人さ。寂しいのには慣れているんだ」

「うそばっかし――。お縫さんて人がちゃんといるくせに」

「待ってくれ、あねご。おれはゆうべここで、酔って、本当にお縫の名を口にしていたか」

慶三郎は真顔にならずにはいられなかった。

「ふ、ふ。むきになったわ、この人。本当はね、あんたが口にしたんじゃなくて、泥公が二度も三度も、お縫さんをどうする気なんだって、あんたに食ってかかっていたのよ。だから、あたしは、直江《なおえ》さんのいい人はお縫さんていうんだなって、とんだ早合点をしてしまったんです」

わざと色っぽい目をしてみせて、この年増女《としまおんな》はどこまでもこっちをからかい顔である。

「そうか。泥が口にしたのか」

しかし、どっちが口にしたにせよ、今となっては結果はおなじことなのだ。

六

「直江さん、あたしはこれだけは伊賀のだんなにも黙っていたんだけど、本当のことを教えてあげようか。聞く気ある、あんた」

お島の目が急にあやしい光をおびながら、意味ありげに声をひそめるのである。

「お縫のことか」

「そうなのよ。でも、よそうかしら。口の軽い女だって思われてもつまらない。あたしは伊賀のだんなにだって、聞かれたことのほかは、お客の陰口はきかないことにしているのよ。店の妓《こ》たちにも、お金を出して遊んでくれるお客の陰口はいうもんじゃないって、いつもいっているんです。人にはだれにだって商売冥利《みょうり》ってことがありますからね」

男などにけいべつされたくないという意地が、取ってつけたように体をしゃっきりさせて、用心深くこっちの顔色を見ている。

「いや、おれはあねごを信用する」

「本当なの、直江さん」

「本当だ。信用しなければ、お縫のことなどここで口にはしない」

「うれしいな。だから、あたしは慶の字が好きなのよ。あんたはうそのいえない人なんです」

「ばかっ正直なんだ。自慢にゃならねえ」

「いいのよ、あたしは好きだな。お酒をのんであんなにすぐ赤くなるのは、心がきれいで、情が深い男なんですって。本当なのよ」

だれに聞いたことなのか、それを頭から信じこんでいるように、お島はうれしそうな顔になって、ひざ前までしどけなくなってくる。

「あねご、お縫がどうしたというんだね」

「お縫さんはね、気の毒だけれど、本当は奥方さまに金貸しのおめかけなんかに売られたんだって話なのよ」

「奥方さまって、つまりお縫の兄嫁のことか」

これは聞きずてにならないと思った。

「ええ、その奥方のこと。お三重《みえ》さんとかいうんですってね。お縫さんからなにかそんな話、聞いているの」

「いや、兄嫁のことは別に聞いていない」

「そうでしょうね。生娘《きむすめ》の口からはちょいといいにくいことだわ。駿河台の御用人は平田才蔵っていうんでしょ」

「うむ」

「その下役のようなことをやっている男で、橋本仙吉《せんきち》っていうのがいるんです。あたしの家はね、これでも女は上玉をそろえているほうだし、板前さんだって腕のいい人を選んであるから、よそよりは遊ぶにしてもものむにしても、かなり高くつくんです。そんなみそすり用人が度々かよえる家とは違うのよ。それが、その橋本って男はよく遊びにきて、そう派手じゃないけれど、金払いはきれいなんです。おかしいなと思って、あたしがおだてながらそれとなく聞き出してみると、どうやらその奥方と平田って用人の内緒ごとをつかんでいるんで、遊ぶ金ぐらいは御用人から引き出せるんだってことがわかってきたのよ」

「ふうむ、奥方が平田と不義を働いているというのか」

「ふ、ふ、しゃれていえば不義密通だけれど、あけすけにいえば間男をしているわけね。その平田っていうのは相当の悪《わる》らしいけど、奥方ってのがまたわがままで気が強くて、派手っ気でよく遊ぶから、どうしてもお金がいるでしょ。それを平田が腹に一物で、なんとかやりくりをしてやりながらうまくくどいてしまったということになるのよ」

「小栗はまだそれを知らずにいるのか」

「たぶん知らないでしょうよ。大体、殿さまはそのほうが弱くて、少しも奥方をかわいがってやらないところへ、奥方のほうはだんだん女盛りの体になってくるから、それが不満でたまらない、そこを悪用人にねらわれてしまったってわけなのね。あの殿さまははじめからそのほうはだめだったんじゃないかって話もあるんですってさ」

お島はそんな自分の話になんとなく興奮してきたらしく、雌《めす》の野獣のようにいきいきと目を光らせながら、いつの間にか両手でこっちのひざをしっかりと押さえつけている。さすがに自分でもはっとそれに気がついて、

「いやだなあ、あたしこんな話に夢中になるなんて。でも、あたしは慶さんとなら一度本気で浮気がしてみたいな。そんなことしちゃ、お縫さんに悪いかしら」

と、臆面《おくめん》もなく誘いこむようなことをいう。

「なんだ、あねごも女盛りの体にそんな不満があるのか」

慶三郎は苦わらいをせずにはいられない。

「そうよ、あたしはもうずいぶん空《あ》き店《だな》なんだもの」

「家賃が高すぎるからだろう」

「ふ、ふ、慶の字ならただにしておくわ。思いきりかわいがってやるんだけどなあ」

白粉《おしろい》の濃い顔を、冗談のように、ほてりが感じられるほどぐいと近づけてくる。

「あいにくおれは駿河台とおなじで、そのほうはだめなんだ」

「うそばっかし。あたしを振る気なの、あんた。そんな薄情なのなら、もう本当のことを教えてやらないから」

つんと意地の悪い顔になって座りなおしながら、ひざ前のしどけなさだけは気がつかない振りをしている。

「たのむから、教えてくれよ。おれが抜き差しならない立場に追いこまれているのは、あねごだって知っているんだろう」

ここでこの女にすねられて寝返りでも打たれると、それこそいよいよ窮地《きゅうち》に追いこまれることになるのだ。

「だからさ、魚心があれば水心だっていってるでしょ。あたしはこれで、きっとあんたの力になる女なのよ。なにもお縫さんのじゃまをするつもりなんて少しもありゃしません」

「お縫は奥方に売られたんだっていっていたな、あねごは。すると、倉田屋から借りた千両は、小栗のためにつかうんじゃなくて、奥方のために浪費する金なのか」

「そりゃどうせ二人でつかう金なんでしょ。前につかった金の穴埋めだってあるでしようからね」

「そのためにお縫をめかけに売るなんてひどいやつらだな。人間のすることじゃない」

お縫が湯島へきて案外明るい顔になっているのは、そういう地獄からのがれてきたからだと、慶三郎にもやっとわかったような気がした。それだけに、新しい義憤《ぎふん》も感じてくる。

「だから、慶の字がお縫さんをかわいがってやればいいじゃありませんか、憎らしい」

「おれのいい人はお縫じゃないんだ」

「知ってますようだ。妻恋坂のお菊さんていうのっぽなんでしょ」

「あねごはお菊を知っているのか」

「近所にいるんだもの、顔ぐらいは見て知ってるわ」

「なにかうわさは聞いていないか」

ついそれが口に出てしまうのだ。

「うわさだって聞いている」

きっぱりといってのけるお島だ。

「どんなうわさなんだ」

「気が多いんだなあ、慶の字は——。まるで心が二つも三つもあるみたい」

「まいった。おれはそんなんじゃない」

慶三郎は我にもなく赤面して、ちょいと口がきけなくなってきた。

「どうなの、慶さん、あんたどうしてもあたしと浮気する気になれない」

「そんなことをすると、心が三つあることになる」

「いいじゃありませんか。男なんだもの、女の二人や三人」

「そういじめるなよ。——その橋本って男は、最近いつごろここへきたんだ」

「昨日もきたわ。お縫さんをさがしに出た途中だって」

お島の顔になにか勝ち誇っているようなところが見える。

「昨日もねえ。それで、なにかいっていたか」

「どうせ当てのないさがし物なんだから、そうあくせくすることはないんだってわらっていたわ」

「そうか。じゃ、今日もくるかもしれないな」

「もうきているわ」

「なにっ」

「そら、顔色が変わった。ふ、ふ。これでもあたしと浮気をする気になれない」

お島はまたしても男のひざを白い手でしっかり押さえつけながら、

「かわいいなあ、あんたって人は——。いいわ、教えてあげる。橋本はね、伊賀さんと入れ違いにふらりとやってきて、二階へあがったんです。あたしはあんたのことがあるからどきりとしてしまって、こっちも気になるけれど、かわいい男のためだと思い、しばらくその座敷できげんを取っていたのよ。ありがとうっておいいなさいよ」

いまにもこっちのくちびるにかみついてきそうな、赤く熟れたような女のくちびるである。

「ありがとう。橋本はなにかいっていたか」

慶三郎は女の目を、顔を逃げるわけにはいかない。ここで逃げれば、また意地悪く出られそうだからだ。

「本当のことをいうとね、橋本はお縫さんのいるところへ見当をつけたらしいわ。いいえ、橋本が見当をつけたんじゃなくて、今日はここで的場と出会うことになっているんだっていっているから、きっとその話が出るんじゃないかと思うの」

さすがにお島も真剣な目つきになっている。

七

慶三郎がお多福の裏口から路地づたいに逃げるように明神下通りへ出てきたのは、もう八ツ（二時）をだいぶまわった時刻だった。

――まるでどろぼうねこだな。

さすがに我ながら苦笑が出る。逃げるという意識がこっちにははっきりあるからである。

慶三郎はお島のあまりにもあけすけな媚態《びたい》に、危うく負けるところだったのだ。

海千山千のこういう女の好いたらしいということは、本当の愛情なのか、ただほんの気まぐれな情欲だけのことなのか、とにかく体ごと男に自分の愛欲をたたきつけてしまわなくては満足できない、そんな野放図な激しさがあるようだ。

慶三郎も男だから、まったく遊里のちまたを知らないわけではない。が、男というものを知りつくしている大胆で奔放《ほんぽう》なお島のようなあねごの目から見れば、やっぱり大きな坊やにしか思えないのだろう。

「慶さん、あんたはあたしがこんなに女の心意気を見せているのに、それを踏みにじる気なの。承知しないから」

はては、しどけないひざをひざへ乗りあげるようにして、こっちの首っ玉へ両手をからみつけ、強引に口を吸いにこようとする。

「よせよう、あねご」

その興奮した熱ぼったい年増女《としまおんな》の、濃厚な肌のにおいにむせて、慶三郎は照れながらもそれを思いきって払いのけるだけの勇気はなくなっていた。

それをいいことに、お島は目にあやしい情熱をたぎらせながら熱い息づかいになって、体ごと男を押し倒そうとした時、

「ねえさん、いますか」

と、ふすまの外から若い女の声が聞こえてきたのである。

「ああ、いるわよ」

こっちははっとしたが、お島は少し体の力をぬいただけで、まだ男の首を抱いたままそっちへ顔を向けて答える。

「あのう、いま豊島町の親分がきて、ねえさんにちょいと顔を貸してもらいたいっていっているんですけれど」

「的場がきたの」

「ええ、橋本さんの座敷です」

「的場は一人できたのかえ」

「いいえ、宇之さんと秋葉さんがいっしょなんです」

「じゃ、いますぐ行くわ」

「お願いします」

女はそのまま去っていったようだ。

「慶さん、やっぱりきたわ」

お島は男を放そうとはせず、まだ興奮のしずまりきれない目でわらってみせる。

「秋葉ってだれなんだ」

「用心棒よ。宇之吉がいっしょだっていうから、いよいよ臭いな」

「そうかもしれないなあ」

慶三郎もおだやかな気持ちではなくなってきた。

「心配なんだろう、慶の字」

お島はこっちのほおを指でからかうように小突《こづ》いてから、

「いいわ、あたしが様子を見てきてやる。そのかわり、あたしが帰ってくるまで、逃げ出すと承知しないから」

と、やっと体を放して、鏡台の前へ立っていった。

「返事をしないの、慶さん」

顔をなおしながら、甘ったるい声で催促をする。

「おれは逃げやあしない」

「あたりまえよ。あたしはあんたのためにこんな苦労をしているんですからね」

「すまん」

「じゃ、すぐ帰ってきますからね」

お島はそんなまねをしているのがたのしくてたまらないように、そう念を押して居間を出ていった。

慶三郎はその後で、思いきってその女くさいお島の居間を逃げ出してきたのである。

お島には悪いなとは思ったが、的場が宇之吉をつれて橋本に会いにきたからには、お島に様子をさぐってもらうまでもなく、お縫のことだと見ておいて間違いないだろう。

こっちは早手まわしに用心したほうが安全なのである。

ただ困ったことに、お縫をどこへあずけたものかまだ当てがつかない。それに、金も多少こしらえておかなくては身動きができない。

――こういう時、いちばんたよりになるのはお菊なんだがなあ。

しかし、佐久間との対決がすまないうちに菊枝にそんな相談を持ちこむことは、男の意地がゆるさないのだ。

それにしても、お島と妙なことにならなくてよかったと思う。お島は金で遊べる女には違いないが、今日の場合は金だけではすまないものがそこへ生じてきそうだった。

多少でもお島という女に心ひかれるものが出てくることは、菊枝に対してこっちの良心がすまないのである。

──なあに、お島のはほんのその場かぎりの気まぐれなんだ。

今日のことはそう片づけておきたかった。

が、今日のお島のあけすけな狂態ぶりは、どこか菊枝に対する佐久間の執念と一脈通じるものがあるような気がして、なにかそこに不気味な後味が残らないでもない。

湯島天神の境内を通りぬけるあたりから、怪しい者がうろついてはいないかとそれとなく気をつけていたが、幸いまだそんな様子もないようだ。

くぐりから玄関へかえると、

「お帰んなさいまし」

今日は神妙にどこへも出なかったとみえて、泥丸が五郎吉といっしょに出迎えに出てきた。

「泥、たのみたいことがあるから、後でおれの部屋へきてくれ」

慶三郎はそういいつけて、玄関から居間のほうへいそぐ。

「おや、お帰りなさいませ」

乳母の居間の前を通ると、あいかわらず賃仕事に精を出しているお磯とお縫が安心したようにあいさつをしていた。

まさかそういう乳母に金の話はできない。

慶三郎は居間へ入るとすぐ、帯刀の国宗のこしらえを解いて白鞘《しらさや》におさめてある無銘の一腰と入れ替えた。金は一時この国宗で作るほかはない。

「だんな、御用でござんすか」

泥丸が廊下へきて聞く。

「うむ。まあこっちへ入れ」

「へい、ごめんなすって」

「泥、おれはいま明神下のお多福で伊賀と会ってきたんだが、どうもおもしろくないことになってきたようだぞ」

「なにがでござんす、だんな」

「宇之吉はやっぱりゆうべおれたちの口からお縫さんの名を聞いてしまっているようなんだ」

「へええ。それで、それがどうかしたんですかい」

泥丸はきょとんとした顔をしている。

「実はな、いまお多福へ、駿河台の橋本というやつと、的場軍十郎、宇之吉、秋葉という用心棒の四人が落ち合って、なにか相談しているようだとお島が教えてくれたんだ」

「だって、その相談はお縫さんのことだとはきまっちゃいないんでしょう」

「うむ、そうときまっているわけじゃないが、しかし、こっちにゆうべのような失敗があるんだから、やつらはここをかぎつけたと見て用心しておくほうがいいんだ」

「そりゃまあ、用心は大切でござんすがね、どんな用心をすりゃいいんでしょうね」

「おれは、怪《あや》しいやつが屋敷のまわりをうろつき出す前に、今夜にもお縫さんをどこかへそっとあずけてしまおうと考えている」

「そうしたほうがいいと伊賀のだんながおいいなすったんですか」

「そうだ。そこでな、泥は質屋というのを知っているだろう」

「御冗談で、だんな。質屋は生き物はあずかりやせんや」

「いや、お縫さんを質屋へあずけるわけじゃない。この刀をおまえの知っている質屋へ持っていってな、十両ほど借りてきてもらいたいんだ」

慶三郎は錦《にしき》の袋におさめた白鞘の国宗を、無造作に泥丸の前へおいた。

「十両ねえ。失礼ですが、このお刀はそんな値打ち物なんでござんしょうか」

「おれの家の重代物で、捨て値にしても五十両にはなるものだ」

「質屋ってのはねえ、だんな、売り値の半分どころか、三分の一も貸さねえのが普通なんでさ。それに、お刀となるとそう右から左へ動くって品じゃありやせんからねえ」

泥丸は小首をかしげている。

「まあ、とにかく当たってみてくれ。目がききさえすれば必ず十両にはなる。金はぜひいそいで入用なんだ」

「その金をつかって、お嬢さんをどこかへあずけようっていうんですね」

「そのとおりだ。なにをするにも一文なしではどうしようもない」

「わかりやした。じゃ、なんとかしてみやしょう」

泥丸は納得はしたが、なにか浮かない顔をして刀を持って立っていった。

八

「お帰りなさいませ。あの、お茶を入れてまいりました」

泥丸と入りかわりに、お縫が茶を入れてきて前へおく。

「お縫さん、今日は伊賀に会って駿河台のことを聞いてきたよ」

慶三郎はさっそく切り出す。ついでに立《た》ち退《の》きのことも耳に入れておかなくてはならないのだ。

「お世話ばかりおかけして申し訳ございません」

お縫はいつもつつましやかで行儀がいい。

「伊賀の話だと、屋敷のほうと倉田屋とが話しあって、この三日のうちにお縫さんをさがし出すことになり、いま両方で血眼《ちまなこ》になってさがしているんだそうだ」

「あたくし、いやでございます。死んでも駿河台へはもどりたくございません」

お縫はまたしてもそれをきっぱりと口にする。

この娘はたしかに兄嫁と平田の密通を知っていて、自害してでも屋敷へは帰りたくないと腹をきめているようだ。

「わしもなんとかして屋敷へもどらなくてもお縫さんの身の立つようにと伊賀とも相談しているんだが、倉田屋のほうへ出入りしている的場屋一家というのが子分を方々へ聞きこみに走らせていて、そいつらがどこからかお縫さんがここにいるらしいことを聞き出してしまったようなんだ」

「まあ、本当でございますの」

お縫ははっとしたようにきれいな目をみはる。

「それで、そんな暴れ者たちにここへ踏んごまれないうちに、今夜にもどこかへかくれ家を移したほうがいいとわしは思うんだが、どこでもいい、あんたの安心のできる家はないか。心あたりがあるんなら、わしが自分で送っていってあげるけれどねえ」

お縫は子供のようにいそいでかぶりを振ってみせる。

「そうか、困ったなあ。どこにも心当たりはないか」

「いやですの。どこへもまいりたくございませんの。当分、このままお屋敷に置いてくださいませ。お願いでございます」

なんとなく顔から血の気がひいてきて、みるみる涙がまぶたをあふれてくる。

「いや、ここにいてもらうのは決してかまわないんだ。しかし、屋敷と倉田屋のほうでここを感づいたとなると、あんたの身があぶなくなる。わしはそれを心配しているんだ」

「その時は、あたくし、ここで自害させていただきます。どうせ一度は死ぬ気になっていたのでございますもの」

「冗談じゃない。あんたを自害させるくらいなら、わしはこんな心配はしやあしないんだ。あんたのほうにどうしても心当たりがないというんなら、わしのほうで安心なところをさがすよりしようがない」

「でも、一人ではいやでございます。あたくし怖くて、もうだれも信用できませんの。お乳母さまといっしょにいるのがいちばん安心なのですもの」

お縫はおびえきっているようだ。

「それは、わしだってここにいてもらうのがいちばん安心には安心なんだが」

そのいちばん安心なかくれ家を自分の口からうっかり敵にもれるようなことになってしまったのだから、その点慶三郎も責任を感じないわけにはいかない。

「よろしい、こうしよう。万一ここがあぶなくなった場合は、わしが必ずいっしょに立ち退いて、あんたの身がなんとかなるまで乳母についていてもらうことにする。それならいいだろう」

「すみません、わがままばかりいいまして」

お縫はそれでやっと納得したようだ。

しかし、口では簡単にそういったものの、考えてみると、これは容易なことではないのだ。

へたをするとお縫の一生をしょいこむようなことにならないとはかぎらないの

である。

――一体、宗十郎頭巾はなんのつもりでお縫をおれの家へつれこんだんだろうな。

慶三郎はいまさらのように、もう一度それを考えてみずにはいられなくなってくる。

「だんなさま、おかしなことになったです」

お縫が茶の間へ帰るとまもなく、五郎吉が廊下へきて告げた。

「なにがおかしいんだ、五郎」

「今朝、泥さんをたずねてきた宇之吉ってやつが、いままたたずねてきたです」

「なにっ、宇之吉がか」

「へい、泥丸がいたら呼んでもらいたいっていうんで、わし、あれは屋敷の者じゃない、だんなについてころげこんできた風来坊なんで、おひる前に黙ってふらりと出ていってしまった、もう屋敷にはいないっていってやったです」

「うむ、それで――」

「宇之吉ってやつは、そいつは困るんだ、泥丸は死んだおふくろに金をあずけられているはずなんで、どうしてももう一度会いたい、どこへ行ったかわからねえかと、家さがしでもしたそうな面構《つらがま》えなんです」

「おれが出てみればよかったな」

「ですから、わし、ちょうどだんなさまがおいでになるから、ここへ呼んでやろうかといってやると、それには及ばない、また明日にでもきてみるといって帰っていったです」

「ほかになにかいっていなかったか。たとえばお縫さんのことなど」

「それはいっていなかったです。けど、宇之吉が出ていってから、わしそっとくぐりのところへ出ていってのぞいてみると、門の前にやくざらしいやつが三人ばかり待っていて、泥が出ていったのはうそだ、使いにでも行ったんだろうと、そんなことを宇之吉と話しあいながら天神さまの境内へ入っていったです。やつら、ことによると屋敷を見張る気かもしれねえです」

五郎吉は目を光らせながらそんな心配をする。

「そうかもしれないな」

泥丸をつかまえていって、拷問《ごうもん》にかけてもお縫のことを白状させる、そんなことは平気でやりかねないやくざどもなのだ。

「泥さんに知らせてやらなくてもいいでしょうかねえ、だんなさま」

「それは知らせてやるに越したことはないが、どこへ行ったか行く先がわからん」

「でも、わし裏口からそっと出て表で待っていてやろうと思うです。いけませんでしょうか」

「うっかりやつらに気取られると、かえっておもしろくないことになるぞ」

「大丈夫です。わし、やってみるです」

二日でもいっしょにいると、それはそれなりに人情が移るとみえて、五郎吉は緊張した顔になりながら玄関のほうへさがっていった。

——とうとう来るべきところへ来たようだな。

的場軍十郎はこの屋敷を怪しいとねらい出したに違いない。屋敷で敵をうけるか、それとも今のうちにお縫をつれてともかくも屋敷をぬけ出してしまうか、慶三郎はいよいよどたん場へ立ったことになる。

そのころ——。

泥丸は大切な刀をふろしき包みにして抱え、ぼんやり三組町通りを妻恋坂のほうへ歩いていた。

泥丸の常識からいえば、どう考えてもこの刀で質屋が十両出すとは思えない。また、そんな金目の名刀を自分のような男がうっかり質屋へ持ちこめば、金を出す前にまず怪しまれてしまう。

「だんなは貧乏しているくせに案外世の中を知らねえんだからな」

そういう慶三郎だから、泥丸はその人柄にほれこんでいるようなものの、この使いだけはまったく困りものなのだ。

しかし、これでこしらえた金は、お縫を助けるためにつかうのだし、差し迫ってぜひ入用なのだから、なんとしてもこしらえなければならないのだ。

「しようがねえ、一度妻恋坂のお嬢さんに相談してみよう。あんなにだんなにほれているんだから、なんとかいい知恵ぐらいは貸してくれるだろう」

泥丸がそう考えたのは、出がけに五郎吉が、こんなとき妻恋坂のひととけんかさえしていなければなあとつぶやいているのを耳にしていたからなのだ。

九

泥丸は妻恋坂の隠居所のくぐりから入って玄関へかかっていった。うまくいけばこれに越したことはないし、まずくいっても元々だと腹はきまっているから、いまさらしりごみなどはしない。

「今日は、――ごめんなすって」

格子《こうし》をあけて奥へ案内を請うと、

「はあい」

すぐに返事があって、中年のどこかあかぬけのした女が障子をあけて顔を出し、

「どなた――、なにか用なの」

と、こっちを見るなり冷たい目になって聞く。物売りとでも勘ちがいをしたのだろう。

「ごめんなすって」

泥丸はかまわず土間へ入って小腰をかがめ、

「奥さん、あっしは怪しい者じゃございません。湯島の直江から使いにきた者ですが、こちらのお嬢さんは御在宅でしょうか」

と、できるだけていねいにぶつかってみた。

「おや、直江さんのお使いなの」

「へい。あっしは二、三日前から中間部屋《ちゆうげん》にやっかいになっている泥丸といいやすんで」

「どんなお使いなんです」

「そいつはお嬢さんでないとちょいと困ることなんでござんすがねえ」

「じゃ、お嬢さんに聞いてみてあげるから、待っておいでなさい」

中年の女はやっと納得して、奥へ引っこんでいった。

こっちは昨夜顔を見て知っているが、向こうはまるっきりこっちを知らないのだから、すなおに出てきてくれるかなと、そんな不安がないでもなかったが、菊枝は案外あっさり出てきてくれた。のっぽさんで通っているだけに、大柄で堂々とした体つきだが、よく肢体《したい》の均齊《きんせい》がとれている上に、こうしてそばで見ると顔も肌も白絹のような光沢をたたえていて、まったくいきいきとしたあざやかな娘ぶりである。

「直江から使いにきたっていうのはおまえさんなの」

この娘はお縫などと違って、言葉つきまで歯切れがいい。

「へい、あっしは泥丸といいますんで」

「知ってるわ、ゆうべあたしたちの跡をつけていましたね」

張りのある目がじっとこっちを見すえてくる。

「そいつは、お嬢さん、なにも悪気があったわけじゃないんで——。だんなにいいつけられたもんだから、正直にあんなまねをしていたんでさ。けど、あっしはなんにも見ちゃいないんで。本当ですぜ、お嬢さん」

「見ていたっていいのよ。直江はまだあたしのこと怒っているの」

さすがにちょいと生娘《きむすめ》らしい目の色になっている。

「いいえ、怒っちゃいねえと思うんです。女をいきなり引っぱたくなんて男のすることじゃないと、今朝もあっしが食ってかかると、女房だから引っぱたいたんだって照れていやした。だからいってやったんでさ、他人の女をいきなり引っぱたきゃ狂人だってね」

「ふ、ふ、直江はそういう一本気な男なんですのよ」

「けど、お嬢さんもゆうべは、慶の字のばかって、怒っていたようですね」

「あら、泥はいまなんにも見てはいないといっていましたね」

「そりゃ、なんにも見ちゃいやせんとも。男と女が手を取りあって仲よくしているところなんか、いくら役目だってまともに見ちゃいられませんからね」

「それで、直江はゆうべあれからまっすぐ湯島へ帰ったの」

菊枝はわらいながらするりと身をかわしてしまう。

この分なら話がしやすいと見たので、

「それがね、まっすぐは帰らなかったんでさ。だんなが急に、泥、酒をのませろっていい出したんで、しようがねえからそこの明神下のお多福って店へお供して飲んでしまったんですが、そいつが失敗のもとってやつになってしまったんです」

と、泥丸は正直にぶちまける。

「どんな失敗をしたの」

菊枝の明るい顔からふっと微笑が消える。やっぱり心配になるのだ。

「そうだ、お嬢さん、ちょいとこれをごらんになってください」

泥丸は手早く国宗のふろしき包みを解いて、錦《にしき》の袋ごとそれを菊枝のひざの前へおいた。

「刀のようですね」

菊枝はその袋に見おぼえがある風で、小首をかしげながら取りあげ、袋のひもを解いて白鞘《しらさや》を半分ほど出し、ひざの上で鯉口《こいぐち》を五寸ばかり抜いて、裏表の地鉄《じがね》の色を見ている。武士の娘だけに慣れた手つきだ。

そのままぱちんと刀身を鞘におさめながら、

「これは直江の家の国宗ですね」

と、不審そうな顔をした。

「そうなんです。実は、だんながそのお刀で質屋へ行って十両こしらえてこいっていい出しやしてね」

「ゆうべのお多福とかいう店の勘定を払うためにですか」

「そうじゃないんで。そっちの勘定はすんでいるんですが、お嬢さんはお縫さんて娘の話、だんなから聞いていますか」

口に出てしまってから、こいつはまずかったかなと泥丸はひやりとしたが、

「話だけは聞いていますのよ」

と、菊枝は錦の袋のひもをもとのようにていねいに結びながら、別に顔色ひとつ変えてはいない。

「ゆうべお多福に宇之吉ってやつが飲んでいやしてね、こいつは豊島町の的場屋一家の子分のような野郎なんですが、そいつがあっしたちの帰りをつけていたらしいんです。こっちはそれをちっとも知らずにいたんですが、どうやらその宇之の口からお縫さんのことがばれかけているようなんで、それでだんなは急に金が入用になったらしいんです」

「今のうちにお縫さんをどこかへ落とそうっていうの」

「そうらしいんですけど、質屋じゃこのお刀で十両は難しい。出がけに五郎さん

が、こんな時だんなが妻恋坂と変なことになっていなけりゃよかったんだがって
いってるのをひょいと耳にしていたもんですから、それであっしは一度お嬢さん
に相談してみようと思ってうかがってみたんですがねえ」
泥丸は勝負っと賽《さい》の壺《つぼ》に手をかけたような気持ちだった。
「十両でいいんですね」
「へい、十両で結構なんで」
菊枝はすっと立って奥へ入っていく。
——あれえ、これっきり出てこねえ気じゃないんだろうな。
泥丸がぽかんとしているうちに、菊枝はすぐにまた出てきた。手に小さなふく
さ包みを持っている。
「泥、これをあげてください。刀は持って帰ってもいいんだけれど、それでは直
江が怒るかもしれない。やっぱり、お金は質屋でこしらえてきたことにしておい
たほうがいいわ」
菊枝は無造作に重いふくさ包みをわたそうとする。
「すんません。ありがとうござんす」
一度はそれを受け取ってみたものの、泥丸はふっと気がついたのである。

「お嬢さん、あっしがこんな持ちつけねえ金を持って歩いて、魔がさすといけやせんや。これからすぐに帰って五郎さんにきてもらいやすから、それまでお手もとへあずかっておいておくんなさい」

「それはどちらでもいいけれど、直江はいそいでいるんじゃないの」

「いいえ、すぐ五郎さんにきてもらいやすから。ありがとうござんす。助かりやした」

泥丸はふくさ包みを菊枝の手にかえして、

「ごめんなすって——。すぐ行ってきやす」

と、飛び出すように玄関を出てきた。

——五郎さんじゃねえが、ああいうのが本当の世話女房っていうんだ。若いのに、できてるなあ。

すっかり感心してしまって、わくわくしながらくぐりから往来へ出たとたん、
泥丸はあっとそこへ立ちすくんでしまった。

湯島天神のほうから、人もあろうに宇之吉が足早にきかかって、向こうもこっちを見るなりきらっとすごい目を光らせたのである。

「やあ、宇之さんか——。どこへ行ってきたんだね」

見つかったからにはしようがない。別に借りがあるというわけじゃなし、泥丸は度胸をすえてこっちから声をかけていく。

「泥、いいところで出会った。ちょいとそこまで顔を貸してくんな」

「そいつは困るんだ。おれはだんなのいそぎの用できているんでね」

泥丸はあっさりいいぬけようとする。

「うそをつけ。おれはいま湯島へ行ってきたんだが、あそこの下郎は、泥丸はおひる前にずらかった、もう屋敷にゃいねえといっていたぜ。だんなの用たしなもんか」

「そいつは、おれが五郎さんには黙って出てきたんで、なにか勘ちがいをしているんだろうよ」

「まあいいから、そこまでいっしょに行けっていうのに」

宇之吉は左手でこっちのたもとをつかんで有無をいわせず妻恋坂のほうへ引っ立てながら、右手をぐいと内ふところへ突っこんでみせる。逃げると匕首《あいくち》を抜くぞという脅《おど》しなのだろうが、こいつは人を刺すぐらいなんとも思っていない無法者にできているのだから、うっかり甘く見るわけにはいかない。

十

――いっそ早いところ隠居所へ飛びこんでしまえばよかったな。

その暇がないわけではなかったのだが、こうなってからではもう遅い。

「おれをどこへつれていこうっていうんだ、宇之さん」

泥丸は観念して、妻恋坂をおりながら聞いてみた。

「そう遠いところじゃねえ。すぐそこだ」

ああそうか、お多福へつれていくつもりだなと気がついて、泥丸は内心ぞっとした。

慶三郎の話では、的場や秋葉がそこの二階へ集まってなにか相談しているということだった。そこへ引っ張っていって、無論お縫のことを白状させようというのだろう。

くそでも食らいやがれと、泥丸はたちまちそんな反発心を感じてくる。

「宇之さん、おれはおめえのおふくろさんの金のかくし場所は本当に知らねえんだぜ。おれの知っているのは女のかくし場所だけなんだ」

「今日のはそんなことじゃねえ」

「ふうむ。すると、かくし金のほうはもうあきらめたんかね。惜しいなあ。万からの金だっていうのになあ」

「おめえ、だれの口からそんなことを聞いたんだ」

かくし金のほうもあきらめきれないとみえて、宇之吉はひょいと話に乗ってくる。

「そりゃおめえ、聞いた人から聞いていらあな。御用をつとめていりゃ、そこは人情で、寝物語っていうやつだって出る。情が深かったからなあ、お寅さんはあれで」

「ふん、按摩《あんま》がわりに雇われていたくせに、きいた風なことをいいやがる」

「そこがおれの腕のいいところで、按摩は泥さんにかぎるよって、きまって鼻声になってくるんだ。そうなると、ついなんでもしゃべりたくなってくるんだな。女なんてみんなそんなもんさ」

「じゃ、てめえ、金のかくし場所を聞いているんだな」

「かくし場所じゃねえ。万からの金だよって聞いたことがあるんだ」

「ただそれだけか」

「うむ。あたしを大切にすれば、半分はおまえにやる、だから捨てると承知しないからって、何度口を吸われたかしれやあしねえ」

「なあんだ、話だけか。あのばばあとくると、口車で人をつっておく名人なんだ。的場だってその口車に引っかかっている一人なんだからな」

「へええ、軍十郎親分も按摩の一人だったんかね」

「そうじゃねえ、的場は貸し金の催促のほうで、だいぶばばあに貸しがあるといっているんだ。口車に乗って、何度かただ働きをさせられたことがあるんだろうよ」

「それで安心した」

「なんだと――」

「寝物語ってやつはおれ一人だからな」

思わせぶりにいって相手をつろうとしたが、宇之吉はそれ以上引っかかってこようとはしない。

そのうちに、とうとうお多福の前へきてしまったのだ。

「はてな、宇之さん、おめえおれに一杯のませてくれようていうのか」

「酒ならいくらでものませてやるから、黙ってあがんな」

宇之吉は、その土間の店のほうではなく、わきについている格子作りの玄関のほうから泥丸を押しこんで、まだたもとを放そうとはしない。

「おや、宇之さん、妙な人をつれてきたんだねえ」

出迎えに出たお栄という中年増《ちゆうどしま》が冷たい顔をしてみせる。宇之吉や泥丸は、お多福ではあまり金になる客ではないからだ。

「秋葉さんはまだ二階にいるだろうな、お栄さん」

「いるわよ。あんまり長っちりだから、いまほうきを逆さに立てようかってお帳場さんがいっているところよ」

「はっきりいうぜ。それだけの勘定を払えば文句はねえんだろう」

「勘定もらわなくちゃ困るけど、柄の悪いのもうちじゃ困るんですよ。切り店《きみせ》なんかとはお客さまが違うんですからね」

「わかったよう。お上品に遊べばいいんだろう――。泥、あがれ」

階段をあがった廊下の突き当たりの座敷が六畳の二間つづきになっていて、お多福では二階の上座敷とされている。

その座敷で、的場屋一家の用心棒秋葉大五郎と、駿河台のみそすり用人橋本仙吉の二人が、もうだいぶ銚子の数をならべていた。

親分的場軍十郎は一足先にかえったらしく、そのせいかあまり女たちも近づかないようだ。

「秋葉先生、泥丸をつかまえてきました」

「そうか、御苦労だったな。屋敷にいたのか」

秋葉は三十五、六の年配で、用心棒稼業《かぎょう》はすっかり年季が入っているといったような、すごみはきくし、腕は立つし、堂々たる悪浪人ぶりである。

「それがね、湯島へ行ってみたら、下郎が出てきやがって、泥丸はおひる前にずらかってもう屋敷にゃいねえとぬかしやがるんでさ。おれはそんなはずないとにらんだんで、瘋癲政《ふうてんまさ》たちに屋敷を見張らしといて、一度ここへ相談にこようと思い、そこの妻恋坂の野村の隠居所の前まで引っかえしてくると、この野郎がその隠居所からひょっこり出てきたってわけなんでさ」

「ふうむ。それで、おまえの勘じゃどうだ。玉はたしかに湯島にいそうか」

秋葉はじろりと鋭い目を泥丸に向けながら宇之吉のほうへ聞く。

――畜生《ちくしょう》、顔色を読む気だな。

泥丸にはそう思えたので、わざとぽかんとした顔で秋葉のほうを見ている。

「おれの勘じゃ、お縫はたしかに湯島にいやす。そうはっきり見当がついたのは、下郎は泥丸はずらかったといっているのに、この野郎はおれはだんなの用で使いにきたんだといっている。その言葉のあわねえのがいちばん臭い証拠でさ」

宇之吉は宇之吉で、ちゃんと痛いところをつかんでいるようだ。

「泥、どうなんだ。お縫って娘は湯島にいるんだろう」

秋葉はわらいながら軽く出てきた。

「そのお縫ってのは、一体どこの娘なんです、先生」

「駿河台の小栗家の妹だ」

「へええ。じゃ、お縫さまっていわなけりゃいけやせんね。それで、そのお縫さまってのがどういうことになったんです」

「なにっ」

「聞いちゃ悪いかな。おもしろそうな話なんで、つい聞いちまったんだが」

「おい、おめえこの秋葉大五郎をちゃかす気なのか」

「そんなことはありやせん。先生をちゃかしたって一文にもなりませんからね」

「宇之、野郎を縛《しば》ってしまえ。この分じゃ体に聞いてみるほかはないようだ」

秋葉はそういいつけながら、火ばちの火箸《ひばし》をとってぐいと火の中へさしこむ。

焼け火箸で体を痛めつけようというのだろう。

「泥、痛い目にあわねえうちに白状しちまったらどうなんだ。おめえは別に直江になにか恩があるってわけでもねえんだろう」

宇之吉はねこなで声で持ちかけてきた。

「白状しろったって、なんのことかさっぱりわからねえ話なんだから、白状のしようがないや。そんなにいい仕事なら、おれも一口乗りたいぐらいのもんだ」

「とぼけるない、この野郎」

宇之吉の平手打ちが思いきり火のように泥丸のほおへ飛ぶ。

「あっ、なにをしやがる」

思わずかっとなってこっちもつかみかかっていこうとしたが、口は達者でも、腕力ではまるっきり段違いの相手なので、たちまち利き腕を逆に取られ、

「くそっ、やりやがったな」

と、身もがきしているうちに畳の上へねじ伏せられ、いやというほど背骨を宇之吉のひざがしらで押さえつけられていた。

十一

泥丸は宇之吉に畳の上へねじ伏せられて、こいつ、命があるかなと、ぞっとしながらも、くそっ、だれがこんなやつらの前で口なんか割るもんかと、そんな意地にもなっていた。

「泥、てめえこれでも白状しねえか」

宇之吉はいい気になって、背骨の上をひざがしらでごりごりとこすりつける。

「いてえ、いてえ。助けてくれ」

「痛かったら白状しろ」

「宇之兄貴は力があるなあ」

「なんだと――」

「こういうのをばか力っていうんだな」

「この野郎っ」

「いてえっ。人殺しい。助けてくれえ」

泥丸は思わず大声をあげて両足をばたばたさせた。その実、泥丸の体は傷の痛みや打ち身には常人より強い、いわゆる不死身というほうだから、本当に痛いより芝居っ気たっぷりの悲鳴だったが、これは案外効きめがあったようだ。

「宇之、早く口をふさぐんだ。手ぬぐいでさるぐつわをかませろ」

秋葉が苦い顔をしてあわててそう注意した時、がらりと廊下のふすまがあいて、

「おやっ、宇之さん、それはなんのまねだい」

と、お島が顔を出すなり一本きめつけてきた。うしろに中年増のお栄がついている。

「ねえさん、おめえは引っこんでいてくんな。これはけんかじゃねえんだ」

宇之吉はまだ泥丸をひざがしらでおさえつけたまま、内心得意そうにやりかえす。

「けんかじゃないっていうと、茶番のけいこでもやっているのかい」

「冗談じゃねえ。この野郎は娘をかどわかした太い下手人の手先を働いているんで、いまそいつを白状させているところなんだ」

「ふうん、そのかどわかされた娘ってのは、どこの娘なのさ」

「そいつはそこにいる橋本のだんなに聞いてもらいてえな」

さすがに宇之吉もそこまではいえないようだ。

「橋本さん、かどわかされた娘ってのは、あんたのお屋敷のお嬢さんで、お縫さんていう人のことなの」

お島は秋葉と並んで座っている橋本仙吉のほうへまだ立ったままずばりと聞く。伝法《でんぽう》で怖いもの知らずの女が腹をすえてかかっているのだから、その張りのある目にさっそうたる気魄《きはく》がみなぎっている。

「うむ、まあそのことなんだ」

橋本はただずるいだけでそう悪党度胸があるというほうではないらしく、ちょいと当惑したような顔つきだ。

「そのお縫さんなら、たしか、この間、松下町とかの金貸しに千両でめかけに売られたのがいやで、その家を逃げ出したとか聞いているんですがねえ。違うんですか」

「おい、お島、おめえおれたちの前でそんな大きな口をきいてもいいのか」

そばから秋葉が引き取って、にらみをきかせようとする。

「秋葉さん、あんたはどこの偉い用心棒さまか存じませんが、あたしはだれに聞かれても恥ずかしくない本当のことをいっているんですよ。それが気に入らないっていうんなら、ここはあたしの家なんだから、さっさと帰ってもらいましょうか」

　お島は秋葉を鼻の先であしらっておいて、

「宇之さん、いま聞いたろう。その娘さんはかどわかされたんじゃなくて、自分から逃げ出したんじゃないか。だいいち、うちはこう見えても料理屋なんですからね、そんな柄の悪い責め場に使われちゃほかのお客さまが迷惑するんです。さっさと帰っておくれ。なにさ、おまえこそどこかのあくどいばくちうちの手先に使われているくせに、人を白状させるなどときいた風な口をおききでない」

　と、頭から威勢のいい啖呵《たんか》をあびせる。

「ぬかしやがったな。金を出してあがったからにゃ、この座敷はおれたちのものだ。なにをしようとてめえの世話はうけねえ」

「じゃ、おとなしく帰らないっていうんだね」

「ああ、帰らねえとも」

「それじゃ、いつまでもここにそうしておいでよ。町内にはちゃんと自身番てものがあるんだからね。お役人さまに訴えて出れば、いやでもここにいるみんなは番所へつれていかれる。みんなでお奉行さまの前で大きな口のききっこをしようじゃないか。それでいいんだろうね、宇之さん」

意地で、勝手にしろとでも出れば、本当に自身番へ人を走らせそうな気構えに見える殺気だったお島の目の色なのだ。

「どうしやしょうねえ、秋葉先生」

悔しいには悔しそうだが、役人は苦手の宇之吉だから、秋葉のほうへ助け船を求める。

「まあ待て——。ここでお島とけんかをしていてもしようがない。おまえは泥丸を逃がさないように引っ立てて、一足先にここを引きあげろ」

「ここを引きあげてどこへ行くんです」

「いっそ湯島へ押しかけてみよう。泥丸を証人にして、おれが直江に直接ぶつかってみてやる」

口先ばかりでなく、どうやら秋葉はそう度胸をきめたようである。

「そいつはおもしろい——。泥、立て」

宇之吉は勇み立つように背中からひざがしらをひいて泥丸を引っ立てる。

——すごいことになりやがったなあ。

泥丸は内心どきりとしたが、いまさら自分にはどうする力もない。

「お島、騒がせてすまなかったな。勘定は後で豊島町のほうへ取りによこしてくれ。――橋本さん、まいろう」

秋葉はもう女などは相手にならないといった顔つきで、橋本をうながしてあっさり立ちあがる。

「あら、お帰りでございますか。先生さまはさすがにものわかりがよくっていらっしゃる。親分さんにどうぞよろしく」

お島も負けずに取ってつけたような笑顔を見せつけてから、

「泥さん、気をつけてお帰り。しっかりするんですよ」

と、こっちへは真顔で気合いを入れてくれる。

「すんません、ねえさん。あっしはあいにく金と力はないほうでござんしてね。まあ、これでもずうずうしいだけが取り柄かもしれやせん」

その実、腹の中は泣き出したいような泥丸だった。

「黙って歩け」

宇之吉がうしろからえり首をつかんで、ひざがしらでどんと邪険に泥丸のしりを一つ突きあげる。

「おお強い。強いんだねえ、宇之さんは。けど、そんなに強がってばかりいると、宗十郎頭巾に殺されたばかりのおふくろさんが浮かばれないんじゃないかねえ」

お栄がお島のうしろからおおげさにまゆをひそめて、そんないやがらせを口にした。

「すべたは黙って引っこんでろい」

宇之吉はびくともしない。

表へ出ると、町はすでにたそがれにかかろうとしていた。

――こいつはいけねえや。本当に湯島へ押しかける気だぞ。

連中が妻恋坂のほうへ足を向けるのを見て、泥丸はいよいよ気が気ではなくってきた。

「秋葉さん、あんた一人で大丈夫かね。助太刀《すけだち》を呼んでいったほうがいいんじゃないのか」

うしろから秋葉と肩を並べてくる橋本が不安そうに聞いている。

「なあに、湯島は貧乏屋敷だから、用人に中間《ちゆうげん》がいるぐらいのもので、あとは女だ。心配することはない」

「しかし、直江という男はまだ若いが、相当のつかい手だと聞いているんだがねえ」

「橋本さん、この秋葉をそう甘く見てもらいたくないな。これでもおれは白刃《しらは》の中を何度もくぐってきているんだ。たかが道場だけの棒振り剣術とくらべられたんじゃたまらねえ」

秋葉は自信があるらしく、憎々《にくにく》しげにいっている。

「なるほど、そういえばそんなものだろうな」

「それよりなあ、御用人さん、どうせ向こうはすなおに娘を出すはずはない。こっちは湯島に見張りをしている三人と宇之、この四人をつれて、あんたはおれが直江と掛け合いをやっているうちに、いいころ合いを見はからって、かまわず家さがしに屋敷へ乱入するんだ。娘さえ手に入りゃいいんだから、娘が見つかったらそいつを引っさらってさっと引きあげてしまう。その駆け引きがいちばん大切なんだ」

「心得た。しかし、お縫はたしかに湯島にいるんだろうな」

「そいつはたしかにいると見てかかるよりしようがねえだろう。たとえば、いなくたって元々なんだから、思いきってやっつけるんだ」

秋葉は平気でそんなことができる男のようだから怖い。

宇之吉にしっかりとたもとをつかまれている泥丸は、なんとも助からない気持ちである。

十二

「慶三郎さま、たいへん」

廊下から走りこんできたお縫の声に、居間でごろ寝をしていた慶三郎はむくりと起きなおった。もう行燈《あんどん》がほしいほどにあたりはたそがれてきている。

「どうした、お縫さん」

「やくざが泥丸をつかまえて、玄関へ押しこんできたのでございますって」

お縫は必死な顔をしてそこへ座り、息をはずませている。

「なにっ」

「屋敷の橋本仙吉と用心棒もついてきているのですって。どうしましょう、あたくし」

「よし、心配しなくてもいい。あんたはここを動いてはいかん」

慶三郎は刀を取って、いそいで廊下へ出た。時刻から見れば、泥丸は質屋の帰りに見張りのやくざどもにつかまったのだろう。

お磯の居間には行燈が入っていて、いま縫い物の始末をしているところだった。

「乳母、そこを動かないほうがいいぞ」

玄関へ出てくると、五郎吉が一人で式台に突っ立ってがんばっていた。

「御用件をうかがいませんと主人には取り次げないです」

「その用件は御主人にお目にかかって直接申しあげる。玄関までお運びくださるよう取り次いでいただきたい」

これが秋葉という男だろう、ずぶとい面魂《つらだましい》の浪人者が落ち着いていっている。

それと並んでいるのが小栗家の橋本仙吉に違いない。ずるそうな目をした男だ。

そのわきに、泥丸がえり首をつかまれて、青い顔をして立っている。つかまえているのは宇之吉というやつだろう。いつでも人にかみつけるといった山犬のような面構《つらがま》えだ。

そのうしろに、どれを見ても悪相なやくざが三人、それぞれ凶暴な目を光らせて屋敷の様子をうかがっているようだ。

「五郎、どけ。おれがかわる」

慶三郎は五郎吉に声をかけながらつかつかと式台へおりていった。

「わしが当屋敷のあるじ直江慶三郎だが、あなたがたはどなたかな」

「これはこれは御主人でござるか。拙者《せっしゃ》は豊島町の的場屋一家に寄食している浪人秋葉大五郎、これなるは駿河台の小栗家の給人秋葉仙吉と申す。お見知りおき願いたい」

秋葉はそう名乗って、じろりとこっちの顔色を見ているようだ。

「なんの用でこられたのだ」

「御用件はあらためて申し入れるまでもなく、もうおわかりのことと思うが、当家に駿河台の小栗家のお縫どのがかくまわれているはず、その泥丸の口からあいわかったので受け取りに出向いたもの、おだやかにお引きわたしを願いたい」

「うそだ。あっしはそんなことはいいやあしねえ。だんな、うそなんだ」

泥丸がたまりかねたように精いっぱいの声でわめき出す。

「黙ってろ、この野郎」

ふいをつかれた宇之吉は、いきなり泥丸の横っ面へ火の出るような張り手を食らわせて、えり首をおさえつけにかかる。

「下郎、静かにせい」

慶三郎はそっちへ一喝《いっかつ》してから、

「せっかくだが、当家にそんな者はおらん。あらぬ疑いは迷惑だから、そっちこそおだやかに引き取るがいい」

と、冷静に秋葉のほうへ突っぱねる。

「そんな大きな口をきいてもいいのかね、直江さん。こっちにはちゃんと生き証人があるんだから、あんまり強情を張ると家さがしをさせてもらうよ」

「よかろう。やせても枯れても、直江は公儀直参《じきさん》五百石の家柄だ。その屋敷で無作法を働くやつは切って捨てるから、さよう心得ろ」

「そいつは若いなあ、直江さん。へたなまねをすると、その五百石の家がつぶれるんだぜ」

　秋葉はあくまでもこっちをたかが青二才と甘く見てかかっているようだ。

「五百石の直江がつぶれるか、八百石の小栗がつぶれるか、それもおもしろいだろう」

　慶三郎はそういいすてておいて、かまわず宇之吉のほうへおりていき、

「宇之吉、泥を放してやれ。いうことをきかぬと、貴様から切ってすてるぞ」

と、いきなりさっと抜刀した。

「わあっ、秋葉さん」

　宇之吉は本当に切りかねまじきこっちの気魄《きはく》にびっくりして、泥丸を突っ放しながらだっとうしろへ飛びのく。

「だんなあ」

泥丸は泣き声をあげながらころがるように慶三郎のうしろへ逃げこんでくる。

「行くぞ、直江」

一瞬おくれた秋葉は、かっと殺気立って抜きあわせる。

「来いっ」

玄関を背にして慶三郎、門のほうを背にして秋葉大五郎、間合いを大きく取った相青眼だった。

「えいっ」

「おうっ」

はじめから激しい気合いで、双方ともいまにも切って出そうだから、敵は橋本のところへひとかたまりになって、思わず息をのんでいる。

味方は玄関前に、五郎吉と泥丸、老用人中林仁右衛門《にえもん》が式台までおりてきて、これもいつでも切って出ようという気構えでいるようだ。

あたりはほとんどたそがれきって、ようやく星がまたたき出していた。

「おうっ」

「えいっ」

慶さんはあせっているんだものという菊枝の声が、ふっと慶三郎の脳裏をかすめていく。

——今日は大丈夫だよ。お菊。

切っ先を相手ののど元へ吸いつけながら、慶三郎は冷静に敵の出ようを待つ。構えから見ても、気力から見ても、秋葉はたしかに佐久間などより腕は一枚も二枚も上だ。勝負度胸もすわっているようである。

が、いまにそっちから仕掛けてくるとはっきりわかっているだけに、ふしぎと佐久間の時より怖くない。仕掛けてくる剣は心も技も一方へ傾くから、そこに必ずすきが出るはずなのだ。

こっちは無心にそのすきへ乗っていけばいいのである。

「えいっ」

「とうっ」

案の定、秋葉はこっちをいくぶん甘いとみくびってきたようだ。

そろそろくるなと見ていると、

「橋本、行け」

と、敵は意外にも橋本に声をかける。

――助太刀《すけだち》をたのむ気かな。

慶三郎はそう見て取ったが、そうではなかった。

「宇之、やれっ」

橋本は宇之吉をうながして、左手の庭のほうの木戸口へ進んでいくようだ。

――そうか、家さがしをする気だ。

しまったと思ったが、前に秋葉をひかえていてはどうしようもない。

「おうっ」

秋葉はこっちをくぎづけにするつもりだろう。それともこっちの切っ先にそれだけの動揺があらわれたか、じりじりと気魄いっぱいに間合いを詰め出してきた。

――望むところだ。

こっちも早く勝負をつけたい立場になってきているから、誘われたように前進を開始する。

このこっちの前進は敵にとってちょいと意外だったようだ。もうそこまでの気力はないとうぬぼれていたのだろう。剣先の間合い三尺のあたりで、秋葉の前進がぴたりととまった。顔にあきらかに異様な殺気をみなぎらせている。

同時に、こっちの前進もとまる。無謀な仕掛けはどこまでも自重しなければならないのだ。

「わあっ、宗十郎頭巾だあ」

「橋本さんがやられたぞう」

このとき木戸の中からそんな絶叫がおこって、一度内庭へ押し入ったやくざどもがばらばらっと玄関へ逃げ出してきた。

――くそっ。

敵はその声に刺激されたらしく、さっと青眼から構えが上段にかわって、一気に切って出ようとする。

その青眼から上段にかわる一瞬のすきへ、

「えいっ」

慶三郎は吸いつけられるように得意の籠手《こて》を入れていったのである。

「う、うっ」

秋葉の手は一刀をつかんだまま水もたまらず切り離れて、どっとそこへしりもちをついていく。

氷の上をゆく

一

宇之吉《うのきち》を先頭にして庭木戸から逃げ出してきたやくざ四人は、目の前で秋葉が籠手《こて》を切り落とされてしりもちをついたのを見ると、ぎょっとしたように四人ともそこへ棒立ちになっていた。

こっちがそこへ踏んごんで二の太刀を振りおろせば、秋葉の命はそれまでになる。だれしもそうなるものと見たから、一瞬思わず恐怖に体中が硬直してしまったのだろう。

が、慶三郎《けいざぶろう》は秋葉が完全に戦闘力を失ったのを見とどけて、すっと刀を引き、

「おい、おまえたち、命だけは助けてやるから、そのけが人をつれてさっさと帰れ」

と、やくざどものほうへ命じた。

やくざども四人は真っ青な顔になってまだ口もきけなかったが、秋葉は刀をすてその手で傷口をそでの上からしっかりとおさえ、気丈にもふらふらと立ちあがった。

「直江、この仕返しはきっとするから、おぼえていろよ」

それはまるで悪鬼のような形相《ぎょうそう》だった。

「そんな大言を吐くより、早く帰って傷の手当をするんだな」

「宇之、その刀を持ってきてくれ」

秋葉はもう言葉をかえすだけの気力はなく、宇之吉にそういいつけて、よろめくようにくぐりのほうへ歩き出す。

宇之吉が黙って秋葉の刀を拾い、逃げるように後を追っていった。

この時、開けっ放しの庭木戸から、橋本仙吉《せんきち》がだらりとなった右腕のつけ根のあたりを左手でおさえながらよろよろとよろめき出てきた。

「あっ、橋本のだんな」

「歩けやすか」

残った三人のやくざどもが口々にいって橋本を取りかこみ、それをしおにいそいで秋葉たちの後を追う。

日はすでにすっかり暮れきっていた。

「五郎、くぐりのしまりをしてしまえ」

「へい」

五郎吉《ごろきち》は無法者たちが出ていったくぐりへ走り寄っていく。

宗十郎頭巾《そうじゆうろうずきん》だとやくざどもがいましがた叫んでいた庭の中が気になるが、ひょっとすると門の外に敵の第二陣が待機していないともかぎらないので、慶三郎はくぐりのしまりをしてしまうまでは玄関先をあけるわけにはいかないのだ。

「仁右、しばらくここを見張っていてくれ」

「心得ました」

「だんな、やつらは宗十郎頭巾だといっていやしたねえ」

泥丸《どろまる》もそれをひどく気にしているようである。

「うむ、おまえたちもしばらくここを動いてはいかん」

五郎吉がくぐりのしまりをしたのを見とどけてから、慶三郎はそういいおいて、抜き身をさげたまま庭木戸から庭へ入っていった。

現に橋本が切られて出てきているのだから、下手人はたしかに庭の中にいたに違いないのだ。

とすると、いちばん心配になるのは、自分の居間に一人でかくれているお縫《ぬい》の安否である。宗十郎頭巾がお寅《とら》殺しの下手人だとすれば、無論お縫をねらって庭へ入りこんだものと考えられるからだ。

庭木戸を入るとすぐ右手が用人部屋の縁先になっていて、ここは雨戸がしまっている。そこを出外れた角に、大きなさざんかの木が一株黒々としげみを作っていて、庭は芝生になっているから、人がかくれるとすればこのさざんかのかげか、そこからまっすぐ正面に見える庭石をあしらった白梅の古木のかげか、この二つ以外にはない。

宗十郎頭巾だあという声が玄関先まではっきり聞こえたところから考えると、くせ者はやっぱりこのさざんかのかげにひそんでいたに違いあるまい。

慶三郎はそこを通って梅の木の前まで行ってみた。北を向いて立つと、正面に母屋《おもや》の廊下が見えて、乳母の居間だけに灯が入っている。

慶三郎が居間に使っている別棟《べつむね》の二間は西側になっていて、ここはさっきのまま暗い。

慶三郎はその別棟二間の東から南へまわり縁になっている南の廊下のほうへ行

き、一度その別棟の裏がわを見に行って、だれもいないのをよく見とどけてから引きかえし、そこから廊下へあがった。

居間の中はひっそりとしている。刀をぬぐって鞘《さや》におさめ、

「お縫さん、慶三郎だ、いるか」

と、声をかけながら障子をあけてみた。

「まあ、慶三郎さま」

とたんにお縫が立ってきて、いきなり胸の中へしがみつきながら、

「怖い、あたくし」

と、身ぶるいをしている。

「宗十郎頭巾がきたのか」

「向こうでそんな声がして、たしかにだれかが切られたようです。こんどはあたくしの番だと思って」

「ここはあけてみなかったんだね」

「ええ」

「無事でよかった」

慶三郎は本当にほっとした気持ちである。

「でも、怖いっ。もう一人でいるのはいやっ」

お縫はおびえきっているように、両手をこっちの背中へからみつけて力いっぱい抱きしめてくる。その甘い生娘《きむすめ》の脂粉《しふん》のにおいが、ほっとして緊張のゆるんだ慶三郎の鼻へむらがるようにただよってくる。それは、菊枝のものとも、お島のものとも、あきらかに違った甘い肌のにおいで、思ったよりはるかに濃厚なものだった。

「お縫さん」

慶三郎ははっとして、お縫の肩を抱いている手を放そうとした。

「いやっ、いやっ、怖い、放さないで」

お縫は夢中でしがみつきながら身もだえしている。

「おれがついているんだから、もう大丈夫だ」

「いやっ、いやっ、怖い」

体ごと迫ってくるお縫の熱いいぶきに、慶三郎はとうとう激しい愛情を呼びさまされてきて、

「お縫さん」

いきなり左手で女のうなじをまいて、思いきりのしかかるようにお縫の口へ口

をかさねに行っていた。

「うれしい——」

やみが娘心を大胆にしたのかもしれぬ。お縫は自分からもその口の愛撫《あいぶ》を情熱的にうけとめながら、切なげな息づかいになってくる。

が、慶三郎はしだいにたかぶってくる愛欲の激しい感情をそこであやうく自制しなければならなかった。宗十郎頭巾はまだ屋敷のどこかに機会をねらいながらひそんでいるかもしれないからである。

「お縫さん、聞かせてくれ。あんたはくせ者の足音を聞かなかったのか」

慶三郎はまだお縫の肩を抱いたままのかっこうで一応聞いてみる。

「ええ、なんにも聞こえませんでしたの」

お縫はいまの男の口の愛撫ですっかり満足したように、うっとりとこっちの胸へ顔を埋めてくる。

「しゃっきりするんだ、くせ者はまだどこかにひそんでいるかもしれないんだ」

「いやですわ、怖い」

「とにかく、くせ者は橋本仙吉を切っているんだからな」

「橋本は死にましたの」

さすがにお縫は身ぶるいをしている。

「いや、自分で歩いて逃げられるんだからたぶん命は助かるだろうが、右腕は使いものにならないかもしれない」

「切ったのはたしかに宗十郎頭巾なんでしょうか」

「それはこの目で見たわけじゃないからなんともいえないが、やくざどもが叫んでいたようにそれが宗十郎頭巾だとすると、今夜はなんの目的で、どこからどう屋敷へ忍びこんだか、それからまず考えてみなければならないんだ」

「秋葉や宇之吉はどうしましたの」

「秋葉はおれが籠手を切り落としたんで、やくざどもといっしょにいま逃げ帰ったところなんだ。そうだ、お縫さんは今夜ここへ泊まるわけにはいかないいな」

「的場屋《まとばや》たちはもう一度ここへ押しこんでくる気でしょうか」

「押しかけてくると見ておいたほうがいいんだ。今夜にも夜討ちをかけてくるかもしれない」

そんなことぐらい平気でやれる無法者たちなのである。

「あたくし、慶三郎さまといっしょですから、もうなんにも怖くありませんの」

お縫はそんな現金なことをいう。

「よし、あんたはしばらく乳母のところへ行って、いつでもここが立てるように支度をしておいてくれ。おれはもう一度屋敷の中を調べてみる」

「では、そうしますけれど、――きっとですよ、慶三郎さま」

「なにがきっとなんだ」

「いやですわ。恥ずかしい、あたくし」

「そうか、わかった。それはきっとだとも」

口までかさねてしまっておいて、いまさらあれはうそだとはいえない。慶三郎はその口でもう一度愛情を誓っておいて、お縫をお磯《いそ》の居間までつれていってやった。

二

その夜の五ツ（八時）すぎごろ、神田駿河台《するがだい》の小栗家《おぐりけ》の用人平田才蔵《さいぞう》は、豊島町《としまちょう》の的場軍十郎《ぐんじゆうろう》の来訪をうけて、用人部屋で密談をしていた。

どっちも三十五、六という働き盛りの年配で、損得の計算の早い悪党同士である。軍十郎のほうは博徒《ばくと》の親分でいながらまだ両刀はすてていないしたたか者である。

「それでどうなんだろう、玉はたしかに湯島にいる見こみなのかね」

才蔵は念を押すように軍十郎に聞く。

「それは、たしかに湯島にいると見ていいようだな。現に、橋本を切ったのは宗十郎頭巾だということだ」

「すると、宗十郎頭巾は直江《なおえ》という男の友人ということになるのか」

「いや、おれはむしろ宗十郎頭巾は直江じゃないかとにらんでいる」

軍十郎はずばりといいきるのである。

「ふうむ、直江が宗十郎頭巾ねえ。ちょいとおもしろい見立てではあるが、さっきの話だと、橋本が宗十郎頭巾に庭内で切られた時、直江は玄関先で秋葉を相手にして籠手を切っている。これはどういうことになるのかな」

「宗十郎頭巾はこれまでお寅を入れると四度、金貸しの家へ押し入って、四度とも相手を切り殺している。今夜の宗十郎頭巾は橋本の右腕を切っただけだ。これは金貸しではないからだといえばそれまでだが、橋本はその金貸しのために働いているようなものだし、前に四人を切り殺しているんだから、今夜にかぎって手かげんを加えるなどということはなかなかできないものだ」

「なるほど——。すると、親分は、今夜の宗十郎頭巾は身がわりで、本物は直江だといいたいんだな」

「そのとおりだ。しかも、その身がわりはいつも直江の屋敷にいるやつだ。それでなければ、今夜秋葉たちがお多福《たふく》から急に湯島へ押しかけたことが宗十郎頭巾のほうへ知れるはずはない」

軍十郎は確信を持っているようだ。

「そうか。しかし、直江にそんな替え玉がついているとすると、今夜の夜討ちはいよいよやっかいなことになりはしないかね」

「なあに、向こうが男四人なら、こっちはその倍の人数を用意すればいいんだ。人手に事は欠かない。こんどこそうまくいくだろう」

「その前に直江が玉をつれ出してかくれ家をかえるという心配はないかな」

「その心配はある。いまは屋敷のまわりに見張りがついているが、秋葉は湯島を逃げ出した時、見張りのことはうっかりしていたというんだ」

「人間負けた時は、とかくそんな後手を踏むものなんだ。——玉がいるかいないかは、どうしてさぐるつもりだね」

「おれの子分にはぬすっとの名人もいる。先にそいつを使って調べさせることにしている」

「それなら安全だな」

「そこでなあ、御用人、玉が今夜手に入りさえすれば問題はないんだが、いまいったとおり、こっちの見張りの目のないうちにずらかっているとすると、これは三日という日限、つまり明日中には間にあわないことになるかもしれない。その時は倉田屋のほうへどういうあいさつをするつもりなんだね」

「実はそれで頭を悩ましているんだが、どうだろう、現に玉は直江の手に入っているとわかっているんだから、それを種にしてもう三日ほど待ってもらうわけにいかないだろうかねえ」

才蔵は相談するように持ちかけてみた。

「さあ、その口実じゃ役に立たないだろう。倉田屋のほうでは、むしろ直江が玉を傷物にしているんじゃないかと、それを心配しているくらいなんでね」

軍十郎は急に苦い顔をする。

「どうだ、それをなんとか納得させる手が親分のほうにはないか」

「金をかえしてしまうのがいちばん早道じゃないのかね」

「その金にはすでに手がついているんだ」

「いや、一日を五十両で買うのだ」

軍十郎はそんなすごい条件を出してきた。

「三日で百五十両か」

「うむ、相手は金貸しだからな。それならなんとか話になるだろう」

「それは、三日で片のつく話ならそれで目をつむるほかはないが、十日もかかると五百両になる。とてもできない相談だな」

「どうしてもだめか」

「だめだな」

「しかし、下手をすると八百石の家名に傷がつく場合じゃないのか」

「いざとなったら、おれが一人で責任をしょって、倉田屋をいっしょに地獄へ抱きこんでいくよりしようがあるまい」

才蔵は思いきって居直ってみる。

「そうか。八百石の家名といったところで、おぬしから見ればどうせ他人のものなんだからな」

「そういうことにもなる」

「どうだ、それならいっそ今のうちにおぬし一人で江戸をずらかってしまっては」

「おれのかわりに、親分が小栗家へ入りこむのかね」

「そういうことになるかもしれぬ」

「まあよそう。自分一人がいい子になるより、百万長者の倉田屋と刺しちがえたほうが芝居としてもおもしろい」

「しりをまくったな、才蔵」

軍十郎は苦わらいをしている。

「こうなっては、それよりしようがあるまい」

「そんなに死にたいか」

「いや、死にたくはない」

「どうだ、一つだけいい知恵をさずけてやろうか」

にやりとわらってみせる軍十郎だ。

「聞こう、教えてくれ」

「多少度胸がいるぞ。いいか」

「これでも度胸では人に負けないつもりでいる」

「よかろう。じゃ、教えてやろう。明日の夜のいまごろ、奥方が自分で倉田屋へ日限の延期願いに出向くんだ。掛け合いのしようによっては、十日ぐらいは待ってくれるようになる」

「ふうむ、奥方が自分でねえ」

つまり、貞操で日限を買えということになるのだろう。

「それは倉田屋の口からいい出したことなのか」

「そうじゃない。あれは狒々《ひひ》おやじだし、おぬしのほうにはいい知恵もなかろうと思ったから、おれのほうからちょいと利兵衛《りへえ》の口裏をひいてみたんだ。どうだ、持つべきものはいい友達だろう」

うそをつけ。それが実現すれば、また倉田屋のほうからいい周旋料《しゆうせんりよう》が入ることになっているんだろうと、才蔵はむかっとしたが、口には出さなかった。

――くそっ、奥方はおれの女なんだ。狒々おやじのおもちゃになどされてたまるもんか。

だいいち、奥方がそんなことを承知するはずもないし、おれだって我慢ができない。

が、これをはねつければ、どうしても金をかえさなくてはならない羽目になってくるのである。

才蔵はわきの下へじっとりと冷や汗を感じてきた。

「どうだ、度胸はつかないかね」

「あの人が承知すまい」

「なあに、うまく倉田屋へつれてきてしまえば、いやもおうもない話だ。――もっとも、今夜玉さえ手に入ればその必要はなくなってくるんだし、こうしよう、この返事は明日の昼まで待つことにしよう。そのほうが、なにかの都合もあるだろうし、いいだろう」

「よかろう、そうしてくれ」

「いいか、御用人、なにも一生そばにおくというわけじゃなし、ちょいと目さえつむれば、それで千両が助かるんだ。まあ、奥方さまと今夜一晩ゆっくり相談してみることだ」

ぬけぬけとそんなあけすけなことをいう軍十郎である。

「うむ、そうしよう」

「では、おれはこれで失礼する」

「それもそれだが、玉のほうも十分たのむ」

「それは心得ている」

軍十郎はけろりとした顔つきでもどっていったが、才蔵はどう考えても胸が重い。

三

お縫をこのまま屋敷へおいては危ないと見た慶三郎は、ともかくもさしあたってのその夜の宿を柳橋の舟七の二階へ求めることにした。

無論、人の出入りの多い舟七は決して安全なかくれ家とはいえないし、舟七にとっても客商売のじゃまになる。そこは今夜一晩ということにして、後のことは八丁堀の伊賀《いが》に相談してみるつもりだった。

その上で、伊賀にもいい知恵がないとすれば、

「若だんな、川崎のあたしの実家でよければ、明日にでもあたしがおつれします。ただ、実家はむさくるしい百姓家ですから、お嬢さんに我慢できますかどうか」

乳母のお磯がそういってくれるので、一時そこを借りるよりしようがないとも腹はきまっていた。

いずれにしても、こうなるといよいよ先立つものは金ということになるので、さっそく泥丸を居間へ呼び、

「泥、金はできたか」

と、あらためて聞いてみた。

「あっ、いけねえ。その金なんですがね、たしかに十両できるにゃできやしたが、ここにゃねえんです」

泥丸はやっとそれを思い出したらしく、申し訳なさそうな顔をする。

「ここにないというと、どこにあるんだ」

「困ったなあ。あっしはね、だんな、十両なんて持ちつけねえ大金を持って歩いて魔がさすといけないと思ったんで、ある家へあずけてきたんでさ。やっぱり虫が知らせたんですね、その家を出たとたん、宇之の野郎につかまってしまったんです」

「その家というのはどこなんだ」

「妻恋坂《つまこいざか》の御隠居の家なんですがね」

はてなと慶三郎は気がついたので、黙って泥丸の顔を見ていると、

「すんません。実は質屋じゃとても十両は貸してくれそうもないと思ったんで、あっしはあのお刀をお嬢さんのところへ持っていってみたんでさ」

と、とうとうかくしきれなくなってきたようだ。

「なんだ、あれを菊枝のところへ持っていたのか」

「へい。ようくこっちのわけを話してたのんでみますと、いいお嬢さんですねえ、なんにもいわずにすぐ十両出してくれやした。その上、この刀を持って帰ってもいいんだが、それではだんながへそを曲げるといけないからあずかっておきますというんでさ。ああいうのを本当の世話女房っていうんだなと思って、あっしは涙がこぼれちまいやした」

泥丸は一人で感心しているが、慶三郎は困ったことをしてくれたもんだと急に胸が重くなってくる。

そんなことがもし隠居の耳にでも入るととんだ恥っさらしだし、菊枝にはたのみたくない金だからわざわざ泥丸に質屋へ持っていけといいつけたのである。だいいち、その金はお縫のために使うのだ。そのお縫に口まで許してしまった今となっては、黙って菊枝の金をそんなことにつかうのはなんとしても良心にとがめる。

「だんな、金は五郎さんに取りにきてもらいやすとあっしはお嬢さんと約束してきているんでさ。五郎さんにひとっ走り妻恋坂まで行ってきてもらいやしょうか」

「まあ待て――。その金はおれがとりにいく」

それよりしようがないと慶三郎は思った。

考えてみると、金のことより、菊枝との話をそのままにしておいて、今夜お縫といっしょに外泊をするのは危険だ。お縫の体にふれてしまってから菊枝のほうをことわるというのでは筋が立たない。むしろ、菊枝のほうの話をちゃんとつけて、場合によっては刀のほうを取りかえしてこよう。金はその足で八丁堀へまわって伊賀に無心をすればいいのだ。

慶三郎はとっさにそう割りきって、

「泥、おまえは今夜五郎といっしょにお縫さんを柳橋の舟七へ送っていけ」

と泥丸にいいつける。

「柳橋へですか」

泥丸は正直に不安そうな顔をする。柳橋は的場屋一家のおひざ元に近いところだから無理はない。

「なあに、黒門町までおれがいっしょに行く。おまえはこの間の晩のように手ぬぐいで顔をかくして、おれたちの跡をつければいいんだ。黒門町から裏道づたいに三味線堀をぬけ、蔵前通りへ出て、第六天の角を曲がって柳橋へ出れば、たぶん敵の目につくこともないだろう」

「だって、黒門町からお縫さんは五郎さんと二人きりになるんでしょう」

「お縫さんにはお高祖頭巾《こそずきん》で顔をかくしてもらうから心配はない。おれも後からなるべく早く舟七へ行く。おれが行くまで、おまえたちは舟七で待っているんだ」

「大丈夫でしょうかねえ。的場屋一家のほうはそれでいいとしても、宗十郎頭巾てやつがいやすからねえ」

「いや、宗十郎頭巾はお縫さんには手を出さないだろう。手を出すくらいなら、さっきすでに黙っては引きあげないはずだ」

そう断言しきれるだけの確信はまだ持てないが、とにかくさっきの宗十郎頭巾は的場屋一家の無法な闖入《ちんにゅう》を防いで、お縫には手をふれていないのだ。

その足取りも、表門のほうにある台所への通用口から入り、家の裏がわをぐるりとまわって庭へ出て、橋本を切ってからすぐまたその道を引きかえしていったのだろうと、ほぼわかっている。

要するに、宗十郎頭巾は今のところお縫の味方だと見て、今夜の筋書きを実行していくほかはないのだ。もっとも、お縫の味方だからこっちの味方だとは安心しきれないものがあるにはある。

「どうしてもここが危ないとなれば、やっつけるよりしようがありやせん。ひとつ思いきってやってみやしょう」

　とうとう泥丸も腹をきめたようだ。

　いよいよ屋敷を出ることになって、いちばん落ち着いていたのはお縫であった。

別れぎわに、

「では、お乳母さま、行ってまいります」

　と行儀よくあいさつをしていたのは、またここへもどってくるつもりがあるからだろう。

「お気をつけておいでなさいまし」

　乳母にもそのつもりがあるようだ。二日でも三日でもいっしょに暮らしてみると、そこに自然とそんな人情がわいてくるものらしい。

　五郎吉がちょうちんを持って先に立ち、泥丸は陰供という形で、四人が湯島の屋敷のくぐりから表へ出たのはまだ十八日の月の出前の時刻だった。

　幸いあたりに怪《あや》しいやつの目もなさそうなので、湯島天神の境内を突っ切り、男坂の石段をおりて黒門町通りへ出た。お高祖頭巾のお縫は安心しきっているようにぴったりとこっちの肩へ寄りそっている。それが井上家の上屋敷の南角まできて、ここで慶三郎とひとまず別れるのだとわかると、

「いやですわ、あたくし。一人では怖い」

と、びっくりしたようにこっちの腕にすがりついてきた。

「そんなわがままをいってはいかん。わしもすぐ後から行くのだ」

少しかわいそうだったが、頭から強く高飛車に出ると、

「きっとすぐ来てくれますのね。きっとでございますね」

と、泣き出しそうな顔をして何度も念を押していた。

「おれはさっきの約束を忘れちゃいないよ」

その一言でどうやら納得したらしく、

「わがままをいってすみません」

とすなおにわびて、五郎吉といっしょにそこの角を曲がっていった。

——お縫はもうおれといっしょになるつもりでいる。

その心根を考えると、慶三郎はちょいと当惑せずにはいられない。

今夜、菊枝との話のなりゆきによっては、お縫とはきっぱり別れなければならないのだ。きらいではないからつい口をあわせてしまったが、それはやっぱり慎《つつし》むべきことだったのである。

——そのかわり、おれはその償《つぐな》いはきっとする。

慶三郎は自分の軽率を恥じながら、そこから妻恋坂のほうへ大股《おおまた》に歩き出していた。

四

――今夜こそ、はっきり話をつけてしまおう。そのほうがおたがいのためなんだ。

慶三郎はそんなきおった気持ちで妻恋坂をあがってきたが、実をいうとこっちは菊枝に対して昨夜からひけめばかりある立場なのだ。

だいいち、話をつけるといっても、どこからどう話を切り出したものか、まだその筋道さえ頭の中で整理がつかないうちに、坂をのぼりきって隠居所の門の前へ出てしまったのである。まさかここまできてしまって、いまさらぐずぐずしているわけにはいかない。かまうもんか、当たって砕けろという気になって、くぐりから中へ入り、暗い玄関の前へ立って、

「たのうむ、――今晩は」

と、案内を請うて格子《こうし》をあけた。その声はしいんとした家の中へひびいて、我

ながら少しうわずっているぞと思うほど、大きく自分の耳へはねっかえってきた。

「どうれ」

下男の松吉が雪洞《ぼんぼり》を取ってすぐに玄関へ出てきた。

「これはこれは、直江さま」

松吉はこっちの顔を見て、なんとはつかず微笑している。

「でかい声を出してすまなかったな。おれは菊枝さんに用があってきたんだが、ちょいとここへ顔を貸してもらえないか、聞いてみてくれ」

「かしこまりました」

松吉が心得て立ちあがろうとするところへ、その菊枝がすべるようにすそをひいて走り出てきていた。

「慶さんなの。どうぞおあがりくださいませ」

菊枝の顔が雪洞の灯の中でなんのこだわりもなくわらってみせる。

「いや、ここでもいいんだ」

「だめよ、またけんかになると玄関先ではみっともないもの」

平気でずばりとそんなことをいう。

「じゃ、あがろう」

「どうぞ――」

なにも遠慮することはないと思った。

玄関の間へあがって正面の廊下へ出ると、右手の茶の間の前を通ってまっすぐ行くと隠居の居間と座敷の前へ出る。どっちも行燈《あんどん》に灯《ひ》が入っていないところを見ると、隠居は今夜も留守のようだ。

その二間の手前の廊下にかぎ形に左へ折れたところに六畳と三畳の二間があって、菊枝の居間になっていた。三畳のほうは炉を切って茶室になっている。

「さあ、どうぞ」

菊枝は六畳の床の間のほうへ座布団を直してくれる。

「おいでなさいませ。――どうしたの、慶さん」

きちんと前へ座って、菊枝はまじまじとこっちの顔を見ている。おとなしいお縫などとは違って、まったくあけっ放しないきいきとした顔つきである。

「どうしてだね。おれの顔はそんなにいつもと違っているかね」

慶三郎はどこまでもひけめは見せないように、わらいながら聞きかえしていく。

「どうしてあんな大きな声を出したの。びっくりしたわ」

「実は少し殺気立っているんだ」

「あら。じゃ、まただれかとけんかをしたの」

「うむ、した」

「荒れてるのねえ、このごろ慶さんは。相手はだれなの」

「やくざの用心棒なんだ。屋敷へ押しかけてきたからやっつけてやったんだ」

「ああ、的場屋一家というやくざの用心棒なのね」

「よく知ってるんだなあ」

「離れていたって、慶さんのことならなんでも知っているんですのよ。忘れちゃいや」

菊枝は真顔でこっちをにらんでみせながら、

「それに、的場屋のことはさっき泥丸から聞いているのよ」

と、すぐに種明かしをしてしまう。かくしごとや思わせぶりなどはしようとしてもできない性分《しょうぶん》なのだ。

そういう自分に対する肌のあたたかさが、今夜は特に体ごとぐんぐんこっちへ迫ってくる感じなのである。

これはあぶないと慶三郎は思った。菊枝は昨夜柳原土手へ出向く途中で、慶さんの子供を産みたいとはっきりいっていたのをふっと思い出したからだ。

「泥丸のやつ、余計なことをしやがったんだ。あの刀、かえしてくれ。たのむ」

「あら、お金はいらなくなったの」

「いや、金はいるんだ。しかし、その金をあんたに出させるのは筋が違う」

「いやだなあ、そんな他人行儀。あたしのものはみんな慶さんのものだっていってあるじゃありませんか。どうしてそんなに水くさいのかしら」

「しかし、それじゃ御隠居に対して申し訳ないんだ」

「うそばっかし――。慶さんはお縫さんに義理を立てているんでしょ」

「義理を立てる――？」

内心慶三郎はどきりとしながら、一応そらっとぼけてみた。

「あたしね、本当はとてもやきもちをやいているんですのよ。あたしよりお縫さんのほうが好きになっちゃいやよ、慶さん」

「そうか。もしおれがお縫のほうが好きになったとしたらどうする」

菊枝があまりにもはっきりしているので、慶三郎もついとぼけきれなくなってきた。いや、ここでとぼけるのはひきょうだと気がついたのだ。

「死んでしまうわ、あたし」

「本気なのか、お菊」

「いつあたしが慶さんにうそいったことあるの。あたしは慶さんの子供が産みたいんだと、ちゃんと約束しているんじゃありませんか」

さすがに菊枝の白い顔がみるみる紅を刷《は》いたように赤くなってきた。それでも決して目は逃げようとしない菊枝なのだ。

「じゃ、おれといっしょにどこへでも逃げるな」

「逃げるわ。だから、いっしょになって。あたしは慶さんさえあればもうなんにもいらないのよ」

やっぱり菊枝のほうがおれの女房なのかもしれないと、慶三郎の心は大きく動揺してきた。

「きっと、おれといっしょに、どこへでも行くね」

「行きます。つれて逃げて」

菊枝は思いつめたようにひざでいざり寄りながら、いきなり体ごとこっちの胸へすがりついてきた。

——これが宿命なんだ。

そう思ったとたん、慶三郎の感情は爆発してきた。もともと何度もそこへ行こうとして行きえずに、どっちにも前からその気があったのだから、二人きりの座敷ではどうにもその激しい欲望は制しきれなかった。

「いいのか、お菊」

「いいのよ。放してはいや」

菊枝の豊かな女体《にょたい》は、男と胸をあわせたままゆっくりと畳の上へ押し倒されていった。

菊枝はしっかりと目をつむったまま体中をかたくしている。未知の世界を強烈に求めながらも、いざとなると多少怖いのかもしれない。

慶三郎は切なげにあえいでいる女の熱い口を上からしっかりと口で押さえつけて、そこまでいけばもう荒々しい野獣になるほかはなかった。

女体はいつか全身の力がゆるみとけて、男の愛撫《あいぶ》するままになりきっていた。

「慶さん――」

夢うつつに口走りながら一瞬その女体が身もだえした時、すべては終わった。

それは限りなく長い時間であったような、ほんのあっという間の夢であったような、二人きりの甘い歓喜の世界であった。

やがて、黙って起きあがった菊枝は、派手なすそをなおすなり、すぐ髪を気にしていた。

「お菊、とうとうおれのものになったな」

慶三郎はいくぶん照れた気持ちだったが、

「うれしいわ、あたし」

菊枝はまだ夢の中にいるようにうっとりといっていた。

もう他人ではないという気持ちがあるのだろう、体中をとろんとさせたまま、しどけないひざ前をなおそうともしない。

「おい、しゃっきりしろよ。人にこんなところ見られると恥ずかしいぞ」

「いいんですのよ。もう御夫婦なんだもの」

それは生娘からすっかり女になりきった姿に見える。

「よかった、あたし、お縫さんに慶さんを取られなくて」

「それ、やきもちか」

「違いますのよ。あたしは慶さんのおかみさんにしてもらいさえすればいいの。いつおかみさんになれるかしらと思って、ずいぶんつらかったわ」

真顔でそういいながら、うっとりと行燈の灯を見ている白いほおへ意外にもすうっと涙があふれてくる。

五

「お菊、御隠居は留守のようだが、まだ神保町《じんぼうちょう》のほうなのか」

こんなところへ帰ってこられてはちょいとばつが悪いので慶三郎は念のために聞いてみた。

「いいえ、隠居は今日は矢来《やらい》の先生のところへごきげんうかがいに出かけているのよ。久しぶりだから、おそくなるかもしれない」

菊枝は衣紋《えもん》をつくろって座りなおしながら、やっと少ししゃっきりしてきたようだ。矢来の先生とは、慶三郎にとっても師匠の浅利又七郎《あさりまたしちろう》のことである。

「おれも矢来へはしばらくこぶさたしているんだが、――じゃ、神保町のほうはもうすっかり元の鞘《さや》へおさまったわけなんだね」

「そうらしいのよ。もともと夫婦仲は悪いほうじゃないんだし、借金の始末さえつけばなんのことはないでしょう。二人とももうけろりとした顔をしていたって、隠居はわらっていたわ」

菊枝は自分もわらい顔になって、じっとこっちの顔を見ている。まだなんとなくゆるみきった顔つきで、目が熱ぼったくうるんでいる。

「そうか、夫婦なんておかしなもんだな。こっちだって、もうけろりとした顔をしている」

「ばかねえ。恥ずかしいわ、そんなこといっちゃ」

その実、菊枝はその気恥ずかしさの中にまだ酔っているようなしなを作ってみせて、ふっと立ちあがった。大柄なのっぽだけに、それが濃厚な媚態《びたい》に見えて、慶三郎は思わずそのうしろ姿に目をひきつけられていた。

——妙なもんだなあ。

愛情というものに愛欲が加わると、女はただそれだけでこうも身近なものになってくるものかと、慶三郎はふしぎな気さえした。いや、女のほうばかりでなく、男もまた女を見る目が急にかわってしまっているようだ。

現に、菊枝の胸の中にどんな形かで佐久間唯介《ただすけ》がいるのではないかという疑いなど、いまはもうすっかり色あせたものになっている。それほど菊枝の女体が自分にたぎらせていた情熱は強烈で、おさえきれないといったような生一本なものがあったのだ。

むしろ、今となっては、お縫に対する自分の感情をどう清算したものかと、そっちのほうが後悔にも似たひけめになってきてもいる。

「慶さん、お縫さんはまだ湯島にいるの」

菊枝もそれが気になっているらしく、用をすませてもどってくると、顔を見られないようにわざとうしろからいきなり、こっちの背中へおぶさるようなかっこうで両ひざをつき、ほおをほおへ押しつけながらそれを口にした。

「いや、さっきもいったように、湯島はあぶないんで、いま五郎と泥丸をつけて柳橋の舟七へ送っていかせてあるんだ」

「舟七で大丈夫かしら」

「大丈夫とはいえないな。だから、舟七は今夜一晩きりの窮余《きゅうよ》の一策《いっさく》で、明日になったら川崎のお磯の実家へお磯をつけて送らせることにしている」

それよりしようがないと慶三郎はとっさに腹をきめる。

「あたし考えたんだけど、伊賀にあずけちゃだめなの。川崎だって小栗のほうの目が光っている間は安心というわけにはいかないいんじゃないかしら」

「伊賀は役目があるから、家出娘とわかっていてあずかると後で迷惑なことになりそうなんだ」

「じゃ、お縫さんの身の振り方がちゃんとつくまでは慶さんは手がひけないわけね」

「乗りかかった船だからしようがない。心配か、お菊」

「いいのよ。あたしは貞女なんだから、やきもちはやかないわ。でも、お縫さんに変な気をおこしちゃいやだな」

菊枝は感情的にぎゅうっと男の肩を自分の胸の中へ抱きすくめながら、

「ねえ、あたしもう慶さんの子供できているかもしれないのよ」

と、触れているほおが火のように熱くなってくる。

「気の早いことをいうなよ」

「いやっいやっ、きっとできているわ」

菊枝は身もだえしながら、その自分の言葉にかっと体中で興奮してくるのを、慶三郎は肌ではっきりと感じた。

「もうおじさんが帰ってくるころじゃないのか」

「知らない、あたし」

それはどっちも口先だけのうわごとのようなもので、腕をつかまれた菊枝の体は、それを待っていたように、横からずるずると男の胸の中へくずれていく。

庭から降るようなこおろぎの声が絶え間なく流れこんでいる。

羞恥《しゅうち》というものを情熱で焼きつくした愛欲のたわむれは、こんどのほうがどっちも大胆ではるかに濃厚なものがあったようだ。

「お菊、おまえ双子かもしれないぞ」

慶三郎はその後ですぐそんな冗談口がきけるほど、もう二人きりの世界の上にあぐらをかいていた。

「恥ずかしい、そんな」

菊枝もまた十分みちたりたいきいきとした顔をうっとりと上気させて、こんどこそはっきりと男というものを体に焼きつけられていたようである。

「ねえ、あたしたちの駆け落ちはいつごろになるのかしら」

「おれは伊賀に相談してみることにする」

「おかしいわ、駆け落ちの相談なんて」

「そうじゃない。お縫を伊賀にたのんでみようと思うんだ」

「あたしねえ、駆け落ちをするんなら二人で上方へ行ってみたいのよ」

「そんな金があるのか」

「そのくらいは大丈夫よ」

「親不孝ってやつがちょいと気になるな」

「そんなこと心配したって、こうなってしまったんだものしようがないでしょ。慶さんとなら、隠居だってあきらめてくれます。はじめからそれは承知していたんだもの」

「よかろう、おれは上方へでもどこへでも行くよ」

「うれしいなあ。いまならちょうど季節もいいし」

菊枝の体つきはそのしどけない座り方まですっかり女房になりきっているようだ。

「今晩は、——ごめんなすって」

玄関でふいにおとなう声がする。泥丸の声のようだと、どきりとして聞き耳を立てていると、

「どうれ」

松吉がすぐ取り次ぎに出たようだ。

「ああ、泥丸さんか」

「すんません。うちのだんなはきていませんか。えらいことになっちまったんでね」

息を切っているような泥丸の声だった。

「ちょいと出てみる」

　慶三郎が立ちあがると、

「お縫さんがどうかしたんじゃないかしら」

　と、菊枝も真顔になって目をみはっていた。

「泥、どうしたんだ」

「あっ、だんな、すんません。お嬢さんがつれていかれちまったんでさ」

　土間に立っている泥丸の顔が雪洞《ぼんぼり》の灯の中で泣きべそをかいている。

「なにっ、――だれにつれていかれたんだ」

「だんなに別れて、三味線堀から蔵前通りへ出て、天王橋をわたると、ふいにさっき屋敷へ押しかけてきた瘋癲政《ふうてんまさ》とおとぼけ竹の二人が出てきて、五郎さんにけんかを吹っかけたんです。五郎さんは木刀を抜いて振りまわしたんですがね、向こうの二人はけんかなれている上に、的場屋一家の中でもいちばん強いほうなんで、たちまち二人に組み伏せられちまったんでさ」

「それで――」

「あっしはすぐに助けに出ようかと思ったんですが、あっしは正直んところけんかは苦手なんで、ぐずぐずしているうちに、そばでびっくりして立ちすくんでいるお嬢さんのところへ宇之のやつがつかつかと寄っていきやがった。こいつはいけねえと見ているうちに、二言三言なにかいったと思うと、宇之はぐいとお嬢さんの腕をつかんで、しりごみするお嬢さんを引っ立てるようにして七曲がりのほうへつれこんでいきやがる」

「跡をつけたんだろうな、泥」

「つけやした。ぶっ倒れたっきりになっている五郎さんのほうも気にはなるが、お嬢さんのほうも捨ててはおけやせん。瘋癲政とおとぼけ竹が宇之の後を追い出したんで、あっしもそっとつけていくと、やつらは七曲がりから籾蔵《もみぐら》の横町へ入って、お嬢さんをお寅ばばあの家へつれこんでしまいやがった。すんません、だんなすぐ助けに行ってやっておくんなさい」

「お寅の家へつれこんだんだな」

「へい」

相手は悪党三人である。これから駆けつけて間にあうかどうかちょいと心もとないが、捨ててはおけない。

慶三郎が刀を取りに引きかえそうとすると、

「慶さん、いそいであげて――」

菊枝がその刀をたもとで抱いて、そこへきて立っていた。

「うむ、すぐ行ってみる」

「それから、これ」

刀をさすと、その手へ素早く握らせてくれたのは金包みだった。

「すまん」

「あわてちゃだめよ。まさかお縫さんの命まで取りゃしないでしょうからね」

菊枝はそっと耳もとへいってくれる。

なるほど、それはそうだったと思い、

「わかった。じゃ行ってくる」

慶三郎はいくらか落ち着いて土間へおりた。

「泥、しっかりとお供をしてね」

「へい、すんません」

表へ出ると、十八日の月がもう明るく東の空へのぼっていた。

六

「泥、やつらはどうしてお縫さんを見つけたんだろうな」

妻恋坂をおりて明神下通りをまっすぐ昌平橋《しょうへいばし》のほうへいそぎながら泥丸に聞いてみた。こっちはやつらの目につかないようにとわざと裏道を抜けさせているのだから、普通ならどう考えてみてもそんなことはないはずなのである。

「そいつがね、だんな、やつらは湯島を見張りにくる途中で、こっちを見かけたんじゃないかと思うんです。こっちはちょうちんをつけていやしたからね」

「そうか。まあそんなところかもしれないな」

「こんなことをいったって後の祭りですがね、妻恋坂へはやっぱり五郎さんに行ってもらったほうがよかったんでさ。お嬢さんだってそのほうが安心していられたでしょうからね」

泥丸はなんとなくうらめしげである。

「しかし、そうはいかない事情があったんだからしようがないだろう」

「あっしはお嬢さんが声ひとつ立てずに宇之の野郎につれていかれた。そりゃ宇之がふところの匕首《あいくち》をちらつかせて、声を立てるとずぶりといくぜと脅《おど》かしたんでどうすることもできなかったんでしょうが、だんなが黒門町で別れていってから、心細くてしようがなかった。がっかりしているところだから、余計声を立てる気力さえなかったんじゃねえかと、ふびんでたまらねえんでさ」

「いや、お縫さんはきっと取りかえしてみせるから心配するな」

慶三郎はなんとなくうしろめたい。

「それで、だんなは菊枝さんとは仲なおりしてきたんですか」

「うむ。実は刀のほうを取りかえしに行ったんだが、わらっていて相手にしないんだ」

「そりゃそうでしょうね。あちらさんのほうがだんなよりよっぽどおとなですからね」

「泥にもそう見えるか」

「見えやすってさ。知らねえのはだんなばかりのようでござんすからね」

「なにっ、――なにをおれが知らないというんだ」

「おっと、だんな、橋をわたるんですかい」

向柳原《むこうやなぎはら》通りへ出るには、昌平橋をわたらずに川っぷちを佐久間河岸《さくまがし》へ出たほうが近道なのである。

「いや、おれはちょいと松下町へ寄り道をしていきたいんだ」

「へええ、松下町になにがあるんです」

「今夜も伊賀の組の者が出張《でば》っているかもしれない。無断で人の家へ飛びこむより、十手の力を借りておいたほうがなにかと都合がいいんだ」

「けっ、のんびりしているんだなあ、だんなは。そんなことをしている間に、お嬢さんがどうかされちまったらどうするんです」

泥丸はあきらかにむっとしたようだ。

「やつらになんとかしようという腹があれば、今ごろもうなんとかされている。あれは千両の売り物だからな。いくらやつらでもそう乱暴には取りあつかえないだろう。そんなことがわかれば、的場軍十郎が黙ってはいない」

「なるほど。――じゃ、どうして宇之はお嬢さんを自分の家へなんかつれこんだんでしょうね」

「宇之はそれを自分の手柄にして倉田屋へ売りこむ気なんだろう」

「的場を出しぬいてですかい」

「宇之は的場の子分というわけじゃない。金になることならそんなことは遠慮しないだろう。お寅ばばあの血をうけている男だからな」

そんな知恵が出てきたのも、いま出がけに菊枝から、落ち着かなくちゃだめよといわれてきたからだ。

――いざとなると、どうもお菊のほうがおれより腹ができているようだ。

慶三郎はなんとなく菊枝をたよりにしている。こっちのばかをさらけ出しても、菊枝なら平気でうけとめてくれる。そんな安心ができてしまったからだ。

「泥、知らないのはだんなばかりだというのはどんなことなんだ」

「そいつは今はいえやせん。お嬢さんを無事に取りかえしてからいいやす。――だんな、あっしはお嬢さんにもしものことがあったらどうすりゃいいんでしょうね」

それを自分の責任だと思いこんで、泥丸は必死になっているようだ。

「心配するな。お縫はきっとおれが助け出す。おまえ、お寅の家の裏から忍びこむことは知っているんだろう」

「そりゃ知っていやす」

「それなら大丈夫だ」

慶三郎はだんだん自信が出てくる。

「あっ、だんな」

道はいつか八辻《やつじ》ガ原《はら》から柳原通りへ出て、籾蔵《もみぐら》の南がわの道をいそいでいた。その籾蔵を出外れたところが松下町で、そこの横町からふらりと月の中へ出てきた男が足早に柳原土手のほうへ去っていく。

「あいつはたしかに宇之でさあ」

「おれもそう見た」

「やっぱりお嬢さんを倉田屋へ売りこみに行ったんでしょうかね」

「しっ」

まもなくおなじ横町からすっともう一人出てきて、足音も立てずに宇之の跡を追っていくようだ。

「宗十郎頭巾だ、だんな」

「追ってみよう。おまえは手ぬぐいで顔をかくすんだ」

「へい」

泥丸は身ぶるいをしたようである。

宗十郎頭巾をかぶっているからお寅殺しの宗十郎頭巾だと断定するのは少し早計すぎるようだが、宇之吉の跡を追っているというのが臭い。しかも、宗十郎頭巾はさっきも湯島の屋敷へあらわれてお縫を助けているのだ。

籾蔵の角を左へ曲がると、すぐ柳原土手へ突きあたる。そこを右へ曲がると、土手にそって和泉橋《いずみばし》のたもとへ出るのだ。宗十郎頭巾がその橋だもとから土手の道へあがったのは、宇之吉がその道を取ったからだろう。

慶三郎は十間ばかり後からわざと土手下の道をつけていく。たしかに宗十郎頭巾の前を宇之吉が速い足で歩いていく。

宇之吉は宗十郎頭巾につけられているのをどうやら知っているようだ。

と見ているうちに、宇之吉がひょいとうしろを振りかえって、

「宗十郎頭巾だあ。人殺しい」

と叫び出した。

「うぬっ」

一気に追いすがった宗十郎頭巾の抜きうちがきらっと月光にきらめいて、

「わあっ」

宇之吉はだっと神田川の土手のほうへころげ落ちていった。

「おい、貴公は辻切《つじぎ》りか」

こっちもとっさに土手へ駆けあがっていって、慶三郎が宗十郎頭巾のうしろか

ら一喝《いっかつ》する。

「なにっ」

宗十郎頭巾はくるりとこっちを向いて、ぎょっとしたように白刃《しらは》を構え、

「うぬっ、直江だな」

と、思わず口走っている。

「来るかね」

これは切っていいものかどうか急には決断がつきかねるので、慶三郎は柄《つか》に手をかけたままじっと相手の出ようを待つ。

一瞬、宗十郎頭巾は全身に殺気をみなぎらせていたが、こっちがためらっていると見ると、

「無用だ」

一言吐き捨てるようにいって、だだっと下の通りのほうへ駆けおり、そこの音羽町代地の横町へ素早く姿を消していった。

七

「泥、宇之を呼んでみろ。切られちゃいないはずだ」

雑草の深い土手の斜面を目でさがしながら、慶三郎は泥丸にいいつけてみた。土手の下は神田川が月あかりに冷たく光っているだけで、宇之吉の姿はどこにも見あたらない。

「あの野郎、大丈夫でござんしょうかねえ」

泥丸は今の宗十郎頭巾騒ぎで宇之吉に対する憎悪の感情もついうっかり忘れているらしく、

「宇之さん、どこにいるんだ。宗十郎頭巾はもう逃げちまったぜ。おれは泥丸だ」

と、わざわざほおかむりまで取って下へ呼んでいた。

案の定、宇之吉は土手の半分から下あたりの草むらの中から、むくりと立ちあがった。

「どうした、宇之さん。けがはしなかったか」

「なにをぬかしやがる。おれがけがなんかしてたまるけえ」

宇之吉はいきなり悪態《あくたい》をつきながら、用心深くこっちを見あげている。

「じゃ、ここまであがってきてみろよ」

「そこにてめえといっしょにいるなあ、だれだ」

「湯島の直江のだんななんだ。おめえに話してえことがあるんだとよう」

「その手は食わねえ。いやなこった」

脛《すね》に傷のある宇之吉は、吐き出すようにたたきつけてきた。

「なんだ、おめえ怖いのか、宇之さん」

「なんだと――」

「いま宗十郎頭巾を追っ払ってくれたのはだんななんだぜ。礼ぐらいいったって罰はあたらねえだろう」

「大きなお世話だ」

宇之吉は目ばかり光らせながら動こうともしない。

「じゃ、おれたちは行っちまってもいいんだな。後でまた宗十郎頭巾が出てきても知らねえぜ」

「なにをっ」

「そんな強情を張るもんじゃねえ。宗十郎頭巾の執念深いのは、おめえだって知ってるじゃねえか。今夜はこれで二度目だ。三度目の正直ってことだってあるぜ」

これで勝負はついたようだ。宇之吉はがさがさと草をかきわけながら、それでも慶三郎からいつでも逃げられるあたりへ油断なくあがってきて立つ。

「あぶないところだったなあ、宇之」

慶三郎はわざとそこを動かずに、気さくに声をかけていく。

「礼なんかいわねえぜ」

宇之吉はふて腐れながら毒づいてくる。

「いや、礼などはいらないが、どうだ、今の宗十郎頭巾はさっき湯島のおれの屋敷で橋本を切った宗十郎頭巾とおなじやつだったようかね」

「おんなじやつだったらどうだっていうんだ」

「おなじやつだとすると、あの宗十郎頭巾は一足先にいまごろおまえの家へ向かっているかもしれないな」

「なにっ」

こんどはあきらかにどきりとしたような顔つきになって、

「畜生《ちくしょう》、こうしちゃいられねえ」

と、後じさりをしだす。こっちの抜きうちを警戒しているのだろう。

「まあ待て。──おまえ一人で行っても、宗十郎頭巾にはかなわない。いっしょに行ってやるから、どうして宗十郎頭巾に跡をつけられたのか、わけを話してみろ」

「いやなこった。てめえの世話なんかにゃならねえ」

「しかしなあ、宇之、おまえがだれの世話になろうと、お縫はもうおまえの家にはいないかもしれないぞ」

「そんなことがあるもんか。かぎはちゃんとおれが持っているんだ」

宇之吉は正直にふところをおさえてみせる。

「宗十郎頭巾にかぎなど通用はしない。あいつは現におまえの家へ忍びこんで、おまえのおふくろを切っているんだからな。一度ねらった獲物は決してのがさない魔物のような男なんだ」

「いやなことをいうねえ。おれはこうしちゃいられねえんだ」

「よし、とにかくおれがいっしょに行ってやるから、歩きながらわけを話してみろ」

そういう慶三郎も、相手が宗十郎頭巾なので気が気ではなく、かまわず宇之吉をうながして、新《あたら》シ橋《ばし》のほうへ歩き出す。

「けっ、おめえはどうしてお縫がうちにいるとわかったんだ」
宇之吉も痛しかゆしで、無理にもこっちを振り切るわけにはいかなくなってい
るようだ。
「そんなことは、五郎吉から話を聞けばたいてい見当がつく。おれはおまえがさ
っそく倉田屋へお縫を売りつけに行くような気がしたんで、まずこっちへまわっ
てきてみたんだ」
慶三郎はそんな風にやわらかく持ちかけていってみた。
「じゃ、どうして宗十郎頭巾はこんなところへおれを切りに出たんだ」
「あの男もお縫をねらっているんだから、天王橋からおまえの跡をつけていたの
かもしれない」
「わかった。あの野郎はおれのふところの蔵のかぎがほしかったんだ」
「すると、お縫はおまえの家の蔵の中へ押しこめてあるのか」
「畜生、いそいでくんな。まだ間にあうかもしれねえ」
「留守番は瘋癲政とおとぼけ竹の二人がしているわけだな」
「そうだよ。あいつらはさかりのついた野良犬みたいに女と見ると目がねえやつ
らなんだから、玉は蔵の中へ入れておあずけを食わせてあるんだ」

宇之吉はどんどん足を速めながら、ちょいと得意そうである。

「それで、倉田屋はおまえにいくら出すといったんだ」

「そいつが、運のねえ時はしようがねえもんで、倉田屋の前でばったり的場軍十郎に出会ってしまったんだ。的場は駿河台へ行ってきた帰りだとかで、宇之、なにしにきたと、うさん臭さそうな顔をしやがる。そらっとぼけてみても、後でそんなことがわかると、おれは的場の子分てわけじゃなくても、指の一本ぐらいは詰められなくちゃならねえ。だから、正直に、玉をつかまえたんで親分のところへ知らせに行ったら、親分は倉田屋だっていうんで、こっちへまわってきたんだってやってみた。すると、的場のやつちょいと考えてから、よし、おれが金にしてやるから、おまえは早く帰って玉を逃がさねえように番をしていろといいやがったんだ」

「的場は一人だったのか」

「いや、子分一人と用心棒が一人ついていたようだった」

「つまり、的場は、ほうびの金は倉田屋から自分が取ってやるというんだな」

「どうせこっちの手にゃ半分ぐらいしか入りゃしねえ」

「まあそんなところだろうな。おふくろの残していった金のかくし場所はまだわからないのか」

　慶三郎はついでに聞いてみた。

「わからねえなあ。家の中じゃなくて、どこかへあずけてあるのかもしれねえ」

「その金さえ出てくりゃ、おまえもこんなあくどい稼業《かぎょう》から足を洗って、立派なだんなになれるんだろうにな」

「どうだろう、湯島のだんな、おめえさんは知恵がありそうだから聞いてみるんだが、倉田屋がおれの家を千両で買ってやろうかといってるって話なんだ。売ったほうが損か得か、どう思うね」

　宇之吉がふっとそんな相談を持ちかけてくる。

「すると、倉田屋はかくし金はたしかに家にあると見ているわけだな」

「そうに違いねえんだ。あの因業《いんごう》おやじがただであんな家に千両出すはずはないからね」

「仲に立っているのは的場か」

「まあね」

「それはまだ売らないほうがいいだろう。根気よくさがしてみることだ」

　慶三郎はあっさり答えながら、

「そうだ。宇之、もう一度よく思い出してみてくれ。いまの宗十郎頭巾は、たしかに湯島へ出たやつとおなじだったかね」

と、あらためて聞いてみる。

「どうしてそんなことを聞くんだね、だんな」

「おまえを切ると、おふくろの家はだれかのものになってしまう。そこを考えてみるんだ」

「なあるほど――」

宇之吉ははっと目を光らせたようだが、

「湯島の時は暗かったし、さっきはちょいと死にもの狂いだったんでねえ、どうもはっきりしねえなあ」

と、考えかんがえいう。

「いそいでみよう、宇之。そう考えてくると、その男はおまえの家の金蔵のかぎぐらいそっと型を取って作らせていないとはかぎらない」

慶三郎は急にそれが心配になってきたのだ。

「よしてくんな、だんな。薄っ気味が悪いや」

やがて新シ橋が目の前へ黒々と見え出してきたあたりである。

八

お寅の家は、新シ橋をわたって右へ折れ、川っぷちの道を少し下って、久右衛門町代地の一丁目と二丁目の間を左へ曲がった横町にある。

この横町の突き当たりは籾蔵《もみぐら》で、横町の中ほどに四つ角があり、お寅の家はその四つ角の左の向こう角になっている。格子《こうし》作りの玄関は籾蔵へ出るほうの横町にあって、泥丸が通った裏木戸は四つ角を左へ曲がったほうにあった。

この辺は、囲い者や隠居、遊芸の師匠などが多い町だから、近所は案外閑静でこぎれいな家が並んでいる。

「宇之、裏木戸から入ってみろ」

そこの四つ角へ出た慶三郎は、目の前に雨戸のしまっている玄関を見ながら、急にそういって左の道へ曲がろうとした。

「だって、だんな、裏はちゃんとかぎがかけてあるんでさ」

「いや、かぎがかかっているようなら、玄関のほうへまわればいいんだ」

「なるほどねえ」

宇之吉にもその意味はすぐ通じたらしく、素早く裏木戸の前へ走り寄って木戸に手をかける。

「あっ」

なんの手ごたえもなく、がらりとあいたのだ。

「いけねえ、だんな」

庭の中を一目見た宇之吉は、さっと顔色を変えながら棒立ちになった。狭い庭はほんの安物の植木が三、四本入っているだけで、右手に四畳半ほどの一間が見え、そことかぎ形になった正面が八畳と六畳の二間つづきの廊下で、どこも雨戸はしめきってあるが、右手の四畳半とかぎ形になったところにある戸袋口の雨戸が一枚だけあけっ放しになっているのだ。

「畜生《ちくしょう》、なにかあったに違いねえ」

次の瞬間、宇之吉は狂気のようにその戸袋口へ走り寄っていった。

「泥、おまえがこの間の晩、宗十郎頭巾を見かけたのはどの辺なんだ」

慶三郎は中へ入って木戸をしめてから泥丸に聞いてみた。

「あすこのすみの松の木の下なんでさ。あの廊下は西へまわり縁になっていやしてね、あっしの通うのは、そっちの戸袋口のほうなんです」

泥丸はさすがに照れたような顔をしている。

「そうか、そっちから入った八畳の間がお寅の寝間だったわけだな」

「そうなんです。蔵はその八畳の座敷の北がわにあるんです」

「だんな、大変だ。早くきて見ておくんなさい、えらいことになりやがった」

宇之吉が雨戸口から顔を出して手招きをする。

「どうした、お縫は無事か」

慶三郎はなによりも早くそれが知りたい。

「宗十郎頭巾でさ。やっぱり、野郎の仕事にちげえねえ」

宇之吉はそう口走りながら、すっかり度を失っているようである。

一足廊下へあがってみると、ぷうんと血のにおいが鼻を打って、八畳の座敷のほうは惨憺《さんたん》たる光景だった。おとぼけ竹のほうはうしろ袈裟《けさ》にやられて、半分南の廊下のほうへ頭から突んのめるように切り倒され、瘋癲政のほうは西の廊下のほうへ仰向《あおむ》けに引っくりかえって、これも右肩を一太刀でやられている。

その八畳の間の床の間と並んだ一間の出入り口の障子が一枚あいていて、そこから四尺ほどの板の間の向こうに見える内蔵のとびらがあけっ放しになっている。

「宇之、ばあやがいるはずだな。どこにいるんだ」

「そっちの四畳半でさ。やっぱり殺されているかもしれねえ」

宇之吉の足は宙を踏んでいるようだ。

「お縫さんはいないのか、宇之さん」

泥丸は内蔵のほうへ飛びついていったが、蔵のとびらがあいているのだから、そんなところにお縫はいるはずがない。慶三郎はかまわず四畳半のほうの廊下へ出て、そこの障子をあけてみた。

小柄な老婆が手足を縛《しば》られ、手ぬぐいでさるぐつわまでかまされて、そこにころがされていた。

「どうした、ばあさん、おめえよく助かっていたなあ」

それでも宇之吉は慶三郎をかきのけるようにしてそばへ走り寄り、手早くなわを解いてやる。見ると、それはなわではなくて、ありあわせのひものようだ。

「たいへんですよ、若だんな。――恐ろしい」

老婆は手足が自由になるといきなり宇之吉のひざへしがみついていく。

「大変はわかってらあ、下手人はやっぱり宗十郎頭巾をかぶった野郎だったか」

「あたしはねえ、若だんな、はじめからあの人たちは気に入らなかったんです。目つきが普通じゃなかった」

「しっかりしろよ。その二人はもう死んでらあ。下手人はだれだって聞いているんだ」

「そうですとも、あんな下種《げす》な人間とは、もうつきあっちゃいけません。あんな人たちってありゃしない。あたしははじめから目つきが気に入らなかった。若だんなが出ていくとすぐ、政っていうほうのやつがここへ押しかけてきたんですよ」

「しようがねえな。つんぼじゃ話にならねえ」

宇之吉は苦わらいをしながらこっちへいった。

「まあ待て、宇之。ばあやのいうことを聞くだけ聞いてみろ」

慶三郎を目顔で宇之を制しながら、じっと老婆の顔色を見すえる。

「そうかなあ。――ばあさん、政はまさかおめえに変な気を起こしたんじゃねえだろうな」

「それが、変な気をおこしたんですね。あたしに蔵のかぎを出してくれっていうんです」

「なんだって――」

「あたしはあの娘さんをなぐさみものにする気だなと気がついたんで、聞こえないふりをしていました」

「ふりなんかしなくたって、おめえは耳が聞こえねえんじゃねえか」

「そんなことはありません。たいてい顔色でわかるんですよ。あいつはあたしがあんまりとんちんかんなことをいうんで、とうとうあたしを縛って、おとなしくしていろっていって、出ていってしまいました。かわいそうに、あいつたちはとうとうかぎをこわしてしまったらしく、まもなく娘さんのひいっていう声が聞こえたんですよ」

老婆はいかにも悲しそうに目をしょぼつかせてみせる。

「なんだと──。じゃ、二人で玉を引き出してしまったんだな」

「そんなことは、いちばんかわいそうなことだのに、あたしは耳をふさいでお念仏をとなえていました。さぞ死ぬよりつらいだろうと思いましてね。若だんなも悪いんです、あんな娘さんをさらってくるなんて」

「余計なことはいいから、その先を早く話してみろ」

「そこへねえ、若だんな、この間の晩の頭巾の侍が入ってきたんです」

「なに、やっぱり宗十郎頭巾がきやがったのか」

「玄関から入ってきたんですね。この部屋をあけてみてすぐ奥へ行ったんで、今夜ばかりはああよかったと思いました」

「あの二人が奥で切られた音が聞こえたか」

宇之吉は我にもなく人を切る手まねをしてみせている。

老婆ははっきりとうなずいてみせて、

「わあっといったと思うと、どすんと人の倒れる音がしましてね、あたしは耳をふさいでがたがたふるえ出していたんですよ」

「置きやがれ、手を縛られていて耳がふさげるけえ」

「よし、それでわかった、宇之。二人でお縫さんを蔵から引き出して手ごめにしようとしているところへ、宗十郎頭巾が玄関から入ってきて、二人を切り、お縫さんを裏木戸からつれ出していったということになるんだ」

慶三郎はそういって、ふたたび八畳の座敷へ引きかえしてきてみた。

二人の倒れている形から見て、政のほうが先に切られ、それを見た竹があわてて逃げ出そうとしたところを、うしろ袈裟にやられたのだろう。切り口から見ても、相当腕の立つ男である。

「だんな、宗十郎頭巾はお縫さんをどこへつれていったんでしょうねえ」

しょんぼりと立っている泥丸の目に涙のようなものが光っているようだ。

九

翌日の昼少し前ごろ、駿河台の用人平田才蔵は、約束どおり的場軍十郎の代人からお縫についての報告をうけた。

代人に立ったのは、昨夜も的場の供をしてきていた風間《かざま》源吉《げんきち》という用心棒で、

「風間はものの役に立つ男だが、あんまり切れすぎるんで、おれでさえ薄気味の悪くなることがある」

と、軍十郎でさえもらしていたことのある男である。

が、見たところは背のすらりとしたまだ三十前の優男《やさおとこ》で、そんな鋭いところなどはどこにも見えない。

「風間うじ、お使者御苦労といいたいところだが、これはどうやらいい便りではなさそうだな」

平田は源吉を用人部屋へ請《しょう》じて、顔を見るなり先手を打って出た。いい便りなら、わざわざこんなすごい男をよこさなくても、書状か口上《こうじょう》だけでも事はすむはずだからである。

「お察しのとおりです。ゆうべまた例の宗十郎頭巾が出ましてな」

風間はおだやかに微笑しながらいう。

「湯島へ出た宗十郎頭巾の話なら、ゆうべ親分からも聞いているんだが」

「いや、あれからまた二度も出ているんです」

「ふうむ、二度もねえ」

才蔵は思わずまゆをよせていた。

「ゆうべここからの帰りに、親分は松下町へまわったんです。ちょうどその門の前で、お寅のせがれの宇之吉に出会いましてな」

「湯島に玉がいるというのをいちばんはじめに突きとめた男だね」

「そうです。これがちょいとすみにおけない小悪党なんで、今ごろ倉田屋へやってくるのはおかしいと、こっちはすぐにぴんときたわけです」

「なるほど、二度目の見張りに湯島へ行っているころだったわけだな」

「それがあるんで、宇之もそらっとぼけきれない。白状したところによると、宇之は瘋癲政とおとぼけ竹の三人で、二度目に湯島へ見張りに行く途中、黒門町あたりで玉が直江につれられてくるのを見かけたというんだ。直江のほうでも、二度目の夜襲が怖いんで、玉をどこかへ移すところだったんだな。ところが、直江はまもなく、どこかへ用があるらしく、玉を中間《ちゆうげん》一人にあずけて別れていったそうだ。三人はしめたと思って、玉と中間が三味線堀をぬけて蔵前通りから天王橋へかかったあたりで、政と竹が中間にけんかを吹っかけて殴り倒している間に、宇之は玉をさらってお寅の家へつれこんだというんだ」

「自分の家へつれこんだというのは、宇之になにかたくらみがあったのか」

「つまり、自分の手柄にして、倉田屋からいくらか引き出す考えだったんだろう。あいにくその倉田屋の前でばったりとこっちとぶつかってしまったんで、実はこれこれだと白状してしまった」

「そのとき玉はお寅の家で政と竹の二人が番をしていたのかね」

ねこにかつお節だなと、才蔵は苦い顔になる。

「そこが宇之の小悪党らしいところでね、玉は蔵の中へ押しこめて錠をおろしてきた。そのかぎは自分が持っているし、家にはばあやもいるから心配はないというんだ。それじゃおまえ一足先へ帰って待っていろ、後からすぐ行くからと、親分は倉田屋へ寄って利兵衛に会ったんだ。無論そう長い間じゃなかったが、やっぱりそれが失敗だったんだな」

「というと――」

「宇之はその帰りに柳原土手で例の宗十郎頭巾に襲われているんだ。幸いそこへ直江が泥丸といっしょに通りあわせたのと、宇之のほうも素早く土手下へ飛びこんでいたんで、けがはせずにすんだ」

「それで——」

「直江がそこへ通りかかったというのは、泥丸が宇之が玉をお寅の家へつれこむのを見ていて直江に知らせたから助けに出てきているんで、さすがの宇之もこれはごまかしきれない。それに、宇之にすれば宗十郎頭巾が家へ先まわりをしていやあしないかという不安もある。そんなこんなで、直江たちといっしょに家へ帰ってみると、案の定、政と竹の二人は蔵の前の八畳の座敷で切り殺され、ばあやは自分の居間で縛《しば》られていた。蔵のとびらがあいていて、玉はさらわれていたというわけだ」

「下手人はやっぱり宗十郎頭巾なのかね」

「ばあやの話だと、こうなんだ。政と竹は宇之が出ていくと急にべいすけ心をおこし、じゃまになるばあやを居間で縛ってしまい、竹が火箸《ひばし》を使って蔵の錠をあける。二人で玉を引き出して手ごめにしようとしているところへ、玄関のほうから宗十郎頭巾が忍びこんできて、二人を切り、玉を助けて裏口から引きあげていったということになるようだ」

「風間うじは現場を見ているのか」

「見ている。後から親分といっしょに駆けつけてね。直江たちはもう帰った後だったが、政も竹も例によってたった一太刀でやられていた。まったくあざやかな切り口だった」

「少しおかしいようだな、風間うじ」

才蔵はそれとなく源吉の顔色を見ながら切り出した。

「どこがおかしいんでしょうな」

「宗十郎頭巾は、昨日、宇之が玉を自分の家へつれこんだのを知っているから、柳原土手で宇之を襲ったことになるんだろう」

「それはそうです」

「それなら、なにもわざわざ柳原土手へ出向くまでもなく、先へ宇之の家へ押しこんで玉をさらっていったほうが早いんじゃないかね」

「いや、宗十郎頭巾は宇之の持っている蔵のかぎがほしかったんじゃないかと、宇之はいっています」

「たとえばそうだったにせよ、それなら帰りをねらうより行きをねらうはずだ。

だいいち、倉田屋へ宇之が連絡してしまってからではじゃまが入るぐらいのことを、宗十郎頭巾がうっかりしているはずはない」

「なるほど――」

源吉はこっちの目を見かえしながらおだやかにわらっている。

「もう一つ、的場さんはどうして宇之といっしょにすぐお寅の家へ行ってみる気にならなかったのか、わしにはその親分の気持ちがわからない。なにかどうしてもその前に倉田屋に会わなければならないような重大な用でもあったのかな」

「それは、なにかそんな大切な用があったんでしょうな」

「とにかく、ゆうべせっかく網にかかった玉を惜しいところで取りかえされてしまった責任の半分は、的場さんのほうにある。玉はどこへつれていかれたか、およその見当ぐらいはついているようかね」

「それがまるっきりわからないようです。こっちは直江にひもをつけてずっと見張らせているんだが、その直江さえ目下のところは途方にくれているといった形だそうです」

「親分らしくもない惜しい手ぬかりだな」

「そのとおりです。しかし、手ぬかりは手ぬかりとして、倉田屋のほうとの約束の日限は今夜の九ツ（十二時）ということになっているんで、その日延べの手段はゆうべ打ちあわせをしておいたとおりこちらで取っていただきたいという親分の口上です」

風間はぬけぬけとそれをいい切るのである。

「的場さんは自分のほうの責任はほおかむりをしようというのかね」

才蔵はむっとせずにはいられなかった。

「そうじゃないでしょう。責任はなにかの形で取る腹のようだが、さしずめ日限の延期のほうはこちらの奥方に出向いてもらわないと、ほかに手段はないらしいようです」

「それが困るんだ。奥方に今夜出向いてもらうということは、どういう意味が含まれているのか、風間うじは知っているのか」

「想像ぐらいはつきますな、相手が相手なんだから」

風間は人ごとのようにいってにやりとわらってみせる。

「いやしくも直参《じきさん》八百石の奥方さまに、そんなまねがさせられると思うかね」

「奥方さまは非常に美人だそうですね」

「たとえば不美人でも、家柄というものがあるから、そんなことをうむと承知するはずはない」

「殿さまはそのほうはだめなんだって話ですが、本当ですか」

風間は平気でそんなぶしつけなことを口にする。

「風間うじ、あんまり不謹慎なことは口にするもんじゃない」

「失礼しました。しかし、奥方さまが今夜倉田屋へ出向かれるか、それとも千両の金のほうを返金するか、どっちか一つ、ぜひ実行しなければならないどたん場へきていることは、動かすことのできない事実なんでしょう」

「それは、千両の金がすでに手がついていることも動かすことのできない事実なんだ」

才蔵はついどうでもしろと居直りたい気持ちにされてくる。

「すると、どうしても奥方さまに出向いてもらうほかはありませんな」

「そんなことはできないといったらどうするね」

「いや、できないことはないでしょう、知恵さえ働かせれば」

風間は目でわらいながら冷静そのもののような顔つきである。

十

「知恵とは、どんな知恵だね」

才蔵は念のために聞いてみた。本心はわらにもすがりたい気持ちなのである。

「御用人さんはものごとをあんまりまともに考えるからいけない」

「というと――」

「こんな時は、例の宗十郎頭巾をたのんでくれれば、案外すらすらと事は片づいてしまうんじゃないかな」

「なにっ、宗十郎頭巾――」

才蔵は我にもなく目をみはっていた。

「風間うじは宗十郎頭巾を知っているのか」

「知っていますよ。金貸しばかりねらって切る。金や品物には目もくれず、風のごとく来て風のごとく去る。つまり、金貸しというものに深い恨《うら》みを持っている男なんですな」

「そのくらいのことはわしだって知っている」

「ただ知っているだけじゃなんの役にも立たない、その宗十郎頭巾をたのんでこなくてはね」

「どこへ行けばその宗十郎頭巾に会えるんだね」

「宗十郎頭巾は金貸しを憎んでいる。こっちからわざわざ出かけなくても、奥方さまが倉田屋へ出向けば、たぶん今夜倉田屋へあらわれるはずです」

「それがもしあらわれなかったら――」

「それを疑っていたんじゃ話にならない。よろしいか、御用人さん、あんたは美人の奥方さまの前へ出て、今夜ぜひ倉田屋へ出向いて日延べのことをたのんでみてくれ、倉田屋は奥方さまの口から直接たのまれればいやだとは決していわないはずだと持ちかけてみる。奥方さまはまさか倉田屋にそんな野心があるとは気がつかないから、たぶんうむという。そこで、こんど奥方さまが倉田屋へ出向けば、利兵衛は奥座敷へ奥方を一人で待たせておいて、自分も一人で応対に出る。利兵衛はすきを見て、奥方さまにつかみかかっていく。奥方に声ひとつ立てさせないだろう、そのくらいの腕力は持っている男なんだ。そこへ声ひとつ立てずに宗十郎頭巾があらわれて、声ひとつ立てさせずに利兵衛を絞め殺して、裏口から奥方を助け出していくんだ」

「絞め殺すのかね」

「切りたければ切ってもいい」

風間の顔はあいかわらず冷静にわらっている。

「貴公、おれをからかっているんじゃないだろうな」

才蔵はなんとなくわきの下へ冷や汗を感じてきた。

「御用人さんをからかってみたところで一文にもならない。あんたが困っているようだから知恵を貸したまでだ」

「では、あんたがその宗十郎頭巾になってくれるか」

「自分でやったほうが後腐《あとくさ》れがないんじゃないかね。どうせ御用人さんは、美人の奥方のために、利兵衛をいっしょに地獄へ抱きこんでいく腹をきめていたんだからね」

「どうして裏口から忍びこめばいいんだ」

「おれが裏木戸のかぎを外しておいてやろう。どうせ今夜はおれは倉田屋の夜番に当たっているんだ」

「あんたを信用してもいいだろうな、風間うじ。一つ間違うと、奥方もおれも生きては帰れない」

才蔵は必死な気持ちにされてきた。ただ気になるのは、この男が本気で自分を助けてくれるかどうか、それがまだ心もとない。

「こんなことは度胸ひとつだと思うんだがなあ。宗十郎頭巾はちゃんとやってのけているんだからね」

「あんたにはその度胸があるわけだな」

「無論、おれにはある」

「はてな。ゆうべ柳原土手へ出て宇之をねらった宗十郎頭巾はあんただな」

「どうしてだね」

「的場の指図だろう。宇之を切ってしまえば、玉も、お寅のかくし金も的場のものになる」

「さあ、それはどうかな」

「しかし、そういうねらいがなければ、的場が宇之といっしょに行かないという事実は考えられない」

「その話はその辺にしておこう。御用人さんに必要なことは、今夜宗十郎頭巾の力を借りるか、それとも別の手段を取るか、どっちかに腹をきめることだ」

風間はたしかにすごい男だった。そういう人殺しの相談が、顔色ひとつかえずに口にできるのだ。

「いいだろう。わしは宗十郎頭巾の力を借りることにするから、裏木戸のかぎのほうをぜひたのむ」

こうなってはもう後へひけない才蔵だった。

「よろしい、かぎのほうは承知した」

「礼のほうは何が希望だね」

「それは事がうまく運んでからにしよう。いまそんな約束をしておいたところで、一つ失敗すればそれっきりの話だ」

「いや、おれは絶対に失敗はしない」

「そのくらいの意気ごみがあれば、大丈夫、宗十郎頭巾にはなれる。――では、わしはこれで失礼しよう」

風間源吉はきた時とおなじようにけろりとした顔つきで帰っていった。

――はたしてそんなことがうまくいくだろうか。

一人になると才蔵はやっぱり不安になってくる。しかし、どっちみちここまできては非常手段に出るよりほか救われる道はないのだ。それに、これが成功しさえすれば、一切の罪は宗十郎頭巾がしょってくれるのだし、千両という金は文句なくこっちのものになるのである。

おれにこんなことをすすめた風間は、ことによると本物の宗十郎頭巾じゃないかな。ゆうべ柳原土手で宇之吉を切りそこなって、一足先にお寅の家へ駆けつける。ちょうどその時、政と竹の二人がお縫を蔵から引き出していたのを幸い、二人を切って裏口からお縫をさらっていく。そのお縫をどこかへかくしておいて、口をぬぐってまだ倉田屋にいる的場のところへ帰っていく。

——待てよ。

風間はお縫を自分のものにしたくなったから倉田屋がじゃまになるのだ。

——だから、おれにこんな知恵をつけたのかもしれない。

それなら今夜のおれの宗十郎頭巾も必ず成功するはずだ。そう考えてくると、才蔵は急に胸があかるくなってきた。

念のためにもう一度それを考えなおしてみる。宗十郎頭巾が風間なら、宇之吉からお縫の居どころを聞いているのだから、お寅の家へ押しこんでも不思議はない。しかも、風間は的場から宗十郎頭巾になって宇之吉を切れといいつけられている。これは直江がきて失敗はしたが、そこから一足先にお寅の家へ駆けつける暇は十分あったはずだ。

——よし、ゆうべお縫をさらった宗十郎頭巾は風間だときめて間違いはない。

その確信を得た才蔵は、茶を一杯のんでからゆっくりと立ちあがった。これから奥方お三重《みえ》の方を説き伏せて、今夜の筋書きを納得させなければならない。気位の高い女だから、はたして金貸しの家へなど出向いてくれる気になるかどうか、これがまたちょいと一役なのである。

が、このほうは女の弱みを十分つかんでしまっているからなんとでも操縦できる自信はあるが、亭主の主水《もんど》の前をどう取りつくろって今夜お三重の方を屋敷からつれ出すか、むしろこのほうがやっかいかもしれぬ。主水は自分と奥方との仲をうすうす感づいているようだからだ。

——まあいいだろう。亭主のほうは女房にまるめこませる。女房に里へ帰りますといわれるのがいちばん怖い亭主どのなんだからな。

幸いその亭主どのはさっき猟官《りょうかん》運動に出かけて留守なのだから、今日は大っぴらで奥方の居間へ入りこめるのである。いや、お三重のほうでも今ごろはもうごきげんうかがいにきそうなものだと、こっちの行くのをそわそわしながら待ちかねているかもしれない。

廊下を奥へ向かいながら、才蔵はもう胸が甘ったるくうずき出していた。

十一

その夜、日が暮れるとまもなく、お三重の方は駕籠《かご》を仕立てさせて、松下町の倉田屋へ向かった。夫主水がまだ外出先からもどっていないので、事は簡単に才蔵の手で運ばれたのである。供には用人平田才蔵と給人浜村幸三郎《こうざぶろう》の二人に、ちょうちん持ちの中間《ちゅうげん》が一人ついていた。

この夜の倉田屋訪問には三重として多少の疑問がないではなかったが、不安はそう感じていなかった。むしろ、才蔵でさえ持てあましている倉田屋利兵衛という因業《いんごう》な金貸しを、自分の口ひとつでうまく説得できれば、それは女の生きがいだと、そんな自負を感じていたくらいである。それより気にかかるのは、昨夜また宗十郎頭巾にさらわれていったというお縫の行方のほうなのだ。たとえ今夜倉田屋のほうを説き伏せて日限を延ばしてもらってみたところで、お縫を早く取りもどさなくては、結局金を返すほかはなくなるからである。

「才蔵、それでお縫はいつごろ取りかえせる見こみなの」

今朝も三重はそれを才蔵にたしかめてみた。

「たぶん四、五日中にはなんとか目鼻がつくんじゃないかと思います」

「こんどお縫が見つかったら、そなたからよく因果をいい含めてくださいよ。兄上の出世のためなんだもの、いやでも我慢をしてもらわなくてはねえ。女というものはだれしもみんなそういう因果をしょって生まれてきているものなんですから、あきらめてもらうよりしようがありません」

その点、自分のほうがお縫などよりはるかに大きな因果をしょっているのにと三重は思っているのである。

「承知しました。こんどはお縫さんももうあきらめているでしょう」

「大体、せっかくつれていったお縫を逃がしてしまうというのは、倉田屋も少し能がなさすぎます。そんな人のいい男だとは思えないんですがねえ」

「つまり、お縫さまを世間知らずの生娘《きむすめ》だからと甘く見すぎたんでしょう。まあ、向こうにもその落ち度があるんで、今夜もそう強情は張れないだろうと思うんです」

「才蔵、利兵衛はまさかお縫の時の腹いせに、あたくしをどうかしようなどという、そんな大それたことはしないでしょうねえ」

相手が相手なので、三重はふっとそんなことを考え、わらいながら聞いてみた。

「そんなことは絶対にわしがさせるものですか。お方さまはわしの大切な宝物なんだ」

才蔵はきっぱりといいきりながら、急に男心をさそい出されたようにひざでにじり寄ってきた。

「わしだけの宝物――」

男に肩を抱き寄せられて、いきなり内ふところへ手を差しこまれてしまうと、三重にはもうそれをこばみきれる力がなくなってくる。正直にいえば、奉公人の才蔵などにまだ心から愛情は感じたことはないが、一度そんな仲になってからは、熟れた女体《にょたい》の血が男を求めてやまない。はじめての時も、その淫蕩《いんとう》な血に負けて全身が甘くしびれたようになり、かたく目をつむったまま、とうとう女にされていた。下腹のあたりから燃え狂ってくる甘い血の歓喜は、しだいに女の本能をゆさぶりつくして、何物をも忘れさせてしまうほどの強烈な陶酔がそこにある。

不義という汚名はいやな後味だけれど、夫主水とは形だけの夫婦なのだから、夫に対する良心のうずきははじめからそう感じなかった。むしろ、ほかの男に女体が夫を求めなければいられない、そんな因果な夫婦生活に縛《しば》られている自分の宿命が、三重にはのろわしくもあわれに思えてならない。

才蔵は身近にいるから、ついそれを男として女体のやみがたい欲求を満たしているので、いわば三重にとっては単なる男という道具でしかなかった。しかも、才蔵はそのことに満足して、陰ひなたなく小栗家のために親身になって働いてくれるのだから、才蔵をよろこばせておくことは決してむだではないという打算も三重にはあった。だから、才蔵が肩を抱いてくると、三重ははじめての時とおなじように目をつむって、それが終わるまでは相手を見なかった。体は才蔵にまかせておいて、自分はほかの絵そらごとの男のおもかげをまぶたに描いているほうが、はるかに興奮できるからである。

「このおれの宝物を倉田屋などに自由にされてたまるか。お方さまはおれ一人のものなんだ」

今朝も才蔵は有頂天になって女体をむさぼりながら熱ぼったく口走っていた。

「もし三重が利兵衛にそんな目にあわされたら、そなたどうするの」

三重は目をつむったまま、なんとなく男をからかってみたくなる。

「おれはその前に宗十郎頭巾になって、この肌だけはきっとまもってみせる」

才蔵は狂ったように激しい男の情熱をたぎらせてあくことを知らなかったようだ。

――一体、その宗十郎頭巾というのはどんな男なのだろう。

三重はふっと芝居の中の優男《やさおとこ》をまぶたに思いうかべてみながら、女体の淫蕩な血はいつもより強烈な歓喜を焼きつけられていたようだ。

が、それが終わって、甘い興奮が冷めたとたん、三重はいつものようになんとなく空々しい白々しさを感じ、下半身のあられもない自分の姿に興冷めながら、いそいで取りつくろって、なにかあさましい気さえしてくる。

「才蔵、宗十郎頭巾は金貸しばかり切って歩くのでしょう」

「そんな話です」

「どうして倉田屋のようなあくどい金貸しを見のがしておくのかしら」

三重は手早く髪をなおしながら、倉田屋さえ切られてしまえばこっちはなんの面倒もなくなるのにと、もうそんな虫のいいことを考えていた。

「いや、宗十郎頭巾は今夜にも倉田屋へあらわれないとはかぎりません」

才蔵はまだ目にみだらなものを残しながら、こっちのきげんを取るようにいうのである。

「ふ、ふ。でも、宗十郎頭巾に助けられると、三重もお縫のようにどこかへつれていかれてしまいはしないかえ」

「そんな心配はありません。そのためにわしがお供をしていくんですからな」

才蔵は自信ありげにきっぱりとそういいきっていた。

――才蔵は三重の奴隷《どれい》なのだから。

駕籠にゆられながら三重はそんなおごった気持ちになり、一方ではその奴隷が命がけでついていてくれるのだから、今夜のことはなにも心配することはないと安心しきっていた。

「奥方さま、着きましてございます」

やがて駕籠がおりて、とびらの前へひざまずいた浜村幸三郎がそう告げた。

「お着きい」

中間が玄関のほうへそう触れこんでいる。

ここは町屋の格子《こうし》作りの玄関になっているから、駕籠を横づけにするわけにはいかない。門の中も駕籠が入るとそれだけで半分はふさがるほどの広さしかない。

浅黄《あさぎ》小《こ》紋《もん》の上から派手な紫縮緬《むらさきちりめん》の被布を羽織っただけの略装の三重は、褄《つま》を取って駕籠からおり、履物《はきもの》をはいて玄関の土間へ入っていった。

「おいでなさいまし、どうぞおあがりくださいまして」

玄関へ出迎えたのは四十がらみの女で、こっちの姿をまぶしそうにちらっと見てから、そこへ両手をつかえた。当然、主人の倉田屋利兵衛が自分で出迎えるのが礼儀だのに、姿を見せようとしない。

おかしいのは、屋敷を出る時はたしかにいた才蔵が顔を見せないことである。

無礼なと、三重はむっとはしたが、ことによると才蔵が途中からここへ先乗りをして利兵衛と下話をつけているのかもしれないと思ったので、とにかく玄関へあがることにした。

「こちらでございます」

女中は先に立って、三畳ほどの玄関の間の正面の廊下へ出て左へ折れていく。その廊下をまっすぐ行った二間目の座敷に灯が入っている。廊下の雨戸はしめきってあって、家の中はしんとしていた。

ここは八畳ほどの客間になっていて、廊下から入った正面に一間の床の間と一間の押入があり、その床の間の前に客座布団が出してあった。

「ただいますぐ主人がまいりましょうから、しばらくお待ちくださいませ」

女中はそういってさがっていき、まもなく茶と菓子とを運んできた。

才蔵はまいっていますかとよっぽど聞いてみたかったが、それでは内心の弱みをつかまれそうな気がしたので口には出さなかった。

次の間との間のふすまがしめきってある。そこにだれかひそんでいて、こっちの様子を見ていないとはかぎらないので、三重は行儀よく座ったまま、茶にも菓子にも手はふれなかった。

庭のほうから雨戸越しに、こおろぎの声が降るように聞こえていた。

十二

利兵衛はそう待たせずに座敷へ入ってきた。五十五、六とも見えるずんぐりむっくりとしたおやじで、太いまゆげの下にぎろりとした目を光らせているいかにも強欲そうな顔つきをむき出しにしてる男だった。

「これはこれは、奥方さまわざわざのお運びで恐れ入ります。手前がおたずねにあずかりました倉田屋利兵衛でございましてな」

それでも利兵衛は笑顔を作って如才《じょさい》のないあいさつをした。しかも、その目がこっちの美貌にそれとなく見とれているのを三重は敏感に感じて、ふっと誇らしい気がしてくる。

「あたくしは駿河台の小栗の家内です。この度はお縫がとんだ迷惑をかけたとかで、すみませんでした」

三重は鷹揚《おうよう》に会釈をかえす。

「お妹御さんには手を焼きました。この座敷を居間にと思いましてな、いまのおかねという女中をしばらく相手に出しておいたのですが、おかねがちょいと座を外した間に、裏口からぬけ出してしまったのです。たしか、お屋敷を出られる時、どういう奉公になるのか、よくお話しおきくださいましたはずなんですがなあ」

利兵衛は露骨にまじまじとこっちの顔を見すえてくる。

「それは用人からそれとなく話してあったはずです」

三重は負けてはならぬと思ったので、こっちも目を逃げようとはしなかった。

「失礼ですが、それを承知していて家をぬけ出したとなりますと、ぐるではないかとこっちは疑いたくなるのです。千両の金はその場で御用人さまにちゃんとおわたししているのでございますからな」

「いいえ、ぐるだなどと、小栗も公儀直参《じきさん》の家柄ですから、そんなひきょうなまねはいたしません。その証拠には、お縫はあれから屋敷へはもどらず、昨夜もまた宗十郎頭巾とやらにどこかへさらわれていっているくらいなのですから」

「どうでしょうな。お妹御はゆうべまで湯島の直江さんとかいう貧乏旗本の屋敷へ逃げこんでいたそうです。前からその直江とできていた、そんなことはないんでしょうな」

「決してそんなことはございません。湯島の直江とかいう方とは、今までまるっきりおつきあいがないんですから」

「そうでしょうかなあ。わしはその直江というのが宗十郎頭巾じゃないかと疑っているんです。なんにしても、そういう屋敷へ二日でも三日でも逃げこんでいたとなると、もう生娘じゃなくなっているんじゃないか、わしのほうとしては千両を賭《か》けている大切な宝物なんですからな、それが心配になってくるんです」

利兵衛は歯に衣《きぬ》をきせようとはせず、ずけずけとそんなことを突っこんでくる。

そんなことは返答のかぎりではないので、

「お縫をさがし出す三日という日限が今夜で切れるのだそうでございますね」

と、こっちから本題へ入っていく。

「そうなのです。ゆうべも宗十郎頭巾にしてやられたとかで、的場屋一家もここのところあんまり当てにならなくなりました」

「それについて、こちらとしましてはどうすればよいのです」

「それは御用人さんまでによく申しあげてあります。千両御返済いただくか、それともお妹御さんをそちらの手でさがしてもう一度おわたしいただくか、たとえばお妹御さんがもう生娘でなくなっていたとしましても、それはこちらにも落度があったのですから、黙って目をつむることにします」

利兵衛のいうことははっきりしていた。

「一昨夜さらわれたお縫を、今夜の日限までにさがし出せというのは無理なことです。もう五日ほど日限をのばしてもらえませんか」

「手前は日限のやかましい金貸しを稼業《かぎょう》にしているのです。空手でそんな御相談には乗れません」

「では、どうすればその相談に乗ってくれるのです」

「それは御用人さんから聞いてきているんじゃないのですか」

「才蔵はあたくしが自分で行って直接頭を下げてたのむよりほかはないと申しているので、こうしてわざわざ出てまいったのです」

「ただ頭をさげただけではお話になりませんな」

「日限を金で買えというのですか」

「それでも結構です。そのかわり、十日で八分の利子をいただきます。千両では八十両になりますから、五日ですとその半分の四十両ですな。前金でちょうだいすることにしましょう」

「それでは、もしひと月もお縫の行方がわからないと、二百四十両にもなるわけですね」

「それが無理でしたら、今夜中に千両御返済願いましょう。その場合は約束ですから利子はいただきません。どうでしょうな」

「千両のお金にはもう手がついていると才蔵は申しています」

「御用人さんは奥方にもっといい知恵をつけているはずなんですがねえ」

「といいますと――」

「わしはあんまり乗り気ではなかったんですが、いまあなたにお目にかかってみて、それでも決して損のないことがわかりました。奥方さえ承知なら、それで手を打ってもよろしいのです」

「それはどういう話なのです」

「つまり、ただ頭をさげるだけでなく、しばらく目をつむっていただく。お妹御の身がわりをつとめてもらうのです。それでしたら、そちらのいいだけの日限をのばしてあげましょう」

ぬけぬけといいきって、利兵衛は好色そうににやりとわらってみせるのだ。

やっぱりそうだったのかと、三重は一瞬背筋に悪寒《おかん》が走って、腹が立つというよりここに座っているのがそら恐ろしくさえなってきた。

「無礼なことを——。失礼します」

顔から血の気がひいていたに違いない。三重は夢中でふらふらと立ちあがっていた。

「そうですか、おいやならしようがありませんな」

利兵衛の目がけだものじみた光をおびて、すそをひいて立ちあがったこっちの体中をなめるように見まわしている。

——逃げきれるかしら。

氷のような不安におそわれながら、三重は思いきって利兵衛のそばを走りぬけようとした。が、やっぱりそれはだめだった。こっちの手が障子にかかろうとした時、利兵衛は豹《ひょう》のような素早さでさっと背後からおそいかかり、左腕をのどへからみつけながらぐいとうしろへ引きもどしてきた。

「あっ」

「奥方さま、声を立てちゃいけない。千両を無利子で五年間自由につかわせてあげようというんだ。悪い話じゃない。しばらく目をつむって、夢を見たんだと思えばそれですんでしまうことなんだ」

のどをしめつけて、そんな甘いことを耳もとへ吹きこんでくる。

「助けて――。いけません」

必死に身もがきしたが、強い腕力で、しかものどを攻められているから、もう声が出ない。

ごうっと音を立てて頭の中へ血がうずをまいてきた時には、いつの間にかそこへ抱きすくめられて座り、利兵衛の右手は内ふところへ滑りこんで、わがもの顔に乳房をなぶっていた。

「奥方はお妹御よりずっと美しい。わしはあんたのたのみならどんなことでもいうことを聞く」

のどの手はこっちをしめおとさないようにゆるんでいたが、三重は長いすそを前へひいたまま腰を落としたかっこうに抱きすくめられているから身動きもできない。いや、身もだえする度にすそ前がはだかり乱れて、派手な姿になってくる。

――才蔵はあたしをこの男に売ったのだ。

三重は絶望を感じ、こんな男の手ごめにあうのは身分に対しても恥辱《ちじょく》だとわが身を恥じながら、しかし、もてあそばれている乳房の感触から、体のほうがなん

となく女の本能をさそわれてくるようで、

「放して、――助けて」

身もだえしながらも、だんだん抵抗力を失ってくる。

十三

柳原土手下の籾蔵《もみぐら》の南がわの道を行って、右へ松下町の横町を入ると、この横町はまっすぐ小柳町通りへ突きあたるようになっている。この小柳町通りへ出ようとする右角が質両替商倉田屋の店で、その手前の黒板塀《くろいたべい》で囲った百坪ほどの一画が利兵衛の隠居所になっていた。質屋の店のほうとは塀一重でつづき、北隣とのあいだは一間の路地になっている。

この路地へ入って十間《じっけん》ばかり行くと黒板塀にそって左へ曲がる路地があり、隠居所の裏木戸はそっちについている。

平田才蔵は奥方の駕籠《かご》が隠居所の表門へ入るのを見とどけてから、その裏木戸を求めてゆっくり第一の路地へ入った。

まだ月の出前の暗い宵《よい》だが、黒門町と向かいあった右がわはずっと長屋つづきなので、そこからもれてくる黄ばんだ灯《ひ》の光で路地の中は案外うすぼんやりと明るい。

まもなく左手の塀がつきて、その塀ぞいに裏木戸のある左の路地へ曲がろうとして、才蔵はどきりとした。そこの長屋の角に半纏着《はんてんぎ》の男が一人立っていて、ぼんやりこっちを見ている。どうやら岡っ引きくさいと気がついたからだ。

そういえば、おなじようなやつがこの路地の入り口あたりにも一人うろついていたようだ。位置からいっても、こっちは裏木戸のある路地と横町から入る路地の両方が見えるところに立ち、あっちは表門とこっちへの路地が見えるあたりをうろついていた。

——しまった。

これではたとえ風間源吉が裏木戸のしまりをあけておいてくれたとしても庭へ忍びこむことは難しい。

それにしても、まだこっちは宗十郎頭巾をかぶっていなくて幸いだった。彼らは無論、昨夜また宗十郎頭巾がお寅の家へあらわれてお縫をさらっていったことを調べあげ、今夜はおなじ金貸しの利兵衛をねらうかもしれぬという想定のもとにこうして張りこみをやっているのだろうから、もし頭巾をかぶっていれば、有無をいわせず一応は自身番へ引っぱっていかれるところだったのだ。

才蔵はわざと怪《あや》しい半纏着の顔は見ないようにして裏木戸のある路地のほうへ曲がり、問題の木戸を横目で見ながらそこを通りすぎていった。が、内心は気が気ではない。お三重の方はすでに利兵衛の家の客間へ通れされているはずだ。隠居所は中働きのおかねという四十女と台所の小女との二人で、夜は五ツ（八時）ごろから的場屋一家の用心棒が一人、毎晩交替で泊まりこみにくることになっている。

今夜の用心棒はおそらく風間が買って出ているだろうが、まだ五ツには間があるから、家の中へ入ることは遠慮しているだろう。そうしておくほうが、なにか事のあった場合、余計な嫌疑《けんぎ》をうけないですむことにもなるのだ。

しかも、今となって取りかえしのつかないのは、今夜の奥方の夜の訪問が実現した場合は、利兵衛が奥方にどんなまねをしてもこっちは黙認するという約束になっていることである。

まさかいくら鉄面皮《てつめんぴ》で人見知りはしない利兵衛でも、奥方の顔を見るなりつかみかかってねじ伏せるようなことはしないだろうが、話はだんだん露骨になって、お三重の方がやっとそこに気がつき、怒って逃げ出そうとでもすれば、利兵衛はそれをいきっかけにして躍りかかっていく。奥方としては千両という金の枷《かせ》がかかっているから、そうなっては到底男の暴力は防ぎきれない。

――早くこっちが客間の庭へ忍びこんでいなければ、それに間にあわないことになる。

一時もいそぐのだ。才蔵は隠居所の塀外から質屋のほうの塀外へかかり、小柳町通りへ出ていきながら、わきの下へじっとりと冷や汗を感じてきた。因業《いんごう》なけだものおやじに押し倒されて、白々としたすそ前をあらわにされ、必死に身もがきしているあられもない姿が、いやでもまぶたに焼きついてくる。そのむっちりとした肉付きのいい下半身は、才蔵がいつもわがものにしてあやしい歓喜をむさぼりつくしている肌だけに、それがみすみすけだものに奪われていくのだとおもうと、あまりにもなまなましすぎて激しい怒りに全身の血が燃え狂いそうになってくるのだ。

「くそっ、かまわず庭へ忍びこめ」

今ならまだ間にあうと、才蔵の足は何度か立ちどまりそうになる。

が、そんなところへ踏んごんでいけば、当然宗十郎頭巾にならなくてはならない。いや、はじめからそれが目的で裏木戸のほうへまわってきているのだ。

その宗十郎頭巾の目的は達しえても、裏表に張りこみの目が光っていては隠居所からうまく姿を消すことができない。つかまればもちろん死罪はまぬがれまい。奥方も千両もあったものではなくなるのだ。

「どうしてくれよう」

才蔵は小柳町通りへ出て左へ折れ、倉田屋の店の前を通ってふたたび左へ折れ、松下町の横町へ入って店の横を通りすぎると隠居所の黒板塀になる。ぐるりとひとまわりしてきたわけで、とうとう隠居所の表門の前へ出てきた。

「よし、玄関から入れ」

後で金の問題はどうなっても、お三重の方の肌は失いたくない。そう腹はきまったが、それでも念のためにと、もう一度向こう角の路地口まできてみた。

やっぱり、張りこみの男らしいやつがそこにうずくまっている。これでは裏木戸はあきらめるほかはないと思い、そこから踵《きびす》をかえして、表門から玄関先へ入っていった。

そこに奥方の駕籠がおいてあって、六尺が二人そのそばにしゃがみこみ、たばこを吸いながら待っている。

「こりゃ御用人さま」

「御苦労だな。そのままでいい」

玄関の土間には供の浜村幸三郎が式台に腰をかけ、その前に中間《ちゅうげん》の吉助がしゃがみこんでなにか話しこんでいるようだった。

「これはこれは平田さま」

浜村がいそいで立ちあがるのへ、才蔵は目で奥を差しながら、

「御用はまだすまないようか」

と、小声で聞いてみた。

「はい、まだのようです」

「別に変わったことはないだろうな」

「はあ、別に――」

幸三郎はなんでそんなことを聞くのだろうといいたげにこっちの顔色を見ていた。

「いや、いいんだ。ついでだからわしも主人にちょいとあいさつをしてくる」

才蔵はひとりごとのようにいいながら履物をぬいで玄関へあがった。

そこの三畳の間は、夜だけ用心棒が泊まるところになっている。

「幸三郎、風間は顔を見せたかね」

「いいえ、まだきていないようです。夜番は五ツ（八時）からだといっていました」

「そうか」

案の定、風間はまだ顔を出していない。が、どこかへはきているはずなのだ。それでなければ、裏木戸のしまりはあけられない。それともう一つ、大切な客間の雨戸のしまりがあるのだ。

三畳の間から正面の廊下へそっと出て、全身を神経にして耳を澄ましてみたが、家の中はひっそりと静まりかえって人の気配さえしない。左手の廊下の突きあたりの手前の客間に、行燈《あんどん》の灯があかるく障子にうつっている。

それとは反対の右へ行くと台所になっていて、廊下はそこからかぎの手に左へのび、二間つづきの利兵衛の居間がある。台所にも灯が入っているが、ひっそりとしているところを見ると、女たち二人はそこの茶の間でひと休みしているのだろう。しめきってある廊下の雨戸越しに、こおろぎの声がうるさいほど耳についていた。

「よし、行ってみろ」

才蔵は宗十郎頭巾はかぶらないことにして客間へ向かった。そこに利兵衛がいたら、あいさつにきたといえばそれでいいのである。

十四

――はてな。

利兵衛が客間へ出てお三重の方と会っているなら、当然話し声ぐらいは聞こえるはずなのだが、客間の前まできても中はひっそりとしている。

とっさに才蔵はいちばんいまわしい想像が脳裏を走って、激しく胸をつかれながら、さっとそこの障子を一枚あけた。

「あっ」

みだらな想像はまったく外れて、意外にもそこにお三重の方が床の間を背にして行儀よく一人で座っていた。奥方のほうでも、こんなところへこっちが黙って顔を出すのは思いがけなかったらしく、

「まあ、才蔵、どうしたの」

と、まじまじとこっちの顔を見すえていた。

「お三重さま、利兵衛は——」

それでもまだ才蔵は素早く奥方の体中へ目を走らせてなにかかぎ出そうとしている。

「いやですねえ、そなたのその目」

奥方はあきらかにいやな顔をした。

「用談はもうすんだんですか」

こっちは奥方の体を痴漢からまもりにきているのだから、そんな冷たい顔をされるいわれはないという腹がある。

「話はうまくすみそうです。利兵衛はいま証文を取りに行っています」

「証文をですか」

「ええ、書き換えてくるそうです」

「どう書き換えてくれるっていうのです」

「それはそなたから利兵衛にくわしく聞いてください。あたくしにはお金のことはよくわかりません」

冷たいほおにほんのりと血の気がさしてきたようだ。

——やっぱりおそかったか。

取り引きはもうすんだのかもしれない。それでなければ、あの因業《いんごう》な利兵衛が、証文の書き換えなど承知するはずはないのだ。

「よろしい。では、利兵衛に会ってみる。いいでしょうな」

わざとこっちが鋭くお三重の方の目を見すえてやると、

「そうしてください」

奥方は白々しくまゆをひそめていた。

この女は利兵衛に体を売ったことをおれにまでかくそうとする。才蔵はかっとなって立ちあがり、廊下へ出ながら、もしそれが事実だったら利兵衛を切ってしまおうと、急にそんな殺意を感じてきた。

足音をしのばせて台所の前へ突き当たり、そこの廊下を左へ折れて、いちばん奥の灯のついている利兵衛の居間へいそぐ。

――こいつはおかしい。

その廊下へぷうんときなくさいにおいがただよってくるのだ。

「倉田屋どの、――倉田屋さんはいられるか」

がらりとそこの障子をあけてみて、あっと才蔵はこんどこそそこへ棒立ちになってしまった。

そこは八畳の間で、正面の床の間の前へ手文庫を持ち出した利兵衛が、長々とうつぶせになって倒れているのだ。

手文庫の中の書類は引っかきまわされていて、居間のすみの火のない角火ばちの中でまるめた書類の何枚かがめらめらといま燃えあがったところのようだ。

「幸三郎。――幸三郎、早くきてくれ」

自分一人でこんな座敷へ踏んごんでは後でとんだ嫌疑《けんぎ》をかけられると気がついたので、才蔵は大声で玄関のほうへ呼んだ。

「どうかなさいましたか」

どかどかと廊下を走ってきた幸三郎も、一目座敷をのぞきこんで、

「あっ、どうしたんでしょう、これは」

と、愕然《がくぜん》と色を失っていた。

おかしいのは、この騒ぎに中働きのおかねも下女のお花もまだ駆けつけてこようとしない。

「幸三郎、おまえ台所を見てやってくれ。女たちがいるはずだ」

「はい」

幸三郎を台所へ走らせてから、才蔵は座敷へ入って、利兵衛の肩へ手をかけ、

顔をのぞきこんでみた。体にあたたかみはあるが、どうやらのどを絞められているらしく、まったく息は絶えている。

——宗十郎頭巾だ。ひょっとすると風間かもしれない。

才蔵は死骸《しがい》はそのままにして、次の間の六畳のふすまをあけてみた。ここはなにも荒らされていないようだ。こんどは廊下の突きあたりの戸袋口の雨戸を調べてみる。ここのしまりがあいているようだ。

「平田さん、下女は自分の居間で縛《しば》られていました」

幸三郎は台所から引きかえしてきて早口に告げる。

「おかねという女がもう一人いるはずだが、どうした」

「おかねは倉田屋の店のほうへ出かけているようです。そういえば、さっき門から出ていくのを我々も見かけています」

「ふうむ、店のほうへねえ」

おかねはずっと前から利兵衛の手がついている女だということだから、今夜利兵衛が奥方と二人きりで会うことになっている裏を敏感に読んで、おもしろくないから店のほうへ気晴らしに行ってしまったのだろう。この間お縫を裏口から逃がしたのもおかねのやったことだと、およそ見当がついているのだ。

「それで、お花はどんなやつに縛られたといっているんだ」

「宗十郎頭巾をかぶった侍だといっているんです」

「その男はどこから入ってきたんだな」

「それはわからないんだそうです。なんでも、おばさんが店のほうへ出かけてから台所で居眠りをしていた、そこをいきなり縛られて、おとなしくしていろと脅《おど》かされ、自分の部屋へ投げこまれてしまったんですな。まだ部屋でろくに口もきけずにがたがたふるえているんです」

「困ったことになったなあ。とにかく、店のほうへ知らせないわけにはいかん。吉助を走らせてくれ」

「奥方さまはどうなさいます」

「いちばん困るのはそれなんだが、黙ってお立ちになるというわけにもいくまい。おまえ行って、わけを話して、しばらくおそばについていてくれ」

「かしこまりました。御用人さんはどうなさいます」

「ここの家の出入り口は表門と裏木戸の二つしかないんだ。塀でも乗りこえれば別だが、その塀の外には町方の手先が張りこんでいる。宗十郎頭巾のうわさが高くなっているんで、ここへも山をかけているんだろう」

「すると、宗十郎頭巾はまだこの屋敷のどこかにかくれているということになるんでしょうかなあ」

「そういうことがないともいえない。六尺どもによく門を見晴らせておいてくれ。おれは一応ここから庭へ出て、裏木戸から張りこみの者へ事件を知らせてやることにする」

「お屋敷の名が出ると困ることになりゃしませんかねえ」

律儀な幸三郎はなんとなく不安そうな顔つきである。

「しかし、かくしきれることじゃないんだから、こっちはなんでも正直にぶちまけて、できるだけ穏便に取り計らってもらう、それよりしようがないだろう」

「それはそうですな。では、わしは奥方さまの前へ出ます」

「そうしてくれ。奥方さまのそばをなるべく離れないようにしろよ」

「心得ました。平田さんも十分気をつけてください」

幸三郎が玄関のほうへ去るのを待って、才蔵はそこの雨戸をあけ、足袋《たび》はだしのまま庭へおりていった。

庭は暗いが、そう広くはないし、ほんの数本安物の庭木が入っているだけだから、人のかくれる場所などはない。

――下手人は風間だ。

しかし、風間はどこからここへ入りこんで、どこから出ていったか、あるいはまだどこかにかくれているのか、才蔵にはまるっきり見当がつかないのだ。見当がついているのは、利兵衛がまだ客間でお三重の方と話しているうちに、そしておかねが隣の店へ出ていくとまもなく、家の中へ忍びこみ、台所のお花を縛りあげた。そこへ、利兵衛がちょうど証文のことで居間へ引きかえしてきて、床の間から手文庫をおろして調べにかかった。そこをふいにうしろから襲いかかって利兵衛を絞め殺し、何枚かの証文をつかんで行燈の灯で火をつけて火ばちに投げこむ。

その直後にこっちは居間の障子をあけているのだから、庭へのがれ出たのはほんの一足違いということになりそうだ。

――待てよ。

風間はなんで自分からそんな危ない宗十郎頭巾の役など買って出る気になったのだろう。こっちが間にあわないと見てその気になったとしても、お三重の方はまだそんなどたん場へは追いこまれていないのだ。居間で利兵衛を殺す気になるのは、あまりにも気が早すぎはしないか。

それに、風間が宗十郎頭巾を買って出ようという本心は、お三重の方に恩をきせようという腹があってのことなのだ。すると、奥方に一度も顔を見せていないというのは、なんとも解せないことになってくる。

——こいつ、臭い。

才蔵はそう気がついて、思わず庭の真ん中で立ちどまっていた。

十五

その宵《よい》、松下町の自身番へまわってみた伊賀市兵衛《いちべえ》は、いま倉田屋の隠居所のほうへ女乗り物が着いたという番太郎の話を聞いて、すぐに手下《てか》の手先を一人そっちへ様子に見に走らせ、しばらくそこで返事を待ってみることにした。

駿河台の小栗と倉田屋との間で、お縫捜索の日限を三日ときめて誓約したその日限が、今夜の九ツ（十二時）で切れることになっている。女乗り物はその小栗の奥方お三重の方が日限の日延べをたのみに自分で倉田屋へ出向いたのだろうと、伊賀にはとっさに読めたからである。

金貸し殺しにまつわる宗十郎頭巾は、昨夜も湯島の直江の屋敷と、柳原土手と、向柳原のお寅の家との三カ所に出ている。しかも、その三度ともお縫のことにからんであらわれ、慶三郎がこれに顔を出している。そして、三度目には的場屋一家のやくざ二人を切って、ついにお縫をさらっていっているのだ。

「おれは、だんな、ゆうべの宗十郎頭巾は三度ともそれぞれ人間が違うんじゃないかと思うんだ」

慶三郎は今朝、沈痛な顔をしてそういっているのである。

「聞こう、どうしてだね」

「湯島へ出たやつは、秋葉や橋本たちの手からともかくもお縫をまもるのが目的だった。これはお縫をはじめにおれの屋敷へつれこんだ宗十郎頭巾とおなじだと見ていいのじゃないかと思う。柳原土手で宇之吉を切ろうとした二度目のやつは、宇之吉を切ってお縫を自分のものにしようとしたやつだ。この二度目のやつが、おれたちの先まわりをしてお寅の家からお縫をさらっていったとするにはどうも少し足が速すぎる。また、三度目のやつが湯島へあらわれたはじめのやつだとすれば、当然その足でお縫を湯島へかえしてよこすんじゃないかとそんな気がするんだが、おれの考えは少し甘すぎるかな」

慶三郎としてもはっきりとした自信は持てないようだったので、

「そいつはもう一度よく熟考してみて、とにかく一刻《いっとき》も早くお縫さんの手がかりをつかむことだ。その手段の一つとして、こいつが宗十郎頭巾くさいと考えられるようなやつがあったら、まずそいつから洗ってみることだ」

と知恵をつけておいた。

その点、伊賀は一つの手段として、宇之吉をまだ野放しにしてある。宇之吉にはお寅のかくした財産があるので、昨夜の宗十郎頭巾は当然もう一度宇之吉をねらうはずだからである。

その意味で、もう一つの手段は、倉田屋をねらう宗十郎頭巾をあくまでも見張ることなのだ。お寅を切った宗十郎頭巾がお縫を助けて湯島へ送りこんだのとおなじやつだとすれば、彼はお縫から倉田屋利兵衛のあくどい因業《いんごう》ぶりを直接耳にしているはずだから、黙って見のがしておくはずはないのである。

――今夜は油断ができないぞ。

伊賀はそんな気がしてきたが、ただ時刻が少し早すぎる。本物の宗十郎頭巾があらわれるのは、たいてい四ツ（十時）すぎなのだ。それからいえば、昨夜の宗十郎頭巾は三人とも偽物《にせもの》ということになる。一服つけながらそんなことを考えていると、倉田屋へ様子を見にやった手先がまるで折り返すように駆けもどってき

て、

「だんな、たいへんです。倉田屋へ宗十郎頭巾が押しこんで、隠居の利兵衛がやられましたそうで」

と、息を切りながら告げた。

「なにっ、本当か」

伊賀は目をみはった。手先がそんな与太を御注進に持ってくるはずはないから、八丁堀としてはこれはとんだ失言だったが、時刻にこだわっていたところだけに、伊賀もまったく意外だったのだ。

「へい、本当でござんす。下手人はまだ家の中にいるんじゃないかというんで、みんな大騒ぎをやっていやす」

「よし、出かけよう」

自身番は籾蔵《もみぐら》のほうから松下町の横町へ入ろうとする角になっているので、道順はさっき奥方の駕籠《かご》が通ったとおりに進むことになる。

「女乗り物というのはだれだかわかったか」

歩きながら伊賀は手先に聞く。

「駿河台の小栗さまの奥方だそうです」

「奥方はまだいるのか」

「客間のほうにおいでになりますそうで。なんでも、隠居が中座して居間へ証文を取りに行った、そこをうしろから宗十郎頭巾に絞め殺されたんだそうです」

「絞め殺されたのか」

臭いなと伊賀は思った。宗十郎頭巾の手口は、いつも抜きうちに切っている。このほうが簡単だから、それだけ早く逃げられるのだ。

「宗十郎頭巾の姿を見かけている者がいるのか」

「台所で縛《しば》られた下女が見ているそうです」

「隠居の死骸をいちばんはじめに見つけたのはだれだかわかっているか」

「小栗さまの御用人だそうで、張りこみの文蔵は、その御用人さんは隠居所へ入る前に家のまわりを一人でぐるりとまわっていたと話していやした」

このものなれた浅吉という中年の手先は、いつもながら要領よく耳と目を働かせてきているようだ。

「張りこみの文蔵たちは、宗十郎頭巾の入るところも出ていくところも見かけていないんだな」

「奥方の駕籠が隠居所へ着いてから見かけたのは、その御用人さん一人だけなんだそうです」

小栗家の用人平田才蔵は奥方と密通しているといううわさがある。こんどお縫を千両で利兵衛のめかけ同様に売りこんだのも、二人の共謀だとわかっている。この二人がお縫の失踪《しっそう》に当惑して、利兵衛の殺害をたくらみ、平田が宗十郎頭巾に化けて利兵衛を扼殺《やくさつ》する、もしそうだとすればこんな簡単な事件はないのだが、おかしいのはそのあまりにも簡単すぎることなのだ。利兵衛を殺してから宗十郎頭巾が逃げ出すところをだれかに見せておかないと、下手人は平田だとだれでもすぐ見当をつける。そんなことぐらいうっかりしているような平田ではないはずである。

伊賀はいそがしくそんな頭を働かせながら、隠居所へ入る前にその手前の路地口から一応裏木戸のほうへまわってみた。そこの路地口にも裏にも如才《じょさい》なく土地の岡っ引き文蔵の子分が見張りに立っていて、裏木戸口の前へ立つと、だれかが知らせたらしく、文蔵がすぐ庭から出てきた。

横町のほうも、路地の中も、もう近所の者が出てきて三人五人とひとかたまりずつになって、こっちのじゃまにならないようにひそひそと立ち話をしているのが、月の出前の宵闇《よいやみ》だけに物々しい。

「こりゃ、だんな、御出役《ごしゅつやく》御苦労さまに存じやす」

「うむ。文蔵、おまえはこの裏口のほうへずっと張りこんでいたんだな」

「へい、あの辺でござんす」

「見かけたのは小栗家の御用人一人きりなんだな」

「さようで――。それもはじめは御用人さんと気がつかずに、なんの用でいまごろお侍が一人でこんなところへ入りこんできたんだろうと、通りすぎていくのを見送っていやすと、それからしばらくたってそのお侍がこの裏木戸から顔を出しやしてね、いまここからだれか出ていった者はないか、実はここの利兵衛が居間でだれかに殺されているというんです。そのとき御用人さんだとわかったんですが、びっくりしやしてね」

「下手人がここから逃げたと見たのは、その時のこの裏木戸のしまりがあいていたということにでもなるのか」

伊賀は念のために聞いてみた。

「そうなんでござんす。隠居が死んでいる居間の廊下の戸袋口のしまりが外れているんで、そこからここへ出てきてみたと御用人さんはいっていやした。下手人が入りこんだのは台所口からだろうというんですが、その台所口へは出るにも入るにも、表門を通らなければならない。表門の中には奥方の駕籠が待っていやすし、玄関にはお供の侍と中間《ちゅうげん》が詰めていて、だれも人の出入りするのは見なかったといっていやす」

「そうか。おれはここをひとまわりして表門から入るから、文蔵、おまえは現場へ行って、現場はそのままにしておくようによく見張っていてくれ」

「かしこまりやした」

伊賀は手先の浅吉をつれてそこから一度小柳町通りへ出て倉田屋の店の前をまわり、隠居所の表門のある横町のほうへ入ってきた。その表門へ出る手前に、店の台所口へ入る木戸が一つある。

「浅、ここに一つぬけ穴があるにはあるな」

「なるほど、境の塀《へい》を乗りこえれば、たしかにぬけ穴になりやすね」

浅吉は走り寄って、そっとその木戸をあけてみていた。しまりはしてないようである。

十六

隠居所の表門から中へ入ると、六尺が二人緊張した顔をして奥方の駕籠《かご》をまもっていた。玄関には中間《ちゅうげん》が一人待っていて、これはおろおろとおじぎをしながらどうにも落ち着けないようである。

伊賀は玄関の間から廊下へ出て、左手の灯《ひ》の入っている客間のほうは後まわしにして、右手の台所の前を通り、まっすぐ奥の利兵衛の居間へ向かった。

「御苦労さんでござんす」

先に現場へもどっていた文蔵が廊下まで出迎える。

利兵衛の死骸《しがい》は床の間のほうを頭にしてうつぶせに倒れ、その頭のほうに蓋《ふた》のあいた手文庫が置いてある。ふすまのあいている次の間の六畳のほうにせがれの利太郎《りたろう》と小栗の用人平田才蔵がむっつりとした顔つきをして控えていた。

「倉田屋、とんだことだったたな」

「へい。お役目御苦労さまでございます」

利太郎は顔も体つきもおやじには似ずなかなかの男前だが、性質は利兵衛に輪をかけた因業者《いんごうもの》であくどい男だという評判がある。親子の仲はあまりよくなかったというから、利兵衛が死ねばその莫大《ばくだい》な財産がそっくり自分のものになる、父の非業《ひごう》の死よりもうそっちの胸算用をしているといったような冷たい顔つきなのだ。

「文蔵、行燈《あんどん》を持ってきてくれ」

「へい」

文蔵が行燈を死骸の顔のほうへ持ってくると、浅吉が心得て、うつぶせの死骸を少し横に起こす。のどにはっきりと扼殺《やくさつ》の跡の残っているほかは、どこにも傷はないようだ。

「よし、もういい」

伊賀は死骸を元のようになおさせてから、

「倉田屋、この手文庫は少し荒らされているようだが、中に金は入っていたのか」

と、利太郎のほうへ聞く。

「くわしいことはわかりませんが、小出しの金ぐらいは入っていたかもしれません」

「下手人はあの火ばちの中で証文を何枚か焼いているようだな」

「へい。家業のことは別々でしたので、どんな証文が入れてあって、下手人は何枚ぐらいそれを焼いたか、それもわかりかねます」

「平田さん、わしは北町奉行所配下の与力《よりき》伊賀市兵衛、見知りおいていただきたい」

伊賀は才蔵のほうへそう名乗り、本来ならお調べ中は吟味《ぎんみ》口調になってもいいのだが、わざとそれはせずに、

「利兵衛の死骸をいちばん早く見つけたのはあなただそうですな」

と、気軽に持ちかけていく。

「そうです」

平田はじっとこっちの視線をうけとめて用心深く答える。

「下手人は宗十郎頭巾をかぶっていた男だとどうしてわかったのです」

「わしは廊下へ出てみると、なにかきなくさいにおいがするんで、いそいでここをあけてみました。倉田屋はこのままのかっこうで倒れていて、ちょうど何枚かの証文がそこの火ばちの中で燃えつきようとしているところでした。そこで、玄関に待っている浜村幸三郎という者をすぐに呼んで、この隠居所にはおかねという中働きとお花という下女がいるはずだから、台所を調べてみてくれといいつけ

ました。まもなく幸三郎が引きかえしてきて、おかねは店のほうへ行っている、下女のお花は台所で居眠りをしているところをふいに宗十郎頭巾をかぶった男に縛《しば》られ、さるぐつわをかまされて、声を立てると殺すぞとおどかされ、自分の居間へ投げこまれていたのだと、下女の口から下手人のことがわかりました」

「あんたはこの隠居所へ入る前に一度路地口から裏へまわって小柳町通りへ出ている。そこからここの表門をくぐっているようだが、なにかわけがあるのですか」

「今夜は大切な奥方のお供です。近来は金貸し殺しの宗十郎頭巾のうわさがしきりで、物騒千万ですから、一応裏口のほうを調べておいたほうがいいと思い、用心のために路地をぬけてみたわけです」

「その折、裏木戸は外からあきましたか」

「いや、そこまでは調べませんでした」

「しかし、それを調べておかなくては宗十郎頭巾の用心にはならないと思うが」

平田ははっとしたような目の色をかくしきれなかったようだが、

「実は、路地の入り口にも裏木戸のあたりにも張りこみのあるのがわかったんで、これなら心配はなかろうと思いましてな」

と、苦わらいをする。

「小栗家の奥方が今夜当家へまいられたのは、どんな用件です」

平地はちょいと当惑したようだが、この尋問はあらかじめ覚悟していたとみえて、

「この儀は主人の面目にかかわることゆえぜひ御内聞に願いたいが、主人は倉田屋に千両の借財があり、その返済の期限のことについて奥方直々《じきじき》に相談にまいられたわけなのです」

と、あっさり逃げようとする。

「ただそれだけですか。ほかになにかの事情が後からわかってくると、あなたの立場がいちばん困ることになると思うんだが」

伊賀は冷静に問い詰めていく。

「それは手前から申し上げましょう」

利太郎がそばから口を出して、

「その千両の借用証文は、五年間無利子のかわりに、小栗家の妹御お縫どのを利兵衛に奉公させるという条件が書き加えてあるはずです。そのお縫どのがこの十六日にここへつれてこられて、千両の金と引き替えになった夜、ここを無断で逃げ出してしまいました。父としては、これは兄妹なれあいで千両をだましとった

もおなじことだと、ひどく怒っていたわけです」

と、冷酷に事実をすっぱぬいてしまう。

「そのとおりですか、平田さん」

「一言もありません。ただ、決してなれあいであったわけではなく、お縫どのも奉公のことは兄上のためならしようがないとあきらめていたのですが、娘の一本気でいざとなると恐ろしくなって夢中で逃げ出したのではないかと思います。そこで、当方としてもお縫どのをさがし出すまで、三日と日を切ってこの掛けあいを待ってもらっていました。その三日の日限が今夜の九ツで切れますので、もう一度再日延べの相談に奥方が出向きましたわけで、ぜひ奥方に自分でたのみにこいといい出したのは利兵衛でした」

平田はしっぺがえしのつもりでそこまであばきたてる。

「平田さんは玄関へあがるとすぐこっちへきたのですか」

「いや、利兵衛は奥方に会っているはずだと思ったんで、一度客間のほうへ顔を出しました。すると、奥方がそこに一人でいて、倉田屋は証文を書き換えに居間のほうへ行っているといわれるんで、玄関まで引きかえしてみるとなにかきなくさいにおいがする、それでこっちへきてみたのです」

「どう話がきまって倉田屋は証文を書き換えに立ったか、それについて奥方はなんといっていました」

「それはまだ聞いていません。奥方のきげんがあまりよくないんで、黙って引きさがることにしたのです」

「手前は火ばちの中で燃えていた証文の中に小栗さんの証文も入っているんじゃないかと思うんですがねえ」

ふいに利太郎がそんなすごいことをいい出す。

「すると、利太郎は、下手人はその証文を焼きすてるために利兵衛を扼殺したのだといいたいのか」

「はい、親のことはいいたくはございませんが、利兵衛はそんな証文をただ口先だけの約束でやすやすと書き換えを承知するような、そんな人のいい男ではございません。それをわざわざ自分で取りに居間へもどったとすれば、それと引きかえに奥方さまからなにかをいただくことになっていたか、あるいはもうそれをいただいた後か、いずれにしても下手人は奥方さまの一大事と見て利兵衛の後を追いかけてきたのです。そして、ちょうど手文庫をあけている父のうしろから躍りかかって絞め殺し、証文に火をつけてから玄関のほうの人を呼んだ、手前にはそんな風に考えられるんですが、どんなもんでございましょう」

利太郎はあきらかに下手人は平田だと見ているような口ぶりである。

「すると、お花を縛った宗十郎頭巾はどういうことになるんだね」

伊賀はあくまでも冷静に利太郎のほうへ聞く。

十七

利太郎は平田才蔵を利兵衛殺しの下手人だと信じこんでいるようだ。

なるほど、平田には利兵衛を殺したい動機もあるし、今夜は殺意も十分あったと見ていい。しかし、平田は浜村たちのいる玄関から入って一度客間へ顔を出し、奥方から利兵衛は証文を書き換えに行ったと聞いてから居間のほうへきて、利兵衛の扼殺《やくさつ》されているのを見るとすぐ玄関の浜村を呼んでいる。

伊賀はどう考えてみてもその間に平田には利兵衛を絞め殺している暇はないように思える。だいいち、伊賀ははじめから利兵衛はこの居間で殺されたのではなく、ほかで殺してからここへ運んできたのではないかと見ているのだ。

居間へもどって手文庫をあけているところをうしろから絞め殺されたのなら、

死骸《しがい》が手文庫のほうを頭にして倒れているはずはない。下手人は手文庫の証文をねらっているのだから、どっちかへ手文庫をよけて死骸をころがすはずなのである。

このかっこうは、死骸を運んできて、うつぶせにころがしてから手文庫の中の証文をぬき取り、わざとその手文庫を頭のほうへおいてこんな風にこしらえたかっこうだとしか思えないのだ。

利兵衛はたぶん客間で奥方の見ている前で下手人に扼殺されたに違いない。その下手人が死骸を客間からここまで廊下を引きずってきたとすれば、下手人はその前に台所で下女のお花を縛り、中働きのおかねのいないことをたしかめておかなくては、そんな大胆なまねはできないはずである。

――下手人の秘密は奥方が握っているはずだ。

伊賀はそう見たので、一通り平田と利太郎の尋問をおえると、二人にはもうしばらくここを動かないようにといいおき、浅吉をつれて客間のほうへ向かった。

客間には給人の浜村幸三郎がお三重の方の相手をしていた。

浅黄小紋《あさぎこもん》の着物の上から紫縮緬《むらさきちりめん》の被布を羽織った奥方は、さすがに緊張した顔色で伊賀を迎えた。そのふっくらとした色白な美貌といい、女盛りといった肉付きのいい体つきといい、これなら好色な利兵衛がたしかに目を細めずにはいられなかったろうと思われるような濃厚ななまめかしさにあふれている。

――これは大変な奥方だ。

伊賀の第一印象はそれだった。

「手前は北町奉行所配下の与力、伊賀市兵衛です。役目にておたずね中はぶしつけな言葉も出るかと存じますが、お含みおき願います」

伊賀はここでもなるべく八丁堀口調は出さないことにした。

「お役目御苦労に存じます」

奥方は軽く会釈《えしやく》をかえしながら、大胆にもじっとこっちの目を見すえてくる。

「あなたは浜村さんですな。あなたにも後でおたずねしたいことがありますが、ここはしばらく遠慮していただきます」

伊賀は浜村のほうへおだやかにいった。

「承知いたしました」

浜村は奥方のほうへ一礼してすぐに廊下へ立っていく。

その廊下には、障子の陰に浅吉が座って見張りの役についている。

「さっそくですが、倉田屋利兵衛はさっき証文の書き換えにここを立ったのだぞうですな」

「はい」

「利兵衛との今夜の話し合いはどういうことになったんです」

「こちらは一時お金をかえすことにして、不足だけについて十日に八分の利子を払うということで話がつきました」

「不足分というと、どのくらいの金額になるのです」

「二百両ほどですの」

「それは今日から八分の利子がつくのですか、それとも前の分も利子を取られるのですか」

「そこまでは、あたくし、ついうっかりしていましたけれど、今日からでよいのだと思います」

「一時金をかえすことになったといわれたようですが、それはお縫どのがもどれば前の約束どおりにまた千両貸してくれるというのですか」

「はい」

奥方の返事はすらすらと出てくるが、それをそのままうのみにするわけにはいかないようだ。たとえば、八分の利子で話がきまったにしても、因業《いんごう》な利兵衛はその利子を前の分から取るとはっきりきまらなければ承知するはずはない。

「あなたはお縫どのが利兵衛のめかけ奉公に出るということは承知していたわけですか」

「いいえ、倉田屋へしばらく行儀作法を教えに行くとは才蔵から聞いていましたが、それが証文にはめかけ奉公となっているのだと今夜はじめて利兵衛の口から聞かされて驚いてしまいましたの」

その驚いた証文どおりに、お縫がもどってきたらまた千両借りる約束をしたというのもおかしな話である。

「あなたが直接今夜自分でここへ日限の掛け合いにくるようにといい出したのは、利兵衛なんだそうですな」

「はい」

「そのことについて、別に不安は感じませんでしたか」

「それはどういうことでございますの」

お三重の方はわからないといった表情をしてみせる。

「利兵衛のせがれ利太郎は、利兵衛はあなたからなにかをもらわなくては証文の書き換えなどに立つはずはないといっています」

「まあ」

「御用人はさっきここへ顔を出して、それがわかったからかっとなって、利兵衛を追い、居間で扼殺して、ついでに手文庫から証文をさがし出して焼いたのだと利太郎ははっきりいっているのです。つまり、利兵衛を殺害した下手人は平田才蔵だといっているんですが、あなたの考えはどうなんでしょうな」

伊賀は冷たい顔でずばりと切り出してみた。

「いいえ、そんなことはございません。才蔵がさっきここへまいりましたのは、ちょうど利兵衛が証文を書き換えに立った後ですので、あたくしは一応話はついたといってやりました。才蔵はそれから利兵衛の居間のほうへ顔を出す気になったらしく、まもなく居間のほうから浜村を呼ぶ大きな才蔵の声がしました。その間に利兵衛を扼殺する暇などはないはずです」

「御用人の大きな声を聞いた時、奥方の気持ちはどうだったんでしょうな」

「それは、なにかあったようだとは思いましたが、まさか利兵衛が殺されているなどとは夢にも考えられませんでした」

「御用人がここへ顔を出したのは、利兵衛があなたに手を出すおそれがあると考えたからではないのですか」

「さあ、才蔵のその時の気持ちはあたくしにはわかりかねます」

奥方ははっきりといいきるのである。

「利兵衛は本当にあなたに手を出すようなことはなかったのですか」

「そんなことはございません」

「本当のことをいっていただかないと、御用人にかかっている下手人の嫌疑《けんぎ》は晴らしようがないんですがな」

「あたくしのいっていることにどこかおかしなところがございますの」

「実は、こういう説も成りたつのです。御用人はここへ顔を出して、利兵衛があなたに乱暴しかけているところを見た。それで、かっとなった御用人は、ここで利兵衛を扼殺して、それを金貸し殺しの宗十郎頭巾の罪にこしらえるために居間へ運んでいった。つまり、御用人は奥方の名を出したくなかったのですな。これだと、御用人の罪はお主のためということで軽くすむことになるのです」

伊賀はおだやかに、そんな鎌《かま》もかけてみた。

「いいえ、あたくしには恐ろしくてそんなうそなど申せません。もう一度才蔵からくわしい様子を聞いていただきます」

お三重の方も始終冷静で、あまり表情をかえていないのだ。その終始落ち着きすぎているのがどうも臭いとは思うが、これ以上責めてみても口を割りそうにも思えないので、尾行をつけて一応屋敷へ帰してみることにした。

その後で、平田だけを客間へ呼んでもう一度尋問してみたが、こっちも前に聞いたこと以外に新しい事実はなにも口にしない。

「平田さん、正直にいってもらいたいな。あんたは今夜奥方を利兵衛のいけにえにするつもりでお三重の方をここへ送りこんだ。その実、いざという時に宗十郎頭巾に化けて利兵衛を切る気だったたから、はじめ裏木戸のほうへまわっていった。それが、あいにく路地には張りこみがあったんで裏口から庭へ忍び込むことができなかった。そこで、やむをえず玄関から入って客間へいそいでみると、案の定、利兵衛が奥方をおさえつけている。かっとなって、あんたはここで利兵衛を扼殺し、それを宗十郎頭巾の仕事にするために廊下から死骸を居間まで引きずっていった。こっちはここまでわかっているんだから、どうです、白状してしまっては。動機はお主のためということになるんだから、そう大した罪にはならないと思うんですがなあ」

「せっかくだが、それは違います。何度もいうとおり、わしが奥方に会ってから奥の居間で利兵衛の死骸を見つけ、浜村幸三郎を呼ぶ間に、利兵衛を殺して証文まで焼く暇はないはずです」

「すると、こういうことになりますな。あなたかお三重の方に共謀者があって、それが宗十郎頭巾に化け、中働きのおかねが店のほうへ出かけていくのを見とどけてから台所口から押しこみ、下女のお花を縛っておいてそこの次の間へ忍びこむ。利兵衛が奥方に手を出したとたん、躍り出していって利兵衛を扼殺し、その死骸を居間へ運んで、証文を焼いている時に、ちょうどあなたの声がしたので廊下の戸袋口から庭へ逃げ出した。あんたその共謀者に心あたりがあるはずなんだが、どうです」

「それなら、奥方はその宗十郎頭巾を見かけているはずですから、そっちを聞いてみてもらったほうが早いでしょう」

「なるほど、それはそのとおりですな。それだと、宗十郎頭巾は奥方にごほうびをねだりに、今ごろ駕籠《かご》の跡を追いかけているかもしれない。いずれ明日またあらためてお呼び出しはあるでしょうが、今夜はともかくも奥方を見てあげてください」

この舌刀《ぜっとう》は胸にこたえたらしく、平田は顔色を変えて隠居所を飛び出していった。

無論、伊賀はこれにも尾行をつけておいたのである。

十八

そのころ――。

奥方は駕籠にゆられながらわきの下にじっとりと冷や汗をかきながら、さっきの悪夢のような一幕をありありともう一度おもい出していた。

利兵衛にのどをしめられて絶望を感じた瞬間、こっちの下半身はあられもなく前をはだけられて仰向《あおむ》けにされ、もうどうにものがれようのないところまできていた。

さすがにかっと頭の中へ血がうずをまいてきて、全身がぐったりとなりかけた時、そのいやらしい倉田屋の動作がぴたりととまったのである。はっとして目をあいたとたん、上の倉田屋の体はのけぞるように引っぱがされ、その首へ腕をからんで絞めつけている宗十郎頭巾《そうじゅうろうずきん》の顔がいきなり目へ飛びこんできた。

――才蔵がきてくれたのだ。

そう思って、素早くうつぶせに身をかばい、安心したせいか、しばらくは身うごきをする力もぬけていたようだ。やがて、どさりと体が畳の上へ投げ出されるような重い音がして、いや、それはやがてというほどの長い時ではなかったらしく、

「奥方さん、もうすんだよ。こっちへきてもらおうか」

まだ肩で息を切っている耳もとへ落ち着いた男の声が聞こえ、あっ、才蔵の声とは違うと気がついた時には、両わきの下へ手がかかり、たくましい力でぐいと体を引き起こされていた。

「そなたはだれなの」

驚いてその手からのがれようと身もがきしてみたが、男の力はこっちをびくともさせない。

「おれは宗十郎頭巾さ。助けてあげたお礼をいただくんだから、きらわないでもらいたいね」

宗十郎頭巾は含みわらいをしながら、こっちの体を素早く次の間の暗いほうへつれこんでいく。

「助けて――。いやです、そんなこと」

ちらっと見た宗十郎頭巾の中の目は冷たく光りながら、

「無論、助けてあげるさ。おれはあんたの大切な証文をきっとさがし出してきてやる。おれはお三重さんが好きなんだ」

と、言葉つきはのんびりとしているくせに、やることはてきぱきと実に敏捷《びんしょう》だった。

「人が、人がきたらどうするの」

「だれもこやあしないよ」

座敷のほうに倉田屋の死骸《しがい》が投げ出してあるのに、なんというずぶとい度胸なのだろう。宗十郎頭巾はこっちを押し倒して、ゆうゆうと女体《にょたい》を愛撫《あいぶ》しはじめるのだ。

三重は自分でもおかしいほどまったく抵抗力を失っていた。いや、それどころか、さっきと違って男の肌に少しもいやらしさを感じないのである。

――助けてもらったのだからしようがない。

そう思う心のどこかに、この宗十郎頭巾にならなら身をまかせてもいいという好奇心さえおこしている。それは決してそう長い時ではなかったようだが、おかれている立場が異常だっただけに、そこに思いもかけない興奮をよびおこされて、三重は燃えるような歓喜を女体に焼きつけられ、我にもなく宗十郎頭巾の体に力いっぱいしがみついていた。

「いいか、お三重さん、おれはこれから倉田屋の死骸を居間のほうへ運んでしまうから、あんたは澄まして元のところへ座っているんだ。倉田屋は話がまとまって証文を取りに行ったということにすればいい。あんたならできるだろうから、しっかりやってごらん」

それが終わるとすぐ宗十郎頭巾はこっちの体を抱き起こしてくれてそんなことをいう。

「あなたの顔を見せて――」

三重は男の胸へまつわりついていく。どうしてもこの男の顔が見ておきたかった。

「いや、今夜はいそぐ。いずれ後で会いに行く」

宗十郎頭巾はわらいながら立ちあがって、さっさと座敷へ出ていき、倉田屋の死骸を引っかかえるようにして引きずり、少しも物音は立てず、廊下へ消えていった。

――ふしぎな男。

三重は一瞬ぽかんとして、まだ体中にうずいている甘い血に酔っていたが、いつまでそんなことはしていられなかった。いそいで衣紋《えもん》をなおして、あたりになにも落ちていないのをたしかめて元のようにふすまをしめきり、座敷へもどって座ってみた。

——あの男がついていてくれるんだから大丈夫だ。

案外不安な気持ちは少しもない。むしろ、そんな秘密を持ってしまったことがたのしいような気さえしてくる。そこへ、才蔵があたふたと顔を出したのだ。

——今ごろきたってもう間にあいやしない。

しかも、さぐるような目をして、こっちの体中を見まわされると、そのいやしさがたまらなく癇《かん》にさわってくる。もうこんな男はきらいだと、本当にそう思った。

それから騒ぎがおこって、与力に尋問された時も、決して失敗はしなかったように思う。が、ただ一つ、倉田屋はここであなたの目の前で扼殺《やくさつ》されていると図星をさされた時は、内心どきりとした。それだけが、いまこうして駕籠の中で一人になってみると、やっぱり不安だった。

いや、不安といえば、もっといやな不安がもう一つある。これまでの例だと、宗十郎頭巾はまだ一度もつかまっていないのだから、そのほうはあの男にまかせておけば心配しなくてもいいだろう。それより、今夜才蔵が屋敷へもどってくれば、きっと寝間へ忍びこんでくるに違いない。

――たのみにもならない男に身をまかせるなんて、あたしはいやだ。

それをどうして防いだらいいか、へたにすれば才蔵のことだから、不義密通のことをあばき立てるといってこっちを脅《おど》しもするだろうし、また事実そんなことをやらないとはかぎらない男なのだ。

――いっそ倉田屋殺しの下手人の嫌疑《けんぎ》で番所へ引っぱられていってくれれば、余計な苦労をしなくてすむのだけれど。

三重はそんな虫のいいことを考えながら、ふっと自分はこんな薄情な女だったのだろうかと、我ながら苦わらいが出てきた。そのくせ、いやだとなったらどうしても才蔵がいやで、そんな男の肌にふれるのは考えただけでも身ぶるいが出てくる。いいかえれば、今夜焼きつけられた宗十郎頭巾の肌にそれだけ大きな男の魅力を感じているのである。

――あの男はこんどいつきてくれる気かしら。

それを思うと、三重はついため息が出てくる。

愛欲の流れ

一

平田才蔵《さいぞう》は倉田屋の隠居所を出ると走るような早足になって、お三重《みえ》の方の駕籠《かご》を追っていた。

——くそっ、利兵衛《りへえ》を殺した宗十郎頭巾《そうじゅうろうずきん》は風間《かざま》源吉《げんきち》のほかにあるものか。

才蔵の頭の中には火のような怒りがうずをまいている。

それにしても、伊賀《いが》という男の目はさすがに鋭い。利兵衛が客間で扼殺《やくさつ》されてから居間のほうへ運ばれていったのでないと、今夜の宗十郎頭巾の行動は納得できないところが出てくるのだ。

つまり、宗十郎頭巾の風間はおかねが店へ出かけるのを見とどけて台所口から押し入り、下女の始末をしておいてそっと客間の次の間へ忍びこんでいた。それでないと、利兵衛が奥方を手ごめにするところへうまく間にあうはずはない。
そこまではそれでいいのだが、風間があえて今夜そんな宗十郎頭巾の役を買って出た目的は、はじめからその後のずぶとい行動にあったと考えられるだけに、才蔵は腹の虫がおさまらないのである。

宗十郎頭巾は、その後で、奥方に助けてやったという恩をきせて、有無をいわせずその場で奥方の体を自分のものにしているに違いないのだ。そんなことぐらいは平気でできる風間なのである。奥方もそれがあるから、こっちが客間へ顔を出した時、利兵衛は居間へ証文を書き換えに行っているなどと白々《しらじら》しいうそをついたのだろう。無論、それも宗十郎頭巾の入れ知恵で、あの冷たいまでに落ち着いていた顔つきから見て、奥方はそんな目にあわされたことを自分の弱みとして恥じ恐れているのではなく、むしろ大胆不敵な宗十郎頭巾の思いきった悪党ぶりに女の好奇心さえ持ちはじめている、才蔵にはそうとしか考えられないのである。

――うぬっ、屋敷へ帰ったらきっと白状させずにはおかぬ。

あの淫蕩《いんとう》なお三重の方の肌が宗十郎頭巾に征服されてしだいに情熱を誘い出され、ついには女体《にょたい》のほうからも男にまつわりついていく、そんなあやしい肢体《したい》が目に見えるようで、才蔵はやりきれない怒りに全身の血が逆流してくる。

しかも、宗十郎頭巾はあの大切な証文を手に入れているだろうから、これからもそれを脅迫の種に使って、奥方をいよいよ罪の深みへ引きずりこんでいかずにはおかないだろう。困ったことには、宗十郎頭巾を風間だと伊賀に密告してやるわけにはいかない事情がこっちにもあるのだ。いや、伊賀の鋭い目が風間に向けられることさえ、こっちとして絶対に避けなければならない事情にある。

——そうだ、風間を生かしておいては危険なのだ。切ってしまうよりしようがない。

ふっとそう決心がついて、才蔵はいくぶん胸が晴れてきた。風間さえうまく切ってしまえば利兵衛殺しの下手人はうやむやになってしまうだろうし、借金のほうも肝心の証文がなくなっているのだから簡単に話しあいがつくはずだ。なによりも、奥方をふたたび自分だけのものにできるのが、才蔵としては安心なのである。ただ、あのすごい悪党をどんな風にだましうちにしたものか、他人にはたのめない仕事だけに問題になってくる。

才蔵はそんなことを考えながら、いつか八辻《やつじ》ガ原《はら》を通りぬけ、昌平橋《しょうへいばし》の南たもとから淡路《あわじ》坂《ざか》へかかってきた。右手は神田川の土手つづき、左手は旗本屋敷の塀《へい》つづきになっている暗い坂道の中ほどに、ちょうちんの灯《ひ》が一つ見える。

——はてな。

たしかにあのちょうちんは奥方の駕籠だろうと見たが、そのちょうちんの灯は立ちどまっているようだ。

奥方がこっちの追いつくのを待つようにといいつけてわざわざ駕籠をとめているのか、ちらっとそんな虫のいいことを考えながら一気に追いついていってみると、そうではなかった。土手寄りのほうへおりた駕籠は、六尺も供の者も少し遠ざけて、駕籠のとびらの前へだれか一人しゃがみこみながら、奥方となにか話しこんでいるようだ。やや駕籠の上のほうに立ちどまっているちょうちんの灯で、しゃがみこんでいる侍は宗十郎頭巾をかぶっているのがはっきりと目に入ってきた。

——風間だ。もう奥方を脅迫にきている。

かっとなった才蔵は、その宗十郎頭巾だけをまっすぐにらみすえながら走り寄るより、

「おい、貴公はそんなところでなにをしているんだ」

と、一喝《いっかつ》するように頭からきめつけていた。

宗十郎頭巾は背後からちょうちんの灯をうけながら無言ですっと立ちあがる。

向こうからはこっちの顔がはっきりわかるはずなのに、黙ってこっちを見すえている。

「貴公は風間だな」

そのふてぶてしいかっこうは、あきらかにこっちを見て冷笑しているように思えたので、才蔵はもう一度相手をたしかめながらむらむらっと殺意を感じてきた。というより、切るなら今だととっさに腹がきまったのである。

「悪党っ」

思わずありったけの憎悪をたたきつけるように絶叫しながら、大きく一歩踏みこみざま、だっと抜きうちに、火のような片手なぎをかける。

その切っ先がわずかにとどかなかったのは、相手がそれより早くすっと一足うしろへさがったからだ。しまったと思った時はもう遅い。こっちの切っ先が空を切って流れた体勢のくずれへ、

「えい」

ぐいと踏みこんできた宗十郎頭巾の低いが腹にこたえるような鋭い気合いが耳を打ってきたのと、左肩へじいんと冷たい衝撃を感じたのとが同時で、才蔵の視界からは一切のものが消え、それっきり深い暗黒の中へ意識を失っていった。

「あっ」

ややや離れた坂下の土手っぷちにうずくまってそれをはっきり見ていた泥丸《どろまる》は、我にもなく自分の肩を手でおさえながら、そこに痛みさえ感じて夢中で突っ立ちあがっていた。

宗十郎頭巾の一刀は、こっちから見ていてもそれほど痛烈だったのである。宗十郎頭巾は平田が大きくのけぞりながらどっと仰向《あおむ》けに倒れていくのを見とどけると、供の者たちさえまだ茫然《ぼうぜん》として声も立てられずに立ちつくしているうちに、もう刀を鞘《さや》におさめ、くるりと踵《きびす》をかえして、坂上のやみの中へ姿を消していく。

「うぬっ、宗十郎頭巾だ」

この時、泥丸のすぐうしろから、鳥が飛び立つようにふいに駕籠のほうへ走り出した者がある。

——あっ、松下町の文蔵親分。

泥丸があっけにとられていると、前のほうの土手ぎわからもだれか一人立ちあがって、文蔵といっしょに走り出した。

その時になって、供の者たちもあわてて駕籠のまわりへ集まり、浜村幸三郎《こうざぶろう》はちょうちんを呼んで、いそいで平田の倒れているほうへ走り寄っていく。

平田はどうやら即死しているようだ。

「さあ、わからねえ」

泥丸はそこに立ちつくしたまま急になにがなんだかわからなくなってきた。泥丸は慶三郎《けいざぶろう》にいいつけられて、今朝からずっと風間源吉の跡をつけていたのである。

昨夜、柳原土手で宇之吉《うのきち》をねらった宗十郎頭巾は、前後の様子から判断して、あのとき的場《まとば》軍十郎《ぐんじゆうろう》といっしょにいた用心棒の風間のほうに違いない。風間は無論、親分の的場のいいつけで宇之吉をねらったのだろうが、その風間を根気よく尾行していれば、あるいはお縫《ぬい》のつれていかれた先がわかるかもしれないという慶三郎の意見で、泥丸がその尾行を買って出たのだ。そして今日の風間は四ツ（十時）ごろ豊島町《としまちよう》の的場屋の家を出て、駿河台《するがだい》の小栗家《おぐりけ》をたずね、半刻《はんとき》（一時間）ほどしてそこを出ると、こんどは池の端の外科医戸崎芳庵《とざきほうあん》のところへまわっている。そこに昨日湯島で切られた秋葉大五郎と橋本仙吉《せんきち》の二人がかつぎこまれているようだった。風間はそこにも半刻ほどいて一度豊島町へ帰り、夕方もおそくなってからふたたび一人で出てきて倉田屋の隠居所のくぐりを入ったのは、もうたそがれになる時刻だった。それっきりなかなか出てこないので、今夜は隠居所の夜詰めの番に当たっているのかなと思っているうちに、駿河台の奥方の駕籠が隠居所へ着いたのである。

そのころは町はもうすっかり宵《よい》に入って、隠居所の裏へまわる路地口には文蔵の子分で顔見知りの清吉という男が張りこみに立っていたし、路地の中には親分の文蔵も入りこんでいたが、泥丸はじゃまにならないようにわざと遠慮して、そばへ近づかないようにしていた。

おかしいのは、奥方が隠居所へ入るとまもなく中働きのおかねがそそくさと表門から出てきて、隣の店の台所口の木戸から入っていったことだ。それから少したって、こんどは妙な侍が一人、路地口のほうから裏へ入っていき、しばらくたってから小柳町通りのほうからまわってきて、表門から隠居所へ入っていった。それが駿河台の悪用人平田才蔵だったのだそうで、その平田が居間で利兵衛が絞め殺されているのを見つけ、大騒ぎになってきたのである。

二

八丁堀の伊賀が現場へ駆けつけるころには、もう近所の者たちがみんな出てきて、隠居所を取りまくようにしながらおもいおもいのうわさをしあっていた。

泥丸は、これも顔見知りの伊賀の手先の浅吉がはじめに様子を見にきた時、それとなく黙っていっしょについて歩いて、下手人は宗十郎頭巾らしいということも、下女のお花が台所で縛《しば》られていて、おかねは店へ行って留守だった、つまり、おかねが出ていくとまもなく利兵衛は居間へ証文を取りに行ってそこで殺されたのだということも、あらましのことはほとんど耳にしていた。が、ついに風間源吉の名はだれの口からも出ていない。

——すると、宗十郎頭巾は風間だということになりそうだぞ。

そうは思ったが、うっかりしたことは口にできないので、野次馬の中にまじって事の成りゆきを見ているうちに、奥方の駕籠が表門から出てきたのである。

ちょうちん持ちの中間《ちゅうげん》が一人先に立って、駕籠のうしろには浜村幸三郎がついていたが、用人の平田の姿は見えなかった。

これはまだ伊賀につかまって事情を聞かれているんだなと思っているうちに、奥方の駕籠の十間《じっけん》ばかり後からおなじ籾蔵《もみぐら》のほうへ歩いていく意外な男の顔を見てしまったのである。それは慶三郎の恋敵《こいがたき》で、慶三郎の命をねらっている両国矢《や》ノ倉《くら》の佐久間唯介《ただすけ》だったのだ。

――畜生《ちくしょう》、こいつは怪《あや》しい。

佐久間がどうして駿河台の奥方の駕籠の跡をつけていくんだろうと、泥丸はとっさにそう思った。湯島のだんなの強敵として佐久間を憎んでいる泥丸は、そこにどんな事情があるかを冷静に考えてみる前に、佐久間は奥方の駕籠をつけているんだと直感し、一も二もなくその跡をつけてみる気になっていた。

奥方の駕籠は籾蔵に突き当たって左へ折れる。佐久間もそっちへ曲がった。八辻ガ原を通りぬける時、その佐久間のかっこうが町人、それもどうやら岡っ引きらしい物腰に変わっているので、はてなと思った。侍が途中で岡っ引きに早変わりのできるはずはない。ことによると、岡っ引きの姿を見つけたので、跡をつけるのをやめたのかとも思ったが、やがて奥方の駕籠が淡路坂の中ほどへかかると、そこに宗十郎頭巾が待っていて駕籠をとめた。

――そうか、佐久間は籾蔵の北がわの道を走りぬけて先まわりをしたのだ。

泥丸はそう思って、土手っぷちのやみにうずくまりながらそっちを見ていると、奥方の駕籠がとまって、供の者を少し遠ざけ、宗十郎頭巾は駕籠わきへしゃがみこんで中の奥方となにか話しこんでいる。そこへ後から用人の平田才蔵が駆けつけてきて、あっという間に平田のほうが切り倒されてしまったのだ。その平田が宗十郎頭巾に切りつける時、貴公は風間だなとはっきり口走っていた。

「どうもおれにはわからねえ」

こうなると泥丸には、あの宗十郎頭巾がはたして風間源吉だったのか、それとも佐久間唯介だったのか、まったく見当がつかなくなってくる。泥丸がぽかんとしてそんなことを考えているうちに、やがて奥方の駕籠は六尺にかつがれて坂をのぼり出し、平田の死骸《しがい》のそばにはだれか一人見張りに残って文蔵が足早にこっちへおりてきた。平田の意外な横死《おうし》を伊賀に急報するつもりなのだろう。

「親分、今晩は——」

泥丸はかまわず声をかけながら肩をならべていった。

「なんだ、泥丸、おめえまだそんなところにいたのか」

文蔵は殺気立った目つきでじろりとこっちの顔をにらみはしたが、別にいっしょにくるなとはいわなかった。

「あっしは湯島のだんなのいいつけで倉田屋を見張っていたんですがね、ひょっとするとお縫さまは駿河台へ帰っているかもしれないと思ったんで、奥方さまの駕籠のあとをつけてきたんでさ」

泥丸はもっともらしくそんなうそをついておく。

「ばかだなあ。お縫さまが駿河台へ帰っていれば、なにも今夜奥方はわざわざ倉田屋へ出向かなくてもいいんだ」

「なるほど、そういえばそうでしたねえ。でも、宗十郎頭巾はどうしてあんなところで奥方さまをねらったんでしょう」

「それも、ねらったんじゃねえ。なにか大切な売り物を持っているんで、それを五十両で買ってくれないかって奥方に掛け合っていたらしいんだ」

「はてな、その大切な売り物ってのはお縫さまのことじゃないでしょうかねえ、親分」

泥丸はどきりとせずにはいられなかった。

「まあそんなところらしいんだが、そこへ御用人が飛び出したんで、掛け合いは中途でお流れになっちまったんだ」

「御用人は刀を抜くとき風間だなっていっていたようですが、あれは的場屋一家の風間さんだったんでしょうかねえ」

「そいつは相手の御用人が死んじまったんでうっかりしたことはいえねえが、御用人と風間は味方同士の仲なんだ。それがいきなりあんな切りあいをやるなんてことはおれには考えられねえ」

「わかった、親分。御用人を切った宗十郎頭巾は、ゆうべ宇之吉の家からお縫さまをさらっていった宗十郎頭巾にちげえねえ」

「おめえは長生きをするぜ。お縫さまを手に入れているやつでなけりゃ、奥方にわざわざ売りつけにくるはずはないじゃねえか」

文蔵は鼻の先でわらっているようだ。

「ですからね、その宗十郎頭巾ははじめ倉田屋の大だんなのところへその売り物の話を持ちこもうとしたら、あいにく大だんなは一足違いで殺されていた。だから、こんどは奥方に売りこもうとした。はてな、こいつは少しおかしいかな。大だんなは宗十郎頭巾に殺されているんでしたねえ」

「まあ、素人がそんなことを考えたってしようがねえ。御用のことはおれたちにまかせておきゃあいいんだ」

「すんません。湯島のだんながとてもお縫さまのことを心配していやすんでね」

「直江《なおえ》のだんなはいまどこにいなさるんだね」

「柳橋の舟七であっしを待っているんでさ」

「倉田屋のことはもう知らせたのか」

「いいえ、まだなんで」

「それじゃ早く知らせてあげるがいい。だんなにはまただんなの考えもあるだろうからな」

倉田屋の隠居所の前までくると、文蔵は飛びこむように門の中へ駆けこんでいった。その辺はまだいっぱいの人だかりでごたごたしている。時刻はすでに五ツ（八時）をだいぶまわっているだろう。

――そうだ、おれが石頭で考えこんでいるより、だんなの知恵を借りたほうが早そうだ。

泥丸がそう気がついて、そこから籾蔵のほうへ引きかえそうとすると、

「泥――」

ふいにうしろから腕をつかんできたやつがある。宇之吉だった。

「あれえ。宇之さん、おめえもきていたのか」

「おめえは風間をつけていたんじゃねえのか。いまごろどこをうろついていたんだ」

宇之吉は耳もとへとがめだてるようにいう。

「それがね、うまくまかれちまったんだ。夕方おそく、倉田屋の隠居所の門から入ったっきり出てこねえ」

「間抜けだなあ。じゃ、裏口からでもぬけ出したんだろう。いま的場の親分といっしょに隠居所へ入っていったところだ」

「なんだって――。本当か、それは」

「おれは豊島町からずっとつけてきたんだから間違いはねえ」

「それでわかった」

すると、淡路坂で平田を切った宗十郎頭巾は、やっぱり佐久間唯介だったのだ。その佐久間が奥方にお縫を売ろうとしたとすれば、昨夜宇之吉の家からお縫をさらっていったのは佐久間だということになる。

だが、こいつはうっかり宇之吉の耳には入れられない。

三

宇之吉は昨夜柳原土手で慶三郎に命を助けられているばかりでなく、八丁堀に取り調べをうけた時は、お縫をさらった主謀者は瘋癲政《ふうてんまさ》とおとぼけ竹の二人で、自分は二人に脅《おど》されて手を貸しただけだ、だから、二人に倉田屋へ行ってお縫を売りこんでこいといいつけられた時も、わざとお縫を蔵の中へ閉じこめて、その蔵のかぎを持って出かけたのだと答えておくようにと親切に教えられている。

そんなことから、慶三郎に対する敵意は今のところほとんど薄らいできているようだが、お縫を自分の手で取りかえして金にしようという腹はまだ捨てきれないらしく、

「泥、おめえが風間をつけるんなら、おれは的場をねらってみる」

と、自分から軍十郎の尾行を買って出ている。

そんな宇之吉に本当のことは絶対に打ちあけられない。泥丸は淡路坂でついいましがた小栗家の悪用人平田才蔵が宗十郎頭巾に切られたいきさつだけを話して宇之吉に別れ、その足で柳橋の舟七へ駆けつけることにした。

その途中で東の空から十九日の秋の月があかるくのぼってきたから、時刻はやがて五ツ半（九時）に近くなっていたろう。

「そうか。淡路坂へ出た宗十郎頭巾が佐久間唯介なら、お縫は佐久間の屋敷へつれこまれているかもしれない。よし、すぐに行ってみよう」

慶三郎は泥丸からあらましの話を聞くと、ちゅうちょなく泥丸をうながして舟七を出た。皆目見当のつかない尋ね人なのだから、どんな手がかりにも骨惜しみしていられないのである。

それにしても、倉田屋利兵衛が今夜宗十郎頭巾に扼殺《やくさつ》されたという事実は、こっちの見こんでいた成りゆきとはだいぶ違っているようだ。慶三郎の見こみでは、倉田屋へあらわれる宗十郎頭巾は、はじめにお縫を助けて湯島へつれてきた宗十郎頭巾だろうと考えていたのだ。

泥丸の話から判断していくと、今夜の下手人はどうも風間源吉くさいということになる。

「泥、その風間のことは伊賀の耳に入れてあるのか」

「いいえ、まだなんです。うっかりしたことは口にできやせんし、あっしも今夜はいそがしくてそんな暇がなかったんでさ」

「それもそうだったな」

「ねえ、だんな、用人の平田は佐久間に切りつける時、貴様は風間だなっていっているんです。どうしてそんな間違いをおこしたんでしょうね。だいいち、平田と風間は一つ穴のむじななんでしょう」

「いや、平田はやきもちをやいたんだろう」

「やきもちっていいやすと――」

「今朝の約束では、風間が手びきをして平田が宗十郎頭巾に化けることになっていたんだろう。ところが、平田は路地に見張りがついているんで、裏口から倉田屋へ忍びこむことができなかった。切羽《せっぱ》詰まって表から入ってみると、利兵衛はすでに殺されていた。下手人は風間だと平田にはすぐわかる。風間は奥方が利兵衛に手ごめにされかけたから飛び出していって利兵衛を絞め殺したのだ。その後で風間は奥方の体を自分のものにしたと、平田にはそう考えられる節があったんだろうな」

「本当でしょうかねえ。人一人を殺した後ですぐそんな気になれるもんかなあ」

泥丸は信じられないように小首をかしげている。

「奥方のほうに男にそんな気を起こさせるなにか淫蕩《いんとう》なものがあったんだろうな。それに、風間は奥方が平田と不義を働いていることを知っている。もっと意地悪く考えると、風間は今夜平田を手びきしてやっても張りこみがあって倉田屋へは忍びこめないとわかっていた。つまり、風間は今朝平田と打ち合わせをした時から、奥方を自分のものにする腹があったのかもしれない」

慶三郎にはどうもそうとしか思えないのだ。

「なるほど、そう聞けばあっしも納得がいく。風間ってのは親分の的場でさえ内心は用心しているっていうようなすごい男なんでさ」

「それよりな、泥、おれはどうして今夜そんなところへ佐久間がうまく行きあわせたかちょいと見当がつかないんだ」

「そりゃ、だんな、佐久間はお縫さんを利兵衛に売りこみにきたんでさ。ところが、あいにく利兵衛が殺されちまった後だったんで、奥方の駕籠の跡をつける気になったんでしょうよ」

「まあそう考えておくよりしようがないんだが、お縫さんがさらわれたのはゆうべだ。それを売りこむ気なら、今朝のうちに倉田屋をたずねているだろう」

「いけねえや、だんな。お縫さんはまさか佐久間に変なまねをされているんじゃないでしょうねえ」

泥丸はいまさらのようにどきりとしたようだ。

「いくら佐久間でも、売り物には手は出さないだろう」

慶三郎にもそれを断言できるほどの自信はない。実はそれがあるから、お縫を無事に取りもどすまでは菊枝にも会うまいと心に誓っているくらいなのである。

道はいつか両国広小路を突っ切って薬研堀《やげんぼり》へかかってきていた。矢ノ倉の佐久間の屋敷はもう程近い。

「だんな、あっしが一人で中へ入って様子を聞いてみますからね、だんなは門の外で待っていておくんなさい。たぶん佐久間はまだ帰っちゃいないと思うんだが、もし帰ってきているとただじゃすまなくなりやすからね」

「いや、今夜はただですまなくていいんだ」

「そいつはいけねえや。今夜はお縫さんを助け出すのが眼目なんですから、とにかくあっしにまかせておいてくれなくちゃ」

「そうか。じゃ。おまえやってみろ」

そんなことを道々争ってみたところでしようがないので、慶三郎は一応納得しておくことにした。

矢ノ倉は旗本の屋敷町で、町家はほとんどない。泥丸はやがて佐久間の屋敷を見つけて、門のくぐりから一人で中へ入っていった。

「今晩は——。ごめんなすって」

あまり広い屋敷ではないらしく、玄関に立って声をかけているのが外まで聞こえてくる。

慶三郎はかまわずくぐりをそっとあけて中へ入り、そこの塀《へい》ぎわの松の木のかげへ身を寄せて様子を見ていることにした。

まもなく奥から三十四、五の女が雪洞《ぼんぼり》を持って出てきて、と、泥丸のかっこうを一目見るなり、甘くみくびったのだろう、そこに立ったまま聞いた。

「どなた、おまえさんは」

丸髷《まるまげ》に結《ゆ》って、すそはひいているが、武家育ちの女ではないようだ。佐久間は小金のある女を引っかけては、その金と賭《か》け碁《ご》でぞろっぺいな生活をしている男だから、この女もどこかの後家で、自分のほうからここへ押しかけ女房に入りこんでいるのだろう。その大柄な体つきのどこかに淫靡《いんび》なにおいがしみこんでいるような脂の乗りきった中年女である。

「御新さんでござんすね。夜分おじゃましてすんません」

泥丸は如才《じょさい》なくていねいなおじぎをする。

「なんか用なの」

「へい、こちらの殿さまは御在宅でござんしょうか」

「だんなさまはゆうべからいませんよ」

「はあてな、御新さんのようなすてきな色女房がついていなさるのに、お屋敷をあけるなんてもったいない。ゆうべからまだお帰りにならないんで」

泥丸は歯の浮くようなことを口にする。それでも色女房といわれたのが女には

まんざらでもないらしく、

「余計な心配をしてくれなくてもいいのよ。だんなさまのはいつも碁会所なんだから、用があるんなら福井町のほうへ行ってごらん」

と、少し口数が多くなってきたようだ。

「すんません。なにかおことづけがありやしたら持っていきますが、福井町のなんという碁会所なんでしょう」

「杏八幡《あんずはちまん》のそばの林といって聞けばすぐわかるそうよ」

「ありがとうござんす。その前に、御新さん、ゆうべからこちらにお世話になっているお縫さまにちょいと会わせてくれませんか。実はことづけをたのまれてきているんでしてね」

「そんな人、うちにはいませんよ」

女の顔が急にこわばってきたようだ。

「でもござんしょうが、ことづけは一言ですむんでさ。あっしは湯島の直江の屋敷からきた泥丸っていうんでしてね、決して怪《あや》しい者じゃありやせん。ことづけは一言でいいんですがねえ」

奥でお縫が聞いていれば、湯島の直江といえば自分のほうから出てくるだろうというのが泥丸のねらいのようだ。

「そんな人はいないってあたしはいったはずよ。いない人に会わせろなんて、できない相談じゃありませんか」

「そうでしょうかねえ。あっしは、ゆうべ、ここのだんながお縫さまを助けてお屋敷へかくまっているって話を、ある人からちゃんと聞いてきているんですがねえ」

「そんないいかげんなことをいったってだめよ。いないものはいないんです。もう帰ってください」

女は怖い顔になってこっちをにらみつけている。

「さいでござんすか。すると、だんなはお縫さまをほかの家へかくまっているんかな。しようがありません、じゃあっしは福井町の碁会所のほうへ行ってだんなにお目にかかってみることにしやす。どうもおじゃまいたしやした」

泥丸は案外あきらめよくおじぎをして門のほうへ引きかえしてくる。女はじっと泥丸がくぐりから出ていくのを用心深く見とどけているようだ。

四

慶三郎は女が奥へ引っこむのを待って、素早くくぐりから泥丸の後を追って表へ出た。

そこに待っていた泥丸は、こっちが松の木のかげにかくれていたのを見つけていたらしく、

「だんな、わかったでしょう。今のところあの屋敷にはいまの女とお縫さんしかいねえようです。あっしはこんどはそこの路地の台所口のほうから家の中へ忍びこんでみやすから、だんなはもう一度玄関のほうへ入って、うまくあの女をそこへくぎづけにするように話しこんでいておくんなさい」

と、顔を見るなり早口にいう。

「お縫さんはたしかにいるようか」

「きっといやすとも。あっしがふいにお縫さんのことを切り出した時、あの雌《め》ぎつねの顔色がさっと変わりやしたからね。佐久間が帰ってこないうちに早いところやっつけやしょう。——あれえ」

その時、そこの塀外《へいはず》れの路地口からいきなり若い女が月あかりの中へ足音を忍ばせるようにして走り出てきたのだ。

「お縫さん――」

慶三郎ははっとして、こっちからもそっちへ走り寄る。

「まあ、慶三郎さま」

お縫はさっきの泥丸の声を耳にして家をぬけ出してきたのだろう。慶三郎がいっしょだったとは思いもかけなかったらしく、体ごとすがりついてきながら、

「うれしい、あたくし」

と、思わず口走っていた。

「泥、いそげ」

とっさに慶三郎は雌ぎつねに追いかけてこられてはやっかいだと気がついたので、お縫の手を取るなり大股《おおまた》に若松町のほうへ歩き出す。そして、すぐ目についた左がわの横町へ曲がってしまう。

「ようござんしたねえ、お嬢さん」

うしろからついてきながら泥丸は声を詰まらせている。

「もう大丈夫だよ、お縫さん」

こんなにうまくいこうとは考えてもいなかっただけに、慶三郎のよろこびも大きかった。

「でも、あのおばさまは大丈夫でしょうか」

お縫はまだしっかりとこっちの手につかまりながら心配そうにいう。

「大丈夫かって、なにが」

「あなたが逃げると、あたしはだんなさまに切られるんだっていってましたの」

「けっ、そんなことはおどかしでさ。雌ぎつねめ、ぬかしやがる」

泥丸がいまいましそうにいう。

「お縫さん、あんたをこんど助けてくれた宗十郎頭巾は、この前のとおなじ宗十郎頭巾のようだったか」

慶三郎はさっそく聞いてみた。

「あたくし、はじめはそうだと思っていたのですけれど、途中で違う人だとわかりました。湯島へつれていってくださるのですかとうかがいましたら、湯島は危ないからしばらく別のところへかくれているのだというのです。それでは柳橋の舟七という船宿へつれていってくださいませとたのみましたら、そこも危ないといって、あのお屋敷へつれていかれましたの」

「その男の顔を見たかね」

「いいえ、その人は頭巾をかぶったきりで、あたくしをおばさまにあずけるとすぐまた出ていってしまいました」

「それっきりその男はまだ帰ってこないんだね」

「ええ、あたくしおばさまに湯島へ帰してくださいませと今朝もお願いしたのですけれど、だんなさまがもどってくるまで待つようにといって、だんなさまはかんしゃく持ちだから、もしあなたに逃げられるとあたしが切られてしまうから、おとなしくしていてくれっていいますの。あたくしだんだん怖くなってきて、今の今までどうなるのかしらと生きた気持ちもしませんでした」

「あそこが佐久間唯介の屋敷だということは教えてくれたのか」

「まあ、佐久間唯介というのは慶三郎さまと果たし合いをした人でしょう」

「そうなんだ。じゃ、あそこが佐久間の家だってことは教えてくれなかったんだね」

「怖い、あたくし」

お縫は身ぶるいをしながらぴったりと肩を寄せてくる。

「だんな、佐久間はやっぱりはじめからお嬢さんを金にしようとしていたんでさ。

泥丸はいまさらのようにほっとした声音《こわね》になっていた。お縫がこんなことになったのは、自分たちに責任があるのだから無理もない。

「泥、わかった。佐久間はなにか金の入用があって、ゆうべ福井町の碁会所へ賭け碁をやりにいく途中、おまえたちのけんかを見かけたんだ。それで、宇之がお縫さんを無理に引っぱっていく跡をつけ、お縫さんを助けて矢ノ倉へつれていった。お縫さんは助けられた義理があるから、あの雌ぎつねひとりにあずけておいても逃げ出さないだろうと見て、もう一度碁会所へ引きかえし、ゆうべは賭け碁で夜を明かしたんだ。しかし、勝負のほうはうまくいかなかったんだろう。そこで、こんどは倉田屋のほうへお縫さんを売りこみにかかったんだ」

「なるほど、まあそんなところでござんしょうね。野郎が賭け碁に負けたんでよかったんだ。もし勝ってでもいようもんなら、とてもただじゃすまなかった。でござんしょう、だんな」

泥丸はさすがに口を濁してしまう。

道はふたたび両国広小路へ出て、足は柳橋のほうへ向いている。

「慶三郎さま、湯島へ帰るのですね。あたくし、もうほかのところはいや。早く湯島のお乳母さまのところへ帰りたい」

お縫は湯島へつれて帰ってくれるものと思いこんでいるようだ。

「さあ、湯島でいいでしょうかねえ、だんな。あっしはあの雌ぎつねに、湯島の直江からきたとはっきりいっちまったんでさ。佐久間が帰ってそれとわかると、あいつは気ちがいみたいな男ですからねえ」

「それもそうだなあ」

「いやですわ。いやっいやっ、あたくしお乳母さまのところでないと安心できないのですもの」

お縫は必死にこっちの腕へすがりついてくる。一度口までゆるしあっているのだから、お縫はもうこっちを自分の夫として信じきっているのだろう。それを考えると、慶三郎はやっぱり胸が痛い。

「あたくし佐久間にも、佐久間だとは知らなかったものですから、湯島はあたくしの生涯の家なのだから、どうぞつれていってくださいとはっきりいってしまいましたの。その湯島へ帰れないなんて、あたくし悲しい」

「よかろう。じゃ、今夜湯島へ帰ることにしよう。舟七も人の出入りが多いから、決して安心とはいえないんだ」

今夜は屋敷へ帰って、明日、乳母をつけて川崎へ送っていくほかはないと、慶三郎は腹をきめたのだ。

「ねえ、だんな。倉田屋が殺されてあの証文はなくなったようだし、平田も切られてしまったとなると、そっちのほうはお嬢さんも一安心ということになるんじゃないでしょうかね」

泥丸が思い出したようにいう。

「さあ、そうもいくまい。証文は利兵衛を殺した宗十郎頭巾の手に入っていると見なければならないし、利兵衛は死んでもせがれの利太郎《りたろう》がもう一度証文を書いてくれと出れば、小栗のほうでも千両借りていることは事実なんだから、証文を書かないというわけにはいかないだろう」

「だって、そんなことはお嬢さんの知ったことじゃありませんからね」

「それはそうだが、小栗家のほうからお縫さんをかえしてくれと掛け合われると、こっちには絶対にかえさないと突っぱねる根拠がない。それも考えておかなくてはならないんだ」

「慶三郎さま、利兵衛は殺されたのですか」

お縫はびっくりしたように聞いた。

五

翌朝――。

風間源吉はいつもの濃い茶羽二重《ちゃはぶたえ》の紋服の着流しという貴公子然としたかっこうで四ツ（十時）すぎごろ駿河台の小栗家の門をくぐった。用件は、倉田屋利太郎の代人として、千両の借用証文の件につき、当主小栗主水《もんど》さまにお目にかかりたいというのである。

風間は、昨夜、八丁堀の伊賀が淡路坂の変事の知らせをうけ、さっそく小栗の用人平田才蔵の検視に出かけた後で、利太郎にそっと別間へ呼ばれ、

「どうだろう、風間さん、小栗の証文はどうやら下手人に焼かれてしまったようだが、こっちが小栗さまに千両用立てていることは八丁堀さんもちゃんと承知している事実なんだ。そこで、明日あんたにわしの代人として駿河台へ出向いてもらい、こんどはわしあての証文を新しく書いてきてもらいたいんだが、引きうけてもらえまいか」

という相談をうけていた。

「条件は前とおなじにするのかね」

「さあ、それは八丁堀の手前もあるから、そうもいかないでしょう。三年間は無利子ということにして、そのかわりお縫さんは見当たりしだいこっちへ引きわたすという一札を別に入れてもらう、これでどうだろう」

　利太郎もまたお縫をねらっているようだ。

「なんだ、おぬしもお縫をめかけにする気なのか」

「それはしますよ。おやじのものは一切せがれのわしが引きついでいいことになっているんですからね」

　利兵衛が殺されたすぐ後で平気でそんなことが口にできるのだから、なるほどこの男はおやじよりあくどいと、風間は内心目をみはった。

「しかしな、倉田屋、お縫をねらうと、おぬしもまた宗十郎頭巾にねらわれるぞ」

「そんなことをさせるもんですか。もし宗十郎頭巾が押しこんできたら、こんどこそこっちで引っ捕らえて番所へ突き出してやる。親の敵ということになるんですからね」

　利太郎は柔らのけいこをしたことがあるというから、腕力にもかなり自信はあるのだろう。

「倉田屋は今夜の下手人を平田だと見ていたようだが、その平田が淡路坂で宗十郎頭巾に切られている。妙なことになってきたもんだな」

風間はそれとなくさぐりを一本入れてみた。

「それは平田に違いあるもんですか。宗十郎頭巾の姿はだれも見ていないんです。そんなことのできるのは、どう考えても平田のほかにありゃしません」

利太郎はあくまでも利兵衛殺しの下手人は平田だと思いこんでいるようだ。

「それよりねえ、風間さん、淡路坂で奥方の駕籠《かご》をとめた宗十郎頭巾は奥方にお縫さんを売りこもうとしたんだって話ですが、平田さんはなんでそれを風間さんだと思い違いをして切りつけたんでしょうな」

これだけは解せないといった顔つきである。

「おれは今朝一度、駿河台へ行って平田と会っているんだ。用件は、利兵衛の代人として、奥方に今夜自分で出てくるようにといいに行ったんだが、その利兵衛が今夜奥方がまだここにいるうちに殺されたとなると、おれがそれを種にして奥方や平田をゆすりはしないかという心配が平田にはおこってきたんだろう。もし平田が本当に今夜の下手人だとすると、いっそうそういう不安が出てくる。その奥方の帰りを淡路坂で宗十郎頭巾がとめているのを見たんで、平田はもうおれが奥方を脅迫していると思いこんでしまったんだろう」

風間はあっさりとうけ流してしまう。

「なるほど、平田は脛《すね》に傷を持っているから、そうだったのかもしれない。ところで、その宗十郎頭巾のほうですが、お縫さんを売りこもうとするくらいだから、これはお縫さんを手に入れていると見ていい。すると、ゆうべお寅《とら》の家からやくざ二人を切ってお縫さんをさらっていったのはその男ということになる。どうだろう、風間さん、その男がだれだか、心あたりはないだろうか」

「そいつは今夜の事情をよく知っているやつだとは思うが、今のところ心あたりはないな」

「しかし、ずぶとい宗十郎頭巾のことだから、明日にもまた駿河台へ奥方をゆすりに行くんじゃないだろうか。その男の跡をつければ、お縫さんの行方がわかると思うんだがねえ」

「倉田屋、おぬしだいぶお縫という娘に執心《しゅうしん》のようだなあ」

「金と女に執念深いのは親ゆずりですからね。どうだろう、風間さん、明日小栗のほうの証文がうまく手に入ったら十両、その上お縫を見つけてきてくれたら別に十両、ひとつ骨を折ってみてもらえないだろうか」

「ちょいと危ない橋じゃあるが、よかろう、やれるだけはやってみてやろう」

口ではそういったが、風間は内心渡りに船だと思った。

淡路坂の宗十郎頭巾が駿河台へもう一度ゆすりに行くだろうということは、こっちでさえそう考えつくのだから、八丁堀がそんなことをうっかりしているはずはない。もう手先がちゃんと張りこんでいるだろう。用もない人間がのこのこ小栗の門をくぐるのは、こっちから嫌疑《けんぎ》の網にかかっていくのとおなじことだが、こっちに倉田屋の代人というはっきりした名目があれば、堂々と門を入っていける。

しかも、いちばんじゃまになる平田が自分から横死《おうし》しているのだから、風間にとってはいっそう好都合なのだ。

正直にいえば、風間もまた、昨夜の三重の淫蕩《いんとう》な肌に、おもっていたよりはるかに濃厚で甘美な印象を焼きつけられていた。

それは女盛りの白々とした厚みのあるすばらしい肌で、こっちが引っかかえるようにして次の間へつれこんだ時は、さすがにまだ恐怖に気が転倒していたらしく、体中を堅くして声さえ出せなかった。

それをまるで品物でもあつかうようにかまわず大胆な行動に出ていくと、その女体《にょたい》の急所を心得つくしている男の容赦なき愛撫《あいぶ》の強烈さに、三重はいつかみなぎるような情欲を誘い出されて、恐怖も羞恥《しゅうち》もたちまち異常な興奮の中へまきこまれていってしまったようだ。

一つには、三重のような勝ち気で我の強い女は、日ごろから宗十郎頭巾という話題の不敵な男の存在になんとなく好奇心を持っていて、相手はその宗十郎頭巾なのだからという気持ちも多分に働いていたのかもしれない。

三重はそのしびれるような歓喜が終わってからもしばらく陶酔《とうすい》からさめきれずに、

「一日顔を見せて」

と、男にまつわりついていた。

――この女は、おれがついてこいといえばいつでも屋敷を捨てられる女だ。

風間はその時はっきりとそう感じて、三重なら当分女房にしてやってもいいなと考えているのだ。

たぶん今日はその三重の情熱的な甘い肌をもう一度ゆっくりと愛撫してやれる機会があるはずなのである。

昨日は泥丸が一日中こそこそと跡をつけていたようだが、今日はそんな様子もない。

泥丸の尾行の目的はお縫をさがしているのだろうから、こっちはそう気にしなくてもいいのだ。

小栗家の門のあたりにも張りこみらしいやつは見あたらないが、これはどこかにうまくかくれていると見ておいたほうがよさそうだ。

風間は門のくぐりから中へ入って、門番中間《ちゆうげん》に来意を告げると、中間は表玄関へ案内して、すぐに奥へ取り次いでくれた。

まもなく玄関へ出てきたのは浜村幸三郎である。

「やあ、風間さん、殿さまがお目にかかるそうですから、どうぞおあがりください」

この屋敷でいつも明るい顔をしているのは、この若い浜村だけである。

「失礼いたす。浜村さん、平田さんはとんだことだったねえ」

表書院の間へ通されてからくやみをのべると、

「当家はここのところ妙なことばかりつづきすぎて困るんです」

と、浜村は正直にまゆをひそめていた。

「平田さんが自分の才にまかせて少し策を弄《ろう》しすぎたんじゃないのか」

「そういうところがないとはいえません」

「しかし、その平田うじが気の毒なことになって、殿さまは内心ほっとしている、違うかね」

風間が目でわらってみせると、

「さあ、そうもいかないでしょう。倉田屋のほうの問題も残っているし、事件がこう表へ出てしまっては殿さまのお役付きも難しくなってくるでしょうからね」

「なるほど、そういうこともあるな」

「とにかく、風間さん、なるべくお手やわらかに願います」

浜村はそんな神妙なことをいって、いそがしそうにさがっていった。急に平田と橋本がいなくなった上に、その平田の死骸《しがい》がお長屋のほうへ運びこまれているはずだから、今日は浜村一人でてんてこ舞いをしているのだろう。

六

「倉田屋の代人風間源吉というのはその方か」

小栗主水はつかつかと書院へ入ってきて、座に着くなりふきげんそうにいった。

自分では相当の才人だと自負して、精いっぱい目を光らせているようだが、小太りに太った顔つきにも体つきにもどこかたるんだところがあって、風間の目には小人《しょうじん》としか見えない。

「はじめてお目通りいたします。手前は風間源吉、お見知りおきくださいますように」

風間はわざと丁重《ていちょう》にあいさつをする。

「うむ。用件はなんだ、聞こう」

「その前に、御当家さまの御用人平田才蔵どのには、昨夜とんだ御不幸がございましたそうで、手前平田どのとは度々面識のあります者、謹《つつし》んでおくやみ申しあげます」

「さようか。才蔵の招いた不幸はおのれの心柄《こころがら》からだからしようがない。そう申せば、倉田屋利兵衛も昨夜死んだそうだな」

主水は苦々しげな顔を露骨にする。腹の浅い証拠だ。

「実は、その利兵衛が、生前、平田どのを介して御当家へ用立てました金子《きんす》の証文のことについて、今日参上いたしたのでございますが――」

「待て――。その儀は奥が才蔵と相談して一切を取り計らったので、身はくわしいことはなにも知らぬのだ。いま奥をここへ呼んでつかわすから、奥に話してみてくれ」

主水はさっそく逃げを打ってくる。たぶんそんなことだろうと風間は踏んできたのだが、

「奥方さまでわかりましょうかなあ、少し面倒な話になっているのですが」

と、念を押すようにまゆをひそめてみせる。

「いや、奥でわかるはずだ。わかるように話してやってくれ」

小人のくせに気位が高いから、自分のほうから頭をさげるようなことはいやなのだろう。

主水はすっと立って廊下へ出ていった。

――思ったよりずっと木偶《でく》の坊だな。あれで男の役に立たないんだから、取り柄は一つもなしだ。

風間は内心おかしくもあり得意でもあった。そして、三重がどんな顔をして出てくるかと思うと、急に胸がくすぐったくうずいてくる。

まもなく、今朝は搔取《かいど》り姿の三重が、緊張した顔つきで、すそさばきもしとやかに廊下から入ってきた。

昨夜の、あられもないかっこうにされて身もだえしていた三重とは別人のように、端麗《たんれい》ともいいたいようなあざやかな奥方ぶりである。

「倉田屋の代人というのはそなたですか」

座についた三重は、じっとこっちの目を見すえながらなにかをさぐり出そうとしているようだ。

「さよう、風間源吉です。奥方さまとはゆうべ倉田屋の奥座敷で一度お目にかかっているんですがなあ」

小声でいって、目でわらってみせると、一瞬三重はあっとこっちを見なおしながら、

「では、あなたは――」

と、すぐにこっちがわかったらしく、たちまちほおへ血の気がさしてきた。

「お三重さんが顔を見せろというから顔を見せにきたんだ。そんな怖い目でにらんでもらいたくないな」

「でも、あんまり突然なんですもの」

三重はいそいであたりを見まわしながら、どこかまだ他人行儀が残っている顔つきだ。

「冷たいんだなあ、奥方さまは」

風間は冗談のようにいいながら、素早くひざを進めて三重の肩を抱き、

「人が、人がくるから――」

と、思わず口走る紅の濃いくちびるへ有無をいわせず口を重ねていった。

昨夜十分知っている甘い肌のにおいにむせて、そのまま押し倒していきたい激しい衝動を、それだけはさすがに自制して、

「さあ、これでもう気が楽になったろう」

と耳もとへささやくと、三重の淫蕩《いんとう》な体にも火がついてきたらしく、燃えるような目を見かえして黙ってうなずいていた。

「話があるんだ。そっちから先に片づけよう」

風間は思いきりよく三重を放してもとの座へ帰る。

「どんな話かしら」

三重の目はもう他人ではないという昨夜の目になって、ひざ前さえすっかりゆるんでいる。

「ゆうべ殿さまにしかられたか」

「それどころじゃありませんのよ。才蔵が切られたこと、知っているんでしょう」

「知っている。御愁傷《ごしゅうしょう》さま」

「いやっ、そんなことといっては」

はっきりと怒った顔をしてみせる。

「殿さまに体のことは感づかれなかったか」

ちょいとなぞをかけてみずにはいられない。

それだけもうこっちに独占欲が出てきているのだ。

「ふ、ふ、殿さまとははじめから他人ですのよ」

「それを聞いて安心した。じゃ、お三重さんはもうおれ一人のものだな」

「そのかわり、あなたもあたくし一人の殿御でなくてはいやですわ」

「どうだ、いっそおれをここの用人にしないか。平田よりは働きのある男だぜ」

「そううまくいきますかしら」

「いくとも――。結納《ゆいのう》がわりに、これをそっちへわたしておこう」

風間はふところから千両の借用証文を取り出して三重にわたしてやる。

「まあ、これは――」

「ゆうべこれだけは焼かずに取ってきたんだ。これを他人の亭主に突きつけてうまくどけば、きっとおれを用人にする気になる。もっとも、少しほとぼりがさめてからのことだがね」

「そうねえ」

三重は気味悪そうに証文をひろげて青いまゆをよせている。

昨夜の醜い利兵衛の死骸を思い出しているのだろう。

「ところで、ゆうべ淡路坂へ出た宗十郎頭巾はお縫を売りこみにきたんだって話だが、本当なのか」

「そうなの。うそか本当かわかりませんが、五十両で買ってくれっていうんですのよ」

「名前は名乗ったか」

「いいえ、名前はいいませんでした。才蔵はその宗十郎頭巾を風間だなといっていましたのよ」

「風間はおれだ。平田は利兵衛を殺した下手人はおれだと知っている。しかも、おれがお三重さんをその場で女房にしたことを薄々感づいているんで、おれを切る気になっていた。その矢先、宗十郎頭巾が淡路坂で駕籠をとめているんで、てっきり宗十郎頭巾は風間だと見てしまったんだろう」

「本当は、あたくしもはじめはその宗十郎頭巾はあの宗十郎頭巾かもしれないと思ったので、駕籠をとめさせましたの」

三重はいまさらのように苦わらいをしている。

「あぶねえ、あぶねえ。今後もあることだ、亭主を間違えるのだけはよしてもらいたいな」

「大丈夫ですのよ。ゆうべだって声ですぐわかりましたもの」

「それで、お縫の話は半分で、平田がじゃまに入ったというわけか」

「それはゆうべ屋敷へ調べにきた伊賀にもそう話しておきましたけれど、本当はそうじゃありません。その宗十郎頭巾は、今夜五ツ（八時）を合図にお縫を昌平橋までつれてくるから、こっちからも五十両持ってだれかを受け取りによこすように、合い言葉は針と糸だといっていました」

「ふうん、そんなところまで話が進んでいたのか」

こいつは意外なもうけものだと、風間は思わず目を光らせる。

「でも、そんなこと本当かどうかわからないでしょう」

「いや、案外本当かもしれない。よし、おれが今夜昌平橋へ出向いてみよう。合い言葉は針と糸だな」

「あぶなくないでしょうか」

「どうして――」

「あたくし、伊賀という男がなんですか気味が悪い。ゆうべ倉田屋はあたくしの目の前で殺されているとちゃんと見ぬいているんですもの」

「それはお三重さんとおれと二人きりの秘密なんだ。黙っていればだれにもわかりゃしない。だいいち、それとこれとは話が違う」

「いいえ、もしあなたに尾行でもついていると、どんなことからその秘密までかぎ出されないとはかぎりませんのよ」

三重は女だけにひどく用心深いようだ。

七

その夜――。

風間源吉は五ツ（八時）に間にあうように、豊島町を出て昌平橋へ向かった。

どうやらまただれか尾行がついているようだ。八丁堀の手先浅吉かもしれないと風間は思った。浅吉なら、今日駿河台の小栗家を出るとまもなく、向こうから声をかけられている。

「失礼ですが、風間さんは倉田屋の代人で小栗さんをおたずねなすったんでしょうね」

浅吉はいっしょについてきながら聞く。

「そのとおりだ。利兵衛が死んだんで、借用証文を書き換えてもらってくれと利太郎からたのまれてな」

それをはっきりさせておいたほうが後の都合がいいと考えたので、風間は気軽に答えてやった。

「うまくいきやしたか」

「それが、当節の旗本は一体に世間ずれがしていてなかなかずるい。あれは用人の平田が一切取り計らったことで、身にはくわしいことはわからぬと殿さまは頭から逃げの一手でな。しようがないから奥方に会って掛け合っているうちに、いつの間にか殿さまは外出してしまっていたようだ」

「奥方さまのほうは、ゆうべ自分で倉田屋へ出向いているんですから、そんな白《しら》はきれないはずでござんしょう」

「ところが、奥方のほうはしっかり者ときているから、それなら前の証文を持参したかと出てきた。つまり、ゆうべ利兵衛殺しの下手人が何枚か証文を焼いているのを知っていて、ことによるとその中に小栗家の証文も入っていたかもしれないという腹があるんだな」

「奥方さまはゆうべの下手人は平田さんだと知っているんじゃないでしょうかねえ」

浅吉はそれとなくこっちの口裏を引こうとする。

「さあ、話を聞いただけではおれなどに判断のつけようもないが、八丁堀のほうではどう見ているんだね」

風間はあっさりうけ流しておく。

「あの奥方さまは利口すぎますからねえ。それで、証文の書き換えのほうはどうなりました」

「結局、殿さまと相談しておくということになった。当分日参するよりしようがあるまい」

そこに一つの口実を作っておいて、

「浅吉はゆうべの淡路坂の宗十郎頭巾を張りこみにきているのか」

と、こんどはこっちから一本突っこんでいく。

「まあそんなところなんで――。あっしはゆうべあの宗十郎頭巾の跡を現場からつけてうまくまかれちまっていやすんでね」

浅吉は苦わらいをしながら、そこから小栗の屋敷のほうへ引きかえしていった。

その浅吉がなんで今夜またこっちを尾行しているのか、風間にはちょいと見当がつかない。が、そんな尾行などは少しも気にすることはないのだ。利兵衛殺しの下手人は絶対になんの証拠も残してはいないからだ。むしろ、なまじ尾行などを気にすると、かえってそこに疑問を持たれるおそれが生じてくるのである。

それより、今夜はたして淡路坂の宗十郎頭巾が昌平橋へ出てくるかどうか、このほうが風間には大きな問題だった。風間としては、お縫さえうまく手に入れば、これを利太郎に押しつけて借用証文のほうはうやむやにしてしまう。それだけの仕事をしてやれば、主水も多少恩にきるだろうから、小栗家への出入りが自由になる。ということは、三重を女房にしたとおなじことになるのだ。

下世話に一盗二婢《いっとうにひ》というが、今朝のあいびきほど大胆な間男になったのは風間もはじめてだった。主水が逃げを打って外出したとわかると、三重はそれを待っていたようにこっちを自分の居間へさそっていったのである。

「男を居間へ引き入れたなどとわかると、いくら他人の亭主でも後でやっかいなことになりはしないか」

召し使いどもの手前もあるし、あまり度胸がよすぎるようなので、そういってみると、

「大丈夫ですのよ。こんな証文の書き換えの話など、恥ずかしくて召し使いたちの耳へ入れたくありませんもの。だいいち、男のくせに逃げを打つなんて、あたくし大きらい」

と、きっぱりいってのける。全然亭主などに愛情はないようだ。

「あんたはいい度胸だ。気に入ったなあ。毎晩通ってきてもいいか」

「かまいませんのよ。あたくしはあなたのような強い男が好き」

搔取りをぬいだだけの姿で、三重は男のひざの横からしっとりとしなだれかかってきた。

控えの間の外の廊下に女中が一人見張りについているのだから、今日は昨夜のようにじゃまの入るのを気にする必要はなかった。

女は容赦なくむさぼりつくさなくては承知できない風間が、無造作にその肩を横抱きにして上体をのけぞるようにおさえつけ、口を口へかさねていきながら手が胸をはだけて豊かな円丘をさぐり出すと、妖婦《ようふ》の肌はもう昨夜の激しい愛撫《あいぶ》を待ちかねているように、ひざ前までたわいなくゆるんで、青みをおびた白縮緬《しろちりめん》が

しどけなく男の手をさそっている。

男の口の愛撫が胸元に移り、手が無遠慮に女の秘密をさぐりあてた時から、男も女もいよいよ二人きりのあやしい白日夢の中へまきこまれていったようだ。

残忍な野獣になりきった男は、女体がしだいに興奮してきて、目を閉じた青いまゆとまゆの間に深い縦じわをきざみ、せつなげな熱い息づかいになっている淫蕩な表情を見きわめてから、女の帯に手をかけていった。

「ねえ、恥ずかしいから」

さすがにそんな経験はないらしく、三重は白昼をはばかるように口走りながら体中をかたくしたが、すでに全身の血が甘くしびれていて、それをこばみきれるだけの力はなかったようだ。

その間に帯はたちまちずるずると畳の上へすべり落ちていき、細ひもの一つ一つが体から解きすてられ、貪婪《どんらん》な男の手はついに最後の布まではぎ取って、そこに脂の乗りきったすばらしい女盛りの素肌が白々とした光沢をたたえてあらわにされてきた。野獣はそのいきいきとみなぎるような妖婦の素肌を目に焼きつけながらゆっくりとわがおもいのままにしていく。

いつか濃厚な男と女のあやしい体臭が閉めきった明るい座敷の中にうずまいて

立ちこめ、全身で男をうけとめている三重は、寄せてはかえす激浪《げきろう》のような野獣の強烈な愛撫に息つくひまもなく何度か翻弄《ほんろう》されつくして、じっとりと額に汗をにじませながら、果ては息も絶えだえにむせび泣いた。

が、それが終わってからの三重の身じまいは、実にあざやかなものがあった。座敷中に花のように散乱している衣類、帯、細ひもの派手な色彩が手ぎわよくもとの体へまきつけられて、庭のほうの廊下の障子をあけ放し、すがすがしい秋風が流れこんでくると、何事もなかったように取り澄まして自分の座へきてすわっていた。

目でわらってみせるその目にまだうっとりとした媚《こび》は残っているが、それはもうすっかりいつもの行儀のいい奥方の姿で、たった今のあの激しい白日夢の中の妖艶《ようえん》な姿はどこにもない。

これが利口な女の男に対する身だしなみとでもいうのだろうが、こんなに裏と表をはっきり使いわけられる女も珍しいと、風間は感心した。

「たのもしいなあ。お三重さん」

「なにがですの」

「あんたは立派に間男のできる才女だ」

「あなたは間男ではございませんもの、人聞きの悪い」

三重は平気でわらっていた。まったくすばらしい妖婦である。

今夜、うまくお縫さえ手に入れることができれば、その妖婦の魂まで完全にこっちのものにできるのだから、風間は今夜の仕事に男の生きがいを感ぜずにはいられなかった。

今夜も江戸の街は月の出のおそい宵闇《よいやみ》だが、空には明るい星あかりがあった。

風間はゆっくりとした足取りで南詰めのほうから昌平橋へかかっていく。

八

自分から合い言葉までこしらえていったのだから、昨夜の淡路坂の宗十郎頭巾はきっとときているという自信が風間にはあった。

が、お縫をいい値の五十両で買う気はこっちにはない。せいぜい十両までだ。その掛け合いがこじれれば、場合によっては刀を抜くことになるだろう。殺し屋はこっちの稼業《かぎょう》のうちだから、別に刀は恐れはしないが、一体どんな相手が出てくるのか、それだけはやっぱりちょいと気になる。相手は平田才蔵に切りつけられながら、それをかわして逆に抜きうちにしているしたたか者だからである。

——来ている。

昌平橋へかかった風間は、橋の北詰めに近いほうの欄干《らんかん》ぎわに立って川下のほうをながめている黒い人影を目ざとく見つけて、てっきりそれだと思った。

そっちへ近づいていってみると、相手も着流しで、今夜は宗十郎頭巾はかぶっていない。

「針のだんなかね」

うしろを通りすぎるようにしながら声をかけると、案の定、ゆっくりこっちを向いて、

「なんだ、風間じゃないか」

と、いきなり小声で図星をさしてきた。

「おぬしは佐久間——」

風間は唖然《あぜん》とした。おたがいに悪たれ者同士だから、まだいっしょに仕事はしたことはなくても、酒席を共にしたことは何度かある仲なのだ。

「奥方も妙な代人をよこしたもんだな」

「まあ、歩きながら話そう。おれにはひもがついているかもしれないんだ」

素早くいって神田明神社のほうへ歩き出すと、佐久間は心得て、黙って肩をならべてきた。

「おぬしは針なんだろうな」

風間は念のために聞いてみる。

「うむ」

佐久間はうなずいてみせてから、

「奥方がおぬしを糸にしたのは少しおかしい」

と、小首をかしげている。

「おれは倉田屋の代人で今日も駿河台へ行っているんだ。それでもおかしいか」

「おかしい。倉田屋の代人は駿河台の敵だ。奥方がお縫のことをたのむはずはない」

「いや、お縫はそっちへ渡すから、借用証文のほうは棒引きにしてくれとたのまれている」

「その借用証文はゆうべ焼かれているはずだな」

「証文は焼かれても、倉田屋から千両出ていることは八丁堀でもみとめているんだ」

佐久間はむっつりと黙りこんでしまう。

「お縫は矢ノ倉へつれていってあるのか」

風間はかまわず突っこんでいく。

「そうか。わかった」

「なにがわかったんだね」

「平田はおれをおぬしと間違えて切ろうとした。おぬしは奥方を助けてゆうべものにしたんだな」

佐久間はにやりとわらったようだ。

「おぬしはまさかお縫を傷物にしちゃいないだろうな」

すかさず風間は切りかえしていく。佐久間がお寅の家からやくざ二人を切ってお縫をつれ去ったのは一昨日の夜なのだ。

「おれはあんな人形のような娘に興味はない。それに、お縫はもう直江の女房になっているんだ」

「本当か、それは」

「自分の口からそれをいって、湯島へ帰してくれと何度もおれにたのんでいるんだから、うそじゃなかろう」

「お縫はまだ矢ノ倉にいるんだろうな」

「おぬし、奥方から五十両あずかってきているのか」

「いや、正直にいうと、おれは十両に値切るつもりできている」

「ふうむ」

佐久間はちょっと考えてから、

「利太郎もお縫をねらっているのか」

と、痛いところをついてくる。

「利太郎は死んだおやじよりあくどいからな」

「すると、おぬしはお縫を利太郎にはめこんで、借用証文のほうは棒引きにさせる。それを手柄にして、駿河台の用人に入りこもうというわけか」

「そのとおりだ。ぜひにという奥方の懇望があるんでね」

風間はもう悪びれなかった。

「しようがない。おれはどうしても五十両手に入れたかったんだが、十両に負けておこう。ただし、お縫はもう矢ノ倉にはいない」

「なにっ。じゃ、どこにいるんだ」

「それを話せば十両わたしてくれるんだろうな」

「おぬし、なんでそんなに金がいるんだ」

いつもの佐久間らしくないので、つい聞いてみたくなる。

「おぬしなら打ちあけてもいいだろう。おれは意地でも妻恋坂《つまこいざか》の菊枝をつれ出して上方へ行く気でいたんだ」

「菊枝っていうと、野村ののっぽ娘で、たしか直江の許婚《いいなずけ》だったはずだな」

「直江がじゃまをすれば、直江は切る、そう腹をきめた矢先へ、お縫が引っかかってきたんだ。こいつを倉田屋へ売りこめば金はできると、そっちのめどはついたが、おれはその晩、つまりおといの晩、利太郎と賭け碁《かご》をやる約束があった。こっちでもかせいでおけと思ったのが、少し欲張りすぎたんだ。夜明かしをして勝負と出たが、最後の一番でごそりと持っていかれた。そこで、ゆうべ倉田屋へお縫を売りこみに行ってみるとあの騒ぎだった。話は顔見知りの店の番頭から残らず聞いたんで、あぶない芸当だとは思ったが、淡路坂で奥方の駕籠《かご》をとめたんだ」

「すると、その時はお縫はまだ矢ノ倉にいたのか」

「うむ、お咲という女にあずけてあった。お縫にはお寅の家で助けてやった恩義はあるし、あの娘は一人では逃げる度胸はないと踏んでいた。その見こみに狂いはなかったようだが、どうして直江が矢ノ倉をかぎつけたか、泥丸という男を道具につかってお縫をつれ出しにきたんだそうだ」

「なんだ、お縫は湯島へつれもどされてしまったのか」

風間は思わずまゆをひそめずにはいられなかった。

「おれが矢ノ倉へ帰った時は、一足違いだったようだ」

「佐久間、お縫の口からおぬしのことが直江に知れると、平田を切ったことまで八丁堀へ筒抜けになりはしないか。あれは八丁堀の伊賀市兵衛《いちべえ》と友だちづきあいをしている男だぞ」

そっちのほうが大きな問題だと風間は思った。

「なあに、おれがやくざ二人を切ったのも、平田を切ったのも、ちゃんとそれだけの理由があるんだから、罪にはならない。しかし、わざわざつかまって、吟味中入牢《じゅろう》は困るんで、ゆうべのうちにお咲を実家へかえし、屋敷は閉めきりにしてあるんだ」

佐久間は平気な顔をしているのである。

「それに。おれはここでおぬしから十両入ったら、菊枝をつれ出して、今夜にも上方へ立つことにしているんだ」

「すごいことをいうぜ。おれが今夜ここで十両おぬしに渡しても、湯島からお縫を取りかえすのはそう簡単にはいくまい。その問題はどうしてくれるね」

風間はちょいとそんないやみが口にしてみたくなってくる。

「おれに直江を切ってくれといいたいようだな」

「おぬしにはそれだけの腕があるはずだ」

「おだてちゃいけねえ。そりゃ面とぶつかればおれは直江を切る腹じゃいる。しかし、そんなことはしなくても、そっちにはお縫を取りかえす口実が立派にあるはずじゃないのか」

「というと――」

「お縫は小栗家の妹なんだ。それが勝手に家出をして湯島にかくまわれているんだから、奥方が自分で乗りこんで直江に掛け合えば、かえさないとは絶対にいえないはずだ」

「なるほど――」

「場合によっては、直江を、人の娘を無断で幾日もとめておいたという罪で、訴え出ることもできる」

「わかった。じゃ、きれいに十両で手を打つことにしよう」

道はいつか神田明神社の第一の大鳥居をくぐっていた。

「風間、この金は奥方から出たのか」

佐久間は金包みをうけとって、わらいながら念を押すように聞く。

「どうしてそんなことを気にするんだ」

「いやみでいうんじゃないが、利兵衛の手文庫の中にもいくらか金は入っていたはずだ。本物の宗十郎頭巾は、決して金には手はふれないそうだからな」

「おれもそんな話は聞いている。すると、利兵衛殺しの下手人は、偽《にせ》宗十郎頭巾かもしれねえな」

風間はあっさりうけ流そうとする。

「おぬしもいい度胸だが、用心することに越したことはないんだ。なまじ小栗の用人に入りこむより、お縫をうまく取りもどしたらあの色女房をつれ出して、当分江戸を売ったほうが利口だぜ。間男の件がわかると、だいいち的場軍十郎が黙っちゃいないぞ」

風間がいくらずぶとくても、この忠告はさすがにどきりと胸へこたえるものがあった。

九

その翌朝――。

湯島の直江慶三郎は珍しく野村半蔵《はんぞう》老人から迎えの使いをうけて、妻恋坂の隠居所へ出向くことにした。使いにきたのは中間《ちゅうげん》の松吉で、それを取り次いだ泥丸は、

「だんな、ひょっとするとゆうべのことがわかっちまったんじゃないでしょうかねえ」

と、声をひそめて心配そうな顔をしていた。

「なあに、わかったのならわかったでかまわないんだ」

慶三郎は明るくそう答えておいたが、内心では今日はただではすまないかもしれないと、とっさに覚悟をきめていた。ことによると、菊枝がこっちを裏切ったかもしれないと考えたからである。

昨夜、慶三郎は泥丸に菊枝を呼び出させて、舟七の二階であいびきをしている。それは決してただ甘いばかりのあいびきではなく、こっちは男の一生をかけて考

えぬいたあげくの決意のあいびきだった。

その朝、湯島で一夜を明かしたお縫は、どうしても川崎のお磯《いそ》の実家へ行くのはいやだといい出したのだ。

「あたくし、湯島がいちばん安心なのですもの。もうどこへも行きたくございません」

「しかし、ここは佐久間も知っているし、その佐久間の口からあんたがここにいると知れると、悪党どもがまたどんなあくどい手を打ってくるかわからないよ」

「でも、それは川崎へまいってもおなじことですわ。あたくし慶三郎さまのそばを離れるのはいや。菊枝さまに悪いかしら」

お縫がそんな思いきったことを口にするのは、菊枝は菊枝、自分は自分といつの間にかはっきりと胸の中で割り切っているのだろう。お縫にそんな感情をゆるしてしまった責任は自分にあるのだから、そうまでいわれてみると、慶三郎もあまり強いことはいえなくなる。

——伊賀に相談してみるよりしようがない。

慶三郎は当惑しながらも、さしずめお縫を二日なり三日なりこのまま屋敷へおくとなれば、いざというとき絶対に敵に見つからないような隠れ場所をきめておかなくては、安心して外出もできないのだ。

窮《きゅう》すれば通じるで、幸い台所のわきに二坪ほどの物置小屋がある。真ん中を板で仕切って、一方のほうは台所の物が入れてあり、一方のほうはがらくたが入れてある。そのがらくたが入れてあるほうは、このごろほとんど使ってはいないが、たしか古い長持が一棹《ひとさお》あったはずだ。あれなら人間一人楽に入って寝ていられそうだと思ったので、ためしにそっちの物置へ入ってみた。

貧乏するとがらくたもあまりなくなるとみえて、がらんとした床張りの正面に、その古びた傷だらけの長持がでんと幅をきかせている。中は空のはずだが、念のためにその蝶番《ちょうつがい》のこわれた長持の蓋《ふた》をあけてみて、はてなと慶三郎は思った。薄暗い長持の底のほうに、なにかふろしき包みを結《ゆ》わえつけた脇差《わきざし》のようなものが目についたのだ。思わず手に取って抜いてみると、相当な業物《わざもの》で、しかもなまなましい血曇りがはっきりと目につく。こしらえも決して安物ではない。

——一体、だれがこんなものをここへかくしておいたんだろう。

慶三郎にはまったく見おぼえのない脇差だ。刀身は一尺八寸ほどだろうか、刃こぼれは一つもない。

こんどはいそいでふろしき包みのほうを解いてみてどきりとした。真っ先に目についたのは黒羽二重《くろはぶたえ》の宗十郎頭巾で、それとおなじ黒羽二重で上から羽織るだけでそれと見えるようにこしらえた黒装束《くろしょうぞく》、黒小倉の袴《はかま》などがひとまとめにして入っている。その宗十郎頭巾にも、黒装束のほうにも、なんとなく胸にしみこむような甘い体臭が残っているようだ。鼻を近づけてみると、その体臭にどうやらはっきりとおぼえがある。

――お菊のにおいだ。

一昨日の夜、むせるようにむさぼりつくしているなつかしい肌のにおいなのだから、間違えるはずはない。

お縫にも娘らしい甘い体臭はあるが、菊枝のはそれが普通よりずっと濃厚で、肩をならべて歩いていても男心をそそるようににおってくるのを、慶三郎はいつも感じていたのだ。

――お菊が宗十郎頭巾。

まさかと否定しながらも、慶三郎は愕然《がくぜん》として、一瞬、足もとから大地がくずれていくような気がした。次の瞬間、慶三郎は手早くふろしき包みをもとのようになおし、脇差をそえて、そっと長持の中へもどしていた。人目を恐れるように物置を出ると、白々しいまでに明るい秋の日がしいんと目にしみてくる。慶三郎はだれにも会わないように、家の裏がわを通って居間へもどってきた。

——そんなことがあり得るだろうか。

なんとかそれを否定してしまおうとあせりながら、別の心はもうすっかりそれを肯定して、皮肉にも次から次へと冷静にその裏づけをいそいでいる。

宗十郎頭巾が菊枝なら、お寅を切りたい理由がちゃんとあるし、その帰りにお縫を助け、当惑して湯島へ送ってくる気持ちになったのも、それよりしようがなかったろうとうなずける。

一昨日は泥丸が隠居所を出て、宇之吉につかまったのを、中間の松吉でも見ていたのだろう。秋葉たちは泥丸を引っぱって隠居所の前を通って湯島へきたのだから、あるいはそこを松吉が見かけて、菊枝に知らせたのかもしれない。いずれにしても、菊枝はあのふろしき包みを持ち出して湯島へいそぎ、秋葉たちが表門から入って玄関前で悪たれている時、台所の通用口からあの物置へ忍びこんで、宗十郎頭巾に早変わりをしたのだ。そして、家の裏がわから庭へまわり、橋本を切って、ふたたび物置へ引きかえし、菊枝になって家へ帰っていったのだ。

その時のふろしき包みと脇差をいまだにそのままにしてあるのは、湯島なら大丈夫だと安心しているからなのだろう。

――菊枝は野村家の因果な血をうけついでいるのかもしれぬ。

半蔵の父半左衛門《はんざえもん》は若いとき相当な道楽者で、盲人の金貸しのめかけといい仲になり、そのめかけのほうが男に夢中になってしまい、野村家へ押しかけ女房に入っていた。そのめかけに逃げられた盲人が半左衛門を恨《うら》んで、ある時やみ討ちをかけたが、あべこべに半左衛門に切られて重傷を負い、その傷がもとで恨み死にをしたといううわさが残っている。

「どっちにどんないい分があるのか、男と女のことというものははたからはうかつにはきめられないものだ」

これも道楽者だった亡父はそういってわらっていたが、亡くなった母は父親同士の間で菊枝を慶三郎の嫁にという話が心やすだてに出た時、

「坊さんやおめくらさんを切ると七代たたるといいますからね」

とお磯にいって心配していたという。

まさかそのたたりだとはいいきれないだろうが、そのめかけはいまの半蔵老人を産むと、産後の肥だちが悪く、まもなく死んでいる。

半左衛門はそれっきり妻と名のつくものは持たなかったそうだが、その子の半蔵老人は三度連れ合いをめとって、三人とも死に別れをしている。菊枝はその三

人目の連れ合いの娘なのだ。つまり、菊枝の血の中には世俗にいうそののろわれた祖父と祖母の血がつたわっているのだ。

——おれはそんなことは信じたくない。

侍というものは、そういう妖言迷信《ようげんめいしん》にまどわされてはいけないのだとも、慶三郎は教えられている。しかし、菊枝が宗十郎頭巾だとすれば、生まれながらにそういうのろわれた異常な血をうけているのだとしか考えようがない。しかも、宗十郎頭巾は金貸しばかりねらって、すでにお寅を入れて四人まで殺害しているのだ。

——お寅はともかくとして、その前の三人も、やっぱり菊枝が切っているのだろうか。

そう考えると、慶三郎はぞっと背筋が寒くなってくる。が、そういうのろわれた血を恐ろしいとは思っても、ふしぎと、菊枝を憎み、うとましいという気持ちにはなれない。むしろ、菊枝があわれでたまらなくなってくる。

そういえば、菊枝の目は時々、燃えるように光り出す時があった。十七の時ふいにこっちの首を締めた時、慶三郎ははじめてそれを見たような気がする。一昨日の晩、むきになってこっちの胸の中へ体を投げこんできた時も、おさえきれないような激しい目つきになっていた。いや、その前の晩、柳原土手で佐久間との白刃《しらは》の間へ飛びこんだ時もそんな目になっていたようだ。

——感情が激してくると、のろわれた血が騒ぎ出すのかもしれない。

それはそれでしようがないとして、一体これから菊枝はどうなるのだ。おれは菊枝をどうしてやればいいのだ。

慶三郎はじっとりとわきの下へ冷や汗を感じてきた。

菊枝は自分の異常な血を知っているのだ。だから、思いきって湯島へ逃げてこられなかったのだ。いつかはその血のために死ななければならない命だと知っているに違いない。いっしょに逃げるのなら上方へ行きたいといっていたのも、親兄弟の迷惑のかからないように、人知れず他国の土になりたいという心根から出ているのだろう。

——殺してはならぬ。

ふっと慶三郎はそう思った。いっしょにつれて、ともかくも早く上方へ立つことだ。事実が世間へ漏れてしまってからでは取りかえしがつかない。後のことはまた後で考えようがある。

そう決心がつくと、慶三郎はもうぐずぐずはしていられなかった。

十

慶三郎が昨日泥丸をつれて湯島を出たのは昼少し前だった。

「お縫さん、これをあずけておこう。わしの留守中はなるべくお磯のそばを離れないようにするんだ。だれか玄関へきたとわかったら、すぐここの押入へかくれているがいい」

出がけに慶三郎はお縫を居間へ呼んで、五両の紙包みをわたしておいた。

「あたくし、きっとそうしますけれど、早く帰ってきてくださらなくては――」

お縫はすなおに納得しながら、胸の中ではもうすっかりここの嫁になりきっているような落ち着いた顔をしていた。

「それはすぐ帰ってくるさ。おれはこの貧乏屋敷よりほかにどこへも帰るところはないんだ」

「貧乏などなんでもございませんわ」

お縫は明るく目でわらってみせる。

これが最後になるかもしれないと思うと、急にいじらしいという感傷が胸にわいてきて、とうとう二度目の口を口へかさねてやらずにはいられなかった。

お縫はそれだけで満足しているようなまだ純情な生娘《きむすめ》だった。

そのお縫をたのんでおくのは八丁堀の伊賀のほかにはないのだが、今日はなんとなく伊賀に会いたくない。菊枝のことが頭の中にこびりついていて、その菊枝に会うまではどうにも胸が落ち着かないのだ。

慶三郎は途中から泥丸を番所へ走らせ、昨夜のお縫のことを耳に入れておくようにといいつけ、自分は舟七の二階へ行って待っていることにした。

菊枝をここへ呼ぶとすれば、なるべく日が暮れてからのほうが人目に立たなくていい。それに、菊枝に会ったたらどんな風に真相を引き出していったものか、それも十分考えておく必要がある。相手の感情をなるべく激動させないように気をつけなければならないのだ。

泥丸は八ツ（二時）すぎごろ、意外にも伊賀といっしょに舟七へ入ってきた。

「慶だんな、一足おそかったぞ」

伊賀は座につくなり、不服そうにいって苦わらいをした。

「なにがおそかったんだね」

「矢ノ倉のことはゆうべのうちに知らせてもらいたかったな。今そっちへまわってきたところだが、佐久間の家はすっかり戸じまりがしてあって、佐久間も、その女というのも、ゆうべのうちか、今朝早くか、どこかへ消えてしまっている」

「なるほど――」

「お縫さんの口から事情がわかれば、佐久間だって自分の身があぶないとすぐに感づく。当分屋敷へは帰らないだろうよ」

「駿河台のほうか、それとも湯島のほうを張りこんでみたらどうだろう」

「むしろ、慶さんの跡をつけていたほうが早いかもしれない。あいつは執念深いし、これで恨みが二つ重なったことになるからな」

「そういえばそうだな。風間のほうはどうなんだね」

「どう考えてもあれがいちばん下手人くさいんだが、奥方がなんとしても口を割ろうとしないんだ」

「うっかり口を割ると命がないとおどされているんじゃないか」

「それもあるだろうが、風間は現場で奥方を手ごめにしているんじゃないかと思う」

「利兵衛を絞め殺したその場でか」

「風間という男は平気でそのくらいのことはできるやつなんだ。あわやというところへ助けに出ていったんだろうから、風間はあの色女房のあられもない姿を見ている。そんな時というものは、男はかえって異常な興奮をするものなんだ」

「女のほうはどうなんだろう」

うっかりそれが口に出て、慶三郎はひやりとした。

「それは女にもよるだろうが、女はその時より後での印象のほうが強いんじゃないかな」

伊賀はあっさりうけ流してから、

「これで、昨日の晩の宗十郎頭巾は、一人は風間、一人は佐久間とわかったが、湯島へあらわれた宗十郎頭巾だけがまだわからない。しかも、そっちが金貸し殺しの本物の宗十郎頭巾ということになるんだ。どうだ、慶さん、見当がつかないか」

と、職業柄きらっと目を光らせる。

「わしにはどうも見当がつかないな」

「お縫さんはその宗十郎頭巾に湯島まで送られているんだ。よく考えてもらったら、なにか思い出すことがあるんじゃないかな」

「なるほど——」

慶三郎はまたしてもひやりとさせられる。突っこんで聞いていけば、お縫もまたあの濃厚な宗十郎頭巾の体臭ぐらいははっきりおぼえているかもしれないからだ。

「ああ、そうだ。もう一つだけ慶だんなに注意しておこう。これはわしの想像なんだが、佐久間がお縫さんに手を出さなかったのは、それだけのっぽのほうに強い関心があるからだと見ていい。佐久間のような脂ぎった変人は、楚々《そそ》としたお縫さんのような生娘より、のっぽさんのような濃厚な肌の娘に煩悩を引きつけられるんじゃないかと思う。だんなへの仕返しのためにも、佐久間はお菊さんをねらうかもしれないんだ。一度当人によく注意しておいてやったほうがいいんじゃないかね」

これは伊賀の他意のない親切から出た言葉のようだ。

「ありがとう。そうしよう」

慶三郎が心から礼をいうと、伊賀はそれで満足したように、いそがしそうに帰っていった。

――たしかに佐久間は油断できないな。

それに、自分が八丁堀からねらわれ出したことをすでに感づいているだろうから、破れかぶれになってなにをやり出すかわからないおそれさえある。いちばん安全策はやっぱり一日も早く菊枝を道中へつれ出すことだと、慶三郎の腹はいよいよそれにきまってきた。

昨夜その菊枝が泥丸の迎えをうけていっしょに舟七の店へ入ってきたのは、ちょうど灯ともしごろだった。

菊枝はいつものふだん着のままだが、こんな船宿の二階へくるのははじめてらしく、それに慶三郎とのあいびきという興奮もあるのだろう、紅を刷《は》いたような顔をして二階へあがってきた。

「やあ、よくすぐ家が出られたねえ。実はどうかなと思って心配していたんだ」

気軽にいって座布団をすすめると、

「あたしいやっ。こんなところ恥ずかしい」

と、菊枝は座りながらうらめしそうにこっちの目を見すえてくる。

「すまなかったな。まさかこっちから隠居所へ乗りこんでいくわけにはいかないし、ここならおれのよく知っている家で、わがままがきく。気を楽にしてもらっていいんだ」

「あたしだって、おかじなら知っていますのよ」

「御隠居は家にいたのか」

「いたわ」

「じゃ。黙って出てきたことになるんだね」

「ことわれば、いけないっていわれるかもしれないでしょ」

「おれはよくよく御隠居にきらわれてしまったんだな」

慶三郎はつい苦わらいが出てくる。

「おなかの中ではそれほどでもないのよ。ぜひ話したいことって、なんのこと」

菊枝はもういつもの落ち着いた顔にかえってきていた。

「ぜひ話したいこともあるんだが、それより顔が見たくて、我慢できなくなってきたんだ」

「ばかばっかし」

「お菊さんのほうはそれほどでもなさそうだなあ」

「ふ、ふ、そんな思わせぶり、あたしきらい。会いたくなければ、こんな恥ずかしいおもいをしてまで出てきはしませんのよ」

熱ぼったい目をかくそうともせず、菊枝はわらってみせながら、激しい情熱が肌に熟れてきたのだろう、例の濃厚な甘い体臭がむらむらっと男心に迫ってくる。

十一

「お菊――」

慶三郎は菊枝の熱ぼったい目に吸いよせられるようにひざをすすめて、いきなりそのむっちりした肩を思いきり胸の中へ抱きよせていた。こっちの生一本な愛情をまずあからさまに焼きつけておいてからのほうが裸で話しあえる、そんな計算がこっちにはあったのだ。

「ねえ、だれかくると恥ずかしいわ」

菊枝は一瞬そんなことを気にしながら、しかしそういう男の愛撫《あいぶ》は承知の上でここへきているのだから、口で口をおさえつけられてしまうと、すなおに目をつむって、そのまま男のするなりになっていた。

それでも、さすがにひざを割られて派手なすそ前があらわにされると、菊枝は羞恥《しゅうち》に体中をかたくしながら、いそいでたもとで顔をかくしていた。

――この肌の下に、のろわれた血が流れているんだ。

慶三郎はその白々とした若さにあふれている素肌を目にしたとたん、ちらっとそんな悲しい想念におそわれ、いや、おれの愛情で菊枝の血を救ってやるんだと、たちまち激しい興奮にまきこまれてきた。

「お菊――」

慶三郎が無造作に顔のたもとをおしのけ、右手をうなじにからんで力いっぱい胸をあわせていくと、

「慶さん」

あえぐように口走りながら、菊枝のほおは紅潮して火のように燃えていた。

それはなんの技巧も必要としない、ただ堰《せき》を切ったような魂と魂との抱擁《ほうよう》だったが、それだけに男の強烈な情熱はそのまま波うつように女体《にょたい》につたわっていったらしく、菊枝はそれを全身でうけとめて、しだいに濃厚な反応をあらわしながら、身もだえして陶酔から歓喜へと駆り立てられていったようだ。

この表二階の窓の下は久右衛門町河岸の往来で、まだ宵《よい》の口だから、往来にも川筋にも色街のざわめきが絶えない。

「いやだわ、慶さんは。こんなところで恥ずかしい、あたし」

それが終わっていそいで起きなおった菊枝は、やっとそのざわめきが耳によみがえってきたか、こっちをにらみながら小娘のように肩をすくめていた。

そのなんの邪心もないような甘い娘のあけっ放しな姿を見せつけられて、慶三郎はふっと気持ちが変わってきた。ここでむごい真相にふれていくのは罪のような気がしたのだ。実際問題としては、菊枝を早く江戸からつれ出してしまえばいいのである。

「お菊、おまえおれといつでも駆け落ちをすると約束したね」

「いやだなあ、そんな怖い顔なんかして」

「いや、おれはまじめなんだ。いっしょに上方へ行ってくれ」

「上方へ行くの」

菊枝はこっちの顔を見なおしながら、まだ本当にできないようなとろんとした目をして、それでもしどけないひざ前をなおしながら座りなおっていた。

「おれはもうお菊と別々にいたくないんだ。心中してもいいと思っている」

「本気なの、慶さん」

「本気だから、今夜ここへ呼び出したんだ。おまえ、おれの愛情は信じているんだろうな」

「いやな人——。そんなことわかっているくせに。でも、どうして急に駆け落ちなんかする気になったのかしら」

菊枝は不審そうにまじまじとこっちの顔をながめている。その目に少しも暗いかげは感じられないのだ。

「実はな、おまえ泥丸からゆうべの佐久間のことは聞いたろう」

「聞いたわ。お縫さんをさらっていったのは佐久間なんですってね」

「うむ。おれは今日、伊賀に忠告されたんだ。佐久間はおれに二度まで裏をかかれている上に、悪事がばれたんで、もう破れかぶれになっているかもしれない。その仕返しにこんどはお菊をさらう気になるかもしれないから、油断するなっていうんだ」

「あたし、佐久間なんか怖くないわよ。さらわれるだなんて、子供じゃあるまいし」

菊枝は頭からばからしいといいたげに、目でわらってみせる。

「しかしなあ、ああいう執念深い男は、どんな気ちがいじみたまねをするかわからないんだ。現に、お縫さんを駿河台の奥方に売りこもうとして、用人の平田を切っているくらいなんだからね。だから、おれはおまえと離れているのが急に心配になり出したんだ。間違いがあってからでは間にあわない。といって、江戸にいたんじゃいっしょになれそうもないんで、いっそ上方へでもおまえを連れ出して、しばらく江戸を離れてみようと思いついたんだ。おまえおれと江戸を離れるのはいやか」

「お縫さんはどうするの、慶さん」

「それは伊賀にたのんでいくつもりなんだ」

「まさか、慶さんは佐久間が――」

ふっとそこで言葉を切って、菊枝は口をつぐんでしまう。真剣な目の色になっている。

「佐久間を切れっていうのか、お菊」

佐久間を恐れて江戸を離れるのだと思われるのはやっぱり心外である。

「違うのよ。あんな人、相手にしてはいや」

「いや、こっちが相手にしなくても、向こうから出てくるかもしれない。よし、おれは佐久間を切ってから江戸を立つ、お菊はおれといっしょに上方へ行くんだ」

それでは話のつじつまがあわなくなるとは思ったが、慶三郎はつい意地にならずにはいられなかった。

「怒ったの、慶さん」

それでこの間はけんか別れをしているのだから、菊枝は急に悲しそうな目にな

って、

「いやよいやよ、怒ってはいや。あたし慶さんとどこへでも慶さんの好きなところへ行く」

と、体ごとひざへすがりついてきた。

「きっとだな、お菊」

「きっとよ。あたしはもう慶さんのものなんだもの」

「そのかわり、おれは一生決しておまえを困らせるようなまねはしない」

しかし、佐久間とだけはどうしてももう一度雌雄《しゆう》を決していきたいと慶三郎は思った。

「いつ江戸を立つ気なの」

「おれは今夜このまま立ってもいいと考えていたんだが、それじゃあんまり急すぎて、おまえ困るだろうな」

「あら、慶さんはそんな気でいたの。ずいぶんせっかちなのね。お金の用意もしなくちゃならないし、女だから着替えの一枚や二枚は持っていきたいのよ。今夜じゃ困るわ」

「じゃ。明日の暮れ六ツに昌平橋で落ちあうことにしよう。それならいいだろう」

「そうね、どうせ親不孝をするんだから、あたしほかのことはもうなんにも考えないことにします。慶さんのことだけ考えて、慶さんのいうとおりになっていればいいんだもの」

菊枝はそんないじらしいことをいいながら、男のひざをつかんで、しみじみとこっちの顔を見あげていた。

そう話がきまれば、今夜はなるべく早く帰ったほうがいいのである。その帰り道でも、一度覚悟のついた菊枝はひどくあきらめよく、愚痴めいたことは一言も口にせず、道中のことを聞いたり、やがては持つ所帯のたのしい夢物語を持ち出してみたりして、くよくよしたようなところはどこにもなかった。

むしろ慶三郎のほうが、そのあまりにも屈託のない明るい菊枝の顔つきに、この娘の血の中にのろわれた因果が流れていると考えたのは、ひょっとするとこっちの思いすごしではなかったかと、そんな不安を感じたくらいなのである。

そういう菊枝を妻恋坂の隠居所の門の前まで送っていって、

「おやじさまに悟られないようにするんだぜ」

「大丈夫ですのよ」

といいあって別れたのは、昨夜の五ツ（八時）ごろだった。

――その菊枝がおれを裏切る、そんなはずはないんだがなあ。

慶三郎はそうは思うのだが、いま野村老人から迎えの使いをうけたとなると、菊枝の話以外に思いあたることはないし、菊枝の話だとすれば、今夜の駆け落ちの件がばれたと考えるしか考えようがない。

しかし、いずれにしてもこんどのことは菊枝のためにこっちが犠牲になってやろうという善意から出ているのだから、慶三郎としてはいまさらなにも悪びれる必要はないのだ。

「よし、しかられるだけしかられてみよう」

慶三郎はそう腹がきまったので、手早く身支度をして玄関へ出てきてみた。

十二

「乳母、ちょいと妻恋坂へ出かけてくる」

お磯の部屋の前を通りがけにそう声をかけると、

「お使いがまいったそうですね。お珍しい、どんな御用なんでしょう」

お縫を相手にいつもの内職の針仕事をひろげていた乳母は、ちらっと不安そうな顔をしていた。

「なあに。そう大したことじゃあるまい。お縫さんのことをたのむよ」

「かしこまりました」

「慶三郎さま、あたくしは大丈夫でございますのよ」

お縫は明るい顔をして、もういっぱしかせぎ人のように、針を放そうともしない。

――まるで酒屋の段のお園だの。

伊賀は昨日、楚々《そそ》としたお縫と形容していたが、菊枝とはまったく違う女の強さを持っているようなお縫なのである。

玄関には松吉が泥丸と話しこみながら待っていた。

「待たせたな、松吉」

「お早うございます、直江さま」

「泥、今日は屋敷の用心棒だぞ。いいだろうな」

泥丸にそう念を押しておくと、

「へい、あっしは日本一強い用心棒でござんすからね」

と、泥丸は照れて頭をかいた。

「直江さま、五郎吉《ごろきち》さんはまだこの間の傷がなおらないんですってね」

くぐりから表へ出ると、松吉は小声でいいながらまゆをひそめている。

「うむ、顔のあざが消えないんで、恥ずかしがって引っこんだきりなんだ」

「泥さんの話だと、いまだに悔しがって時々泣いているっていいますよ。相手はけんかなれたやくざ二人なんだから、負けたってしようがありません」

松吉は同情するようにいう。

「あれは負けずぎらいだからな」

その負けずぎらいより、あの晩お縫をさらわれたことにひどく責任を感じている五郎吉なのである。

「それはそうと、御隠居はだいぶきげんが悪いようか、松吉」

慶三郎はわらいながら聞いてみた。

「へい、御隠居さんはとても心配そうなんです」

「心配――！」

「お嬢さんはゆうべ直江さまにお目にかかったんでしょうね」

「それは会っている」

「いま湯島においでになるんですか」

「御隠居さんからは口どめされているんですが、お嬢さまはゆうべ泥さんと出ていったきりお帰りにならないんです」

「なにっ」

「それは本当か、松吉」

慶三郎は愕然《がくぜん》とした。

「じゃ、やっぱり湯島じゃないんですね」

若い松吉はおろおろ声になってくる。

「おまえはお菊が、――菊枝さんが湯島にいると思って出てきたのか」

「へい、それなら安心だと思って、いいえ、御隠居さんもてっきりそうだと思っているようなんです」

「それはおかしい。おれはゆうべ五ツ（八時）ごろお菊を送っていって、ちゃんとくぐりから家へ入るのをこの目で見とどけているんだ。間違いはない」

慶三郎はじっとりとわきの下に冷や汗を感じてくる。菊枝がそれからもう一度隠居所を忍び出たとすると、今ごろ無事ではすんでいない、そんな不吉な予感がしてくるからだ。

「それは、だんなさま、たしかに五ツごろのことなんですね」

「うむ、五ツを少しはまわっていたかもしれない」

「じゃ、やっぱり手前の空耳じゃなかったんです。たしかに、その時分、手前はくぐりのあいたような音を耳にしたんで、玄関の格子《こうし》があいたら出てみようと待っていたんですが、いつまでたっても格子があかないんで、おかしいなと思い、そっと出てみたんです。けれど、そこにはだれもいませんでした」

すると、一度門の中へ入った菊枝は、こっちの足音が去っていくのを待って、ふたたびくぐりから忍び出たことになりそうだ。

「松吉、御隠居は菊枝さんがおれに会いに出たことは知っていたのか」

「それは手前が話したんです。いま菊枝が出ていったようだが、どこへ出かけたんだって御隠居さんが聞きますんで、わしうそはいえないほうなんで、直江さまからお使いがきて、そこまでお出かけになりましたって、正直にいってしまったです」

「怒ったろう、御隠居は――」

「いいえ。なにもいわなかったです。だから、御隠居さんはてっきり菊枝さまは湯島だと思っているようなんです」

「無論、湯島じゃない。おまえほかにどこか心あたりはないのか、菊枝さんが泊まれるようなところは」

「泊まれば神保町《じんぼうちょう》なんですが、神保町にはいませんでした」

「行って見てきているんだな」

「へい」

「菊枝さんはこれまでに夜時々黙って出かけるようなことはあるのか」

「そんなことはないです」

松吉はきっぱりといいきってから、

「この春、一度だけ湯島へ行ったことがあるんでしょう」

と、遠慮そうに聞く。

「おれの屋敷へか」

「へい」

「それはいつごろのことだ」

「日ははっきりおぼえていないですが、もう葉桜の時分で、そうそう、矢ノ倉の佐久間さまが奥へ碁《ご》を打ちにきていた夜です」

「菊枝さんがおれに会ってきたとたしかにいったんだね」

「お出かけになったのは気がつかなかったですが、奥はまた夜明かしになりそうだと思ったんで、手前がくぐりのしまりに出ていきますと、あれはもう四ツ（十時）すぎだったと思いますが、お嬢さんがひょっこり表から入ってきて、あんまりいいお月夜だから湯島まで行ってきたのよといっていたです」

「ふうむ」

こっちにはそんなおぼえは全然ない。

「菊枝さまは、許婚《いいなずけ》のだんなさまのところへ行ってきたんだからかまやしないけれど、だれにもいってはいけないとその時いわれたです。だから、わし、だれにもいわなかったですが、お嬢さんは時々湯島へ行っていたんじゃないんですか」

「正直にいうと、お菊はもうおれの女房になっているんだ」

慶三郎はそうでもいっておくよりしようがなかった。

が、それが事実だとすると、あの物置の長持の中の脇差《わきざし》と黒装束《くろしょうぞく》はこの間の時にかくしたものではなく、菊枝は前からあの物置を宗十郎頭巾の楽屋に使っていたようにも考えられてくる。

「直江さまはお嬢さんが時々お乳母さまにお金をとどけていたのを知っていますか」

「なにっ」

「やっぱり、お乳母さんはいわなかったんですね。もっとも、お嬢さんはかたく口どめしていたんです。慶三郎さんには男の意地があるから、そんなことがわかるとあたしは許婚をやめられてしまうかもしれないといいましてね。そのくらいだから、わし、お嬢さんが時々湯島へ忍んでいきたくなるのはあたりまえだと思っていたです」

これはまったく初耳だった。が、そういえば泥丸もこの間、だんなはなんにも知らないんだと、思わせぶりなことをちらっと口にしていた。泥丸がそれを知っているとすると、五郎吉も仁右衛門《にえもん》も知っているのかもしれない。

「その金のことは御隠居も知っているのかね」

慶三郎は顔から火の出るように気恥ずかしい思いである。

「そんなこと、だれも知らないです。その使いをするわしと五郎吉さんが知っているだけなんです」

松吉はそう正直にいってから、

「ねえ、直江さま、本当にお嬢さんはどこへ行ってしまったんでしょうね。泊まったことなど一度だってない人だし、湯島にいないとすると、わし心配でたまらないです」

と、いまにも泣き出しそうな顔になってきた。

「わしにもわからん」

慶三郎は我にもなく怒ったような声になりながら、その実しっかりと菊枝のおもかげを胸に抱きしめながら、いいようのない不安とさびしさを全身に感じてきた。

――お菊、おまえはどこにいるんだ。

いまにも大声で叫び出したくなってくる。

三組町通りを夢中で歩いて、隠居所の門の松の木がもうそこに見え出してきたあたりである。

野菊一輪

一

「慶三郎《けいざぶろう》、菊枝はいまどこにいるのだ」

客間で待ちかねていた野村老人は、こっちのあいさつがすむなり、詰問《きつもん》するような鋭い目を向けてきた。

「手前は知らないのです」

そう答えるのが慶三郎にはつらかった。おなじしかられるにしても、湯島にいますと答えるほうがこっちも安心だし、老人もその返事を心待ちにしていたに違いないからである。

「なに、知らぬ――？」

案の定、老人はちらっと当ての違ったような顔をしながら、

「しかし、おまえはゆうべ菊枝を呼び出しているんじゃないのか」

と、疑わしそうにたたみかけてくる。

「申し訳ありません。柳橋の舟七から迎えをよこして、たしかに菊枝さんと会ってはいます。しかし、五ツ（八時）ごろ自分でここまで送ってきて、菊枝さんがくぐりから入るのを見とどけてから別れているんです」

「本当なんだろうな。それは」

「本当です。わしは今日、小父上《おじうえ》に手討ちにされてもいい覚悟できているんですから、うそはいいません」

こっちが大まじめできっぱりと出ると、

「だれも手討ちにするなどとはいってはおらん」

老人はまじまじとこっちの顔を見すえながら、その目に沈痛な色がかくしきれなくなってきたようだ。

人には絶対に弱みを見せたがらない老人のこんな顔を見るのは、やっぱりやりきれない気持ちだった。

「なんの用でゆうべ菊枝を呼び出したんだ」

「相談したいことがあったんです」

「家ではできない相談なのか」

「実は、二人でしばらく上方見物をしてこないかと、わしのほうから誘ったんです」

「上方見物――？」菊枝は承知したのか」

「しました。今夜暮れ六ツに、昌平橋《しょうへいばし》で落ちあうことになっていました」

「つまり、駆け落ちをするつもりだったのか」

「申し訳ありません」

「なんでそんなまねをする気になったのだ」

老人は怒りをかみ殺している。頭から怒りきれないものがあるからに違いない。

「矢《や》ノ倉《くら》の佐久間唯介《ただすけ》が菊枝さんをねらっているとわかったんで、わしは佐久間を切る気だったんです。佐久間を切れば江戸にいられなくなるんで、菊枝さんにいっしょに上方へ行ってくれといったんです。すると、菊枝さんは、いっしょに上方へ行くから佐久間を切るのはやめてくれというんで、とにかく今夜暮れ六ツ（六時）に落ちあうことだけを約束して、ゆうべは別れたんです」

こっちの口から真相はいいにくい。慶三郎は老人の口裏からなんとかそれをさぐり出したかったのだ。

「菊枝からじかに聞いたわけではないが、おまえこの間の夜、柳原土手で佐久間と果たし合いをやったそうだな。本当なのか」

「本当です。佐久間はわしに菊枝から手を引けというんで、そんなばかな話があるかといってやると、それなら刀で勝負をつけようと、佐久間のほうから挑戦されたんです。その時は菊枝さんが双方の刀の中へ飛びこんできたんで、勝負は他日にゆずることにしたんです」

「佐久間は一度わしに菊枝を嫁にくれといったことがある。人柄からいっても佐久間は欠点が多すぎるんで、無論わしは菊枝にその気がないからといって相手にしなかった。あの時、もっとはっきりことわっておくべきだったかもしれぬ」

「あの男はうぬぼれの強い変質者なんです。菊枝さんが面と向かってはっきりことわっても、いや、そんなはずはない、直江《なおえ》さえいなければ菊枝さんはおれのものになると平気でいいかえせる男なんです。だから、わしは、ひょっとすると菊枝さんは佐久間になにか弱みをつかまれているんじゃないかと疑いたくなったことがあるくらいです」

老人は苦い顔をしながら目を伏せていたが、ふっと気を変えるように、

「慶三郎、菊枝は時々湯島へ行っていたのか」

と、あらためて聞いた。

その声音《こわね》の中には、それは黙認していたのだという感情がこもっているようだ。慶三郎はどきりとしながら、どうにも老人をがっかりさせるような返事は口にしづらい。

「わしはどうしても菊枝に湯島へきてもらうつもりでした。菊枝さんもその気でいたんです。ですから、どうせ親不孝になるんだから、もうなんにも考えないといって、菊枝さんは今夜の駆け落ちを承知したんです」

「その菊枝が、ゆうべおまえと別れてから一体どこへ行ったのだ」

駆け落ちの親不孝をなじるより、今の老人は娘の行方のほうが心配でたまらないようだ。それは慶三郎もおなじことである。菊枝が自分を裏切ったなどとはどうしても考えられない。

「菊枝さんはわしと別れてからまた急に湯島へ行ってみる気になったのかもしれません。その途中で、なにか間違いがおこったんです」

ことによると、物置の中の長持のことを思い出して、それを始末しておこうと考えたかもしれないのだ。

「間違いというと――」

「佐久間につかまったのです」

そう断言しながら、慶三郎はそれ以外にないと考え、激しい怒りと絶望が同時に胸を締めつけてきた。

「すると。菊枝は矢ノ倉だというのか」

「そうです。わしはこれからすぐ矢ノ倉へ行って見てきます」

「待て――。菊枝は子供じゃない。たとえ佐久間につかまったにせよ、そんな危ない矢ノ倉へなどおとなしくついていくはずはないと思うが」

老人はそれを信じたくないような顔色だ。

「いや、佐久間には菊枝さんを脅迫して有無をいわせない手段だってあります。それに、いちばん悪いのは、菊枝さんに佐久間などに負けないという自負があることです。普通の娘と違って、度胸がありすぎるんです」

「慶三郎、もし菊枝が矢ノ倉にいたら、おまえはどうする」

娘が矢ノ倉で一夜を明かせばただではすんでいない。老人はその時のこっちの腹を聞いておきたかったのだろうが、こっちにはそれ以上の心配があるのだ。

「菊枝はもうわしの妻になっているんです。生きてさえいてくれれば、無論つれて帰ります」

「なにっ」

老人はあきらかにどきりとした様子で、

「そうか、そういうことがないとはいえないな」

と、暗い目つきになってくる。

「ゆうべ思いきって江戸を立ってしまえばよかったんです。なまじわしが菊枝の立場に同情したのが間違いでした」

「しかし、まだ死んでいるとばかりはかぎるまい。とにかく、矢ノ倉へいそいでみてくれ」

「承知しました」

「生きていてもいなくても、一度はここへ知らせにきてくれるだろうな」

「そうします」

慶三郎はそそくさと座を立ったが、どう考えても奇跡があり得るとは思えないだけに、胸も足も重い。

時刻はやがて四ツ半（十一時）に近いころだった。

そのころ――。

風間《かざま》源吉《げんきち》は、今日は小栗家《おぐりけ》の用人という資格で、羽織袴《はおりはかま》をつけ、奥方お三重《みえ》の方の駕籠《かご》につきそって湯島の直江家へ押しかけていた。

駿河台《するがだい》の屋敷を出る時、今日も主人の主水《もんど》は風間に会うのを逃げていたが、三重の話では、

「もう利兵衛《りへえ》は死んでしまっているのだし、そうまでしてお縫《ぬい》を取りもどすには及ぶまい」

といって苦い顔をしたそうである。

「ですから、あたくし、利兵衛は死んでもお縫を倉田屋へわたさなくてはお金のほうをかえさなくてはなりませんとやりかえすと、主水は、おれの役付きはこんどの事件で難しくなってきた、だから金のほうをかえしてもいいと、そんな心にもないことをいい出すんです」

「しかし、その金のほうは手がついてしまっているんだろう」

「そうなんですのよ。ですから、金をかえそうというのは口先だけのことで、その実、やきもちをやいているんです。風間という男はだいぶ当家のことに力を入れてくれるようだが、それを土産にして平田のかわりに用人にでも入りこみたい腹があるのかと、そのほうが気になるらしいの」

三重はそんなことを打ちあけながら、くすりとわらってみせるのだ。

「すると、おれとの仲をもう疑っているわけか」

「自分にひけめがあるから、やたらに人を疑いたくなるんですわ」

「それじゃいくらこっちが働いても、平田の後がまに入りこむというのはちょいと難しそうだな」

「かまやあしませんわ。それが難しければ、あたくしのほうから屋敷を出るだけですもの」

「あんたにそんな勇気があるかね」

「ありますわ。あたくしの体はすっかりどなたかの魔術にかけられて、自分でもどうすることもできなくなっていますの」

三重は燃えあがってくる淫蕩《いんとう》な目をかくそうともしなかった。そして、三重の考えは、お縫を取りもどして倉田屋へ送りこみ、そのかわり借財のほうを棒引きにさせ、それをせめてもの置き土産にして小栗家を出ようというのである。

「よかろう。それじゃとにかく湯島へ乗りこんでみよう」

そう相談がきまって駿河台の屋敷を出てきたので、今日の供は中間《ちゆうげん》一人に浜村幸三郎《こうざぶろう》と風間の三人だった。

二

湯島の直江家では、いきなり駿河台の奥方の駕籠《かご》を表玄関に横づけにされて、かなりまごついたようである。

まさか玄関から追いかえすという作法はないので、三重は一応表書院へ通されることになった。三重についていったのは風間である。

掃除はよく行きとどいているが、評判にたがわぬめぼしいものはなんにもないがらんとした貧乏屋敷で、それでも床の間の安物の一輪ざしに野菊が一本無造作に投げこまれているのが、なんにもない殺風景な座敷だけに、かえって三重の目をひいたようだ。

「これはこれはようこそお越しくだされました。手前は当家の用人中林仁右衛門《にえもん》にござります。あいにく主人直江慶三郎儀、他行中でございますので、御用のおもむき手前代わってうけたまわりおきましてござります」

年の功だけに、老用人仁右衛門のあいさつはさすがに落ち着いていた。

「直江さまはお留守なのでございますか」

三重はまず疑わしそうに目をみはってみせる。

「はい、夕景にはもどると申しておりました」

「それはあいにくでございましたが、いいえ、用は御用人でも足りることでございますから」

こんどは気軽にうけ流してから、

「あたくしはさきほど申しあげましたとおり、駿河台の小栗主水の家内三重と申す者でございます」

と、あらためてもう一度名乗りをあげる。

「手前は小栗家の用人風間源吉、お見知りおき願います」

掛け合いがもつれるようならにらみをきかせなければならないから、風間もまず丁重《ていちょう》にあいさつをしておく。

「ごていねいなごあいさつで恐れ入ります」

「さっそくですが、御用人どの、御当家に小栗の妹お縫がお世話になっているそうでございますね」

三重は単刀直入に切り出していった。

「お縫さまといわれるのですか。手前どもでは一向に存じあげぬことですが」

さすがに老人はけげんそうな顔をして、冷静そのもののような返事である。

「いいえ、そうおっしゃるのは無理もございませんが、こちらは決してお世話になっていますことをとやかく申しにまいったのではございませんの。本当にお手数をかけましたことをありがたく存じていますので、さるお方からお縫はこちらさまにごやっかいになっているとわざわざお知らせがございましたので、あたくしが主人にかわりまして迎えにまいりましたの。どうぞお引きわたしくださいますよう、お願いいたします」

三重は表面おだやかにぬけぬけと持ちかけていく。

「さあ、ごらんのとおり当家は貧乏屋敷にて、とても人さまのお世話などできるゆとりはございません。それはなにかのお間違いではないでしょうかなあ」

「いいえ。間違いではございませんの。どうぞおかくしにならずに、お縫をここへ呼んでくださいませ」

「困りましたなあ。当家にそのようなお方は本当にいませんのです」

「あたくしは御用人どのがうそをいっているとは考えたくございません。あるいはお縫は名前をかえているのかもしれませんが、たしかに御当家にいることだけはたしかめてまいりました」

三重はひどく自信ありげだ。

「なにかそんな証拠でもございますかな」

老用人はあくまでも白《しら》をきろうとする。

「それはございますわ。その床の間の野菊の投げ入れは、あたくしがお縫に教えた作法なのでございます」

あっと風間は床の間のほうを見なおした。なるほど、無造作に投げ入れたような野菊一輪だが、そこにただならぬ風雅な姿があるようだ。

「この投げ入れがなあ」

老用人も唖然《あぜん》として、いまさらのように床の間をながめている。

「直江さまのお留守に出てかような無理を申しあげるのもどうかとは存じますが、主人主水もたいへん心痛しておりますので、まげてお縫をわたしてくださいませ。直江さまには明日にもあらためてこちらからきっとごあいさつをさしあげて御用人どのの迷惑になるようなことはいたしません」

三重は軽く先手、先手と取っていく。まったくあざやかなものだ。

「この投げ入れの主がお縫さまかそれとも別人か、手前にはわかりかねますが、当家に一人お嬢さんをあずかっていることはいます。しかし、主人から留守に無断で人に会わせることはならんと堅く申しつけられておりますので、手前一存ではなんとも取り計らいかねます。主人が帰宅いたしますまでお待ち願います」

老用人は腹をきめたように、きっぱりと出てきた。

「それでも無理にと申せば、御用人どのはお腹を召されるお覚悟のようでございますね」

これも見事な先手だったようだ。

「主人のいいつけは命にかえて守るのが侍の約束だと覚悟しております」

このおやじは本当にその気でいると風間にもそれがはっきりわかるほど、仁右衛門の顔は冷たく落ち着いていた。

「しかし、御用人どの、直江さまがお帰りになっても、お縫は小栗家の妹なのですから、こちらへ渡さなければならないことはおなじでございますよ」

「強情のようですが、手前一存には計らいかねます」

これ以上責めつけると、苦しまぎれに腹を切る。そうなっては後が面倒なのだ。

――黙って家さがししてしまえばよかった。

お縫さえ手に入れてしまえばこのおやじもあきらめたろうにと、風間は当惑してきた。

「困りましたねえ、源吉」

三重が相談するようにこっちへいう。

「夕方まで待ったのでは、屋敷で心配いたします」

「しかし、御用人に切腹させるわけにはまいりません」

「お縫さまはたしかに御当家にお世話になっているのでございますな」

「それはお世話になっております。あの娘は御用人どのを見殺しにする気なのでございましょうか」

うまい舌刀《ぜっとう》だと風間は感心した。

「それほど心の冷たいお縫さまではないはずですがなあ」

「やむをえません。御用人どのの命を救い、御家来がたの迷惑にならないようにするには、ただ一つの道しかありません」

「といわれますと――」

「そなたはここにしばらく待っていてください。あたくしはお支配頭《しはいがしら》さまのお屋敷へまいって、よく事情を申し上げた上で、なにかお力を借りてまいりましょう」

三重は静かに立ちあがろうとするのである。事が表ざたになれば双方の家名に傷がつくのは明らかだが、これもお縫に聞かせたいずるい舌刀なのだ。

「なるほど、こうなってはそれよりいたし方ございませんな。それでしたら、手前がお支配頭のお屋敷へまいりましょうか」

「いいえ、代人よりもあたくしがまいったほうが話がよくわかると思いますから」

いかにももっともらしいその言葉の終わらないうちに、内廊下のほうの障子がすっとあいた。

「あっ、お縫さま――。いかん」

思わず声をあげたのは仁右衛門である。

「心配しないで。仁右」

お縫は悲しそうにわらってみせながら三重のほうへ両手をついた。

三

両国矢ノ倉の佐久間の屋敷は、案の定、表門のくぐりにしまりがしてあって、あきそうもない。慶三郎はそこから五、六間《けん》後もどりをして、一昨日の夜お縫が逃げ出してきた路地のほうにある台所口の木戸へまわってみた。

ここはすぐあいた。が、車井戸のそばにある台所口の雨戸はしめきってあって、中からしまりがしてあるようだ。

——はてな。

慶三郎はどきりとした。佐久間が菊枝をここから連れこんで、用心のためにしまりをしたものか、それともここへは昨夜帰っていないとすると、まったく当てがなくなってしまうことになる。

しかし、ここへ連れこまれているとすればおそらく菊枝は生きてはいないだろうから、さがす当てはなくなってもここへ帰っていてくれないほうがまだ希望が持てるのだ。

——生きていてくれ、お菊。

慶三郎はそんなはかない希望にすがりながら、ともかくも家の北がわの狭い空き地をぬけて表玄関のほうへまわっていってみた。

やっぱり絶望だった。その玄関の式台の前に、菊枝の下駄と、佐久間のものらしい草履《ぞうり》が並んでぬいであったのである。

ここへくるまでの途中、すでにあらゆる想像を描きつくしてきている慶三郎だったが、二人の履物が目に入ったとたん、それらのいまわしい想像の一つ一つが非常な速さでもう一度慶三郎の脳裏をかすめていった。

式台の前の下駄と草履は、少し離れてはいるが、どっちも行儀よくぬいである。するると、菊枝はおとなしく佐久間についてきて、なんのちゅうちょも抵抗もなくここから座敷へあがったことになる。

ここは昨日一日中だれもいなかったのだから、家の中は暗かったはずだ。行燈《あんどん》に灯《ひ》を入れたのは、無論、佐久間のほうだろうから、その間中、菊枝がすなおに待っていたとすれば、菊枝は納得して佐久間に身をまかせたことになりそうだ。あるいは、佐久間のことだから、やみの中でいきなり菊枝をねじ伏せて、口のきけない体にしておいてから灯を入れたかもしれない。いずれにしても、それだと菊枝はひょっとするとまだ生きているかもしれないのだ。

――もし菊枝が生きていたらどうする。

この下駄のぬぎ方からとっさにそれを想像した慶三郎は、我にもなく激しい嫉妬《しっと》を感じながら、そのまますぐ屋内へ押しこんでいくのがなにか恐ろしくさえなってきた。

が、ちゅうちょしている場合ではないので、自分も菊枝の下駄のわきへきちんと草履をぬいであがり、静かに玄関の雨戸をあけた。家の中はどこも雨戸がしめきってあるらしく、しいんとして薄暗い。

玄関の間から廊下へ出ると、その廊下はまっすぐ西へ延び、そっちが客間になっているようだ。

雨戸の透き間から黄色い日の光が薄闇に縞《しま》を作っている。血のにおいはどこにも感じない。

時刻はすでに昼に近いのだから、常識で考えてもそんなはずはないのに、慶三郎はまだ寝床の中にいる男と女をまぶたに描き、場合によっては二人とも切る、そう腹をきめて奥へ進み、さっと手前の座敷をあけた。

「あっ」

そこは二間つづきの座敷になっていて、間のふすまをあけ放し、向こうの座敷に座っていた佐久間唯介がゆっくりとこっちを振り向いたのだ。

「きたな、直江。もうきそうなものだと思って待っていたんだ」

佐久間は目をきらっと光らせながら幽鬼《ゆうき》のような冷たい微笑をうかべる。

その向こうに菊枝がこっちへ背を向けてくの字なりに寝ている。上から小掻巻《こかいまき》きは着ているが、布団は敷いていないようだ。立ったままのぞきこんでみると、ほおも額も白蠟《はくろう》のように冷たく青ざめている。

「佐久間、お菊は死んでいるのか」

慶三郎は愕然《がくぜん》として息をのみながら立ちつくす。

「貴様が殺したもおなじだ」

底意地の悪い、ぞっとするような声音《こわね》だ。

「なにっ」

「まあそこへ座れ。いまそのわけを話してやる」

佐久間の顔に殺意のないのを見て、慶三郎はこっちの座敷へ座った。頭の中に火のような怒りはうずをまいているが、真相を聞いてからでなくてはその怒りをどうすることもできないのだ。

「貴様が早く菊枝をあきらめさえすれば、菊枝はこんなことにならずにすんだのだ。菊枝は貴様の女房になれる女じゃない。おれの女房になったほうがしあわせになれる女だったんだ。だから、おれは菊枝をつれて上方へ行くつもりで金までこしらえたんだが、いまはそれもむだになってしまった」

「そんなことは貴様の独りよがりだ。なんで貴様はお菊をこんなところへつれこんで殺してしまったんだ」

「その独りよがりのうぬぼれは、世の中の表ばかりしか歩けない貴様のほうがよっぽど強い。お縫という娘はだれが湯島へつれていったのか、貴様は知っているのか」

佐久間の目にこっちを甘く見ている冷笑がうかぶ。勝ち誇っているような顔つきだ。

うぬっと慶三郎は思ったが、そんなことは百も承知だとうっかりいいかえせないものがこっちにはある。

「菊枝は貴様といっしょになれないことを自分でよく知っていたんだ。だから、貴様にお縫を押しつけて、自分は身をひこうと考えていた。そうは考えても、そこは女の弱さで、一度貴様に女にされてみると、実際にはなかなか別れきれない。それをいいことにして、貴様は菊枝をもてあそび、お縫にまで手をつけていたんだ」

「そんなことはない。お菊はおれの女房ときまった女だから女房にした。お縫のほうはただあずかっているだけだ」

「貴様がそうしておきたいのならそうしておくがいい。しかし、おれはお縫の口からちゃんと事実を聞いているんだから、おれまでごまかすわけにはいかぬ」

佐久間がそれを信じきっているとすれば、いくらここでそれを否定してみたところで水掛け論ということになってしまう。慶三郎は口をつぐんでいるほかはなかった。

「胸にこたえたようだな、おい」

「貴様こそ、なんで気の毒なお縫を駿河台の奥方に売りこもうとしたんだ」

「そんな気の毒がいまどき世間に通用すると思っているから、おぬしはうぬぼれが強いというんだ。お縫はなんの働きもない貧乏旗本のおぬしのめかけになるより、倉田屋へ行ったほうが一生食いっぱぐれがないだけでも当人のしあわせなんだ。おぬしがいくらしゃっちょこ立ちをしたところで、駿河台のほうへ千両の金を立て替えてやることはできねえだろう。金がないから刀で脅《おど》すでは、辻《つじ》切り強盗と五十歩百歩だからな」

「そういう貴様も、ゆうべは刀で脅してお菊をここへつれこんだんじゃないのか」

その真相さえわかれば、ほかのことはどっちでもいいのである。

「おれがそんな間抜けなまねをするもんか。おれがいっしょに来いといえば、菊枝にはおとなしくついてこなければならないわけがちゃんとあるんだ」

「そのわけを聞こう」

「もう当人が死んじまったんだから正直に話してやるが、このあいだ向柳原《むこうやなぎはら》の金貸しお寅《とら》を切った宗十郎頭巾《そうじゅうろうずきん》は菊枝だったんだ。それがそうとはっきりおれにわかったのはゆうべだったんだが、おれはゆうべ上方へ行く路銀《ろぎん》が手に入ったんで、妻恋坂《つまこいざか》へ菊枝を誘い出しに行った。いいあんばいに菊枝は湯島へ出かけるつもりだったらしく、ちょうどくぐりからそっと出てきたところだった。おれがいきなり腕をつかんで妻恋稲荷の境内へつれていき、いつまでも江戸に未練を残していると、あんたはついには親兄弟に迷惑をかける体じゃないのかと鎌《かま》をかけてやると、さすがに返事ができなかった」

「すると、貴公はなにかそんな疑いを前から持っていたのか」

「それは持っていた。菊枝は自分が屋敷をぬけ出したくなるといつも松吉を使いによこして、おれに隠居の碁《ご》の相手をさせていたんだ。菊枝の体の中にある血がいつごろからそんな風に狂い出したかは知らないが、あの娘には時々夢遊病者のようになって人の生き血のにおいをかぎたくなる時があるんだ」

そこまで弱みをつかまれていたのでは、黙って昨夜佐久間のいうなりになるよりしようがなかったろうと、慶三郎もあきらめるほかはなかった。それにしても、おなじことなら昨夜自分が舟七からすぐ江戸をつれ出していればこんなことにはならなかったろうに、それだけは悔やまれてならない。

四

「おれは、菊枝がまだなんとなく煮えきらないんで、あんたがいくら直江のことを思っていても、直江にはもうお縫という女房があるんだといってやった。これでも直江をあきらめないんなら、おれはこれから湯島へ直江を切りに行くといった。おれは菊枝のために本当におぬしを切る気だったんだ」

慶三郎もまたその気でいたのだから、そういわれるとつい苦笑が出てくる。

「菊枝はそれだけはやめてくれといって、やっとおれといっしょに矢ノ倉へくることを承知したんだ」

「お菊は沈んでいなかったかね」

「おぬし、菊枝が死んでしまってもまだそんなことが気になるんかね」

「お菊はもうおれの女房だったのだ」

「まあいいだろう」

佐久間は冷たくわらって、

「菊枝があんまり落ち着いているんで、おれもついごまかされてしまったんだ」

と、なんとも白々《しらじら》しい顔つきになってくる。

「ふうむ、落ち着いていたか」

「途中で菊枝は、お縫は自分で湯島へつれていったのだから、やきもちはやかないといっていた。おれはこのあいだ宇之吉《うのきち》の家からお縫をつれ出した時、お縫ははじめ、あなたはこの間の宗十郎頭巾ですかと、二、三度それを気にしていたのを思い出して、お寅殺しの宗十郎頭巾はやっぱり菊枝だったのだと納得がいったんだ」

「それをお菊にたしかめてみたのかね」

「そんなことをいまさらたしかめたってなんになるね。おれはただそういう因果娘だから、おれが助けてやるよりしようがないんだと自信ができただけだ」

「では、どうしてその足ですぐ江戸を立ってしまわなかったんだ」

「聖人君子のようなことをいうぜ。おれは早く菊枝の体を自分のものにして、おぬしに勝ってやりたかったんだ。男ならだれだってそんな気になるだろうよ」

ずばりといって、佐久間はじっとこっちの顔色を見ている。

「そうか、それが本当かもしれないな」

「もっと悔しがったらどうなんだ。おぬしは案外薄情なのかな」

「そんなことはない。おれはさっきも隠居に、もしお菊が生きていたらどんなことがあってもきっとつれて帰るといって出てきているんだ」

「それは、菊枝がたとえおれに体をまかせていても女房にするという意味か」

「貴公を切った上でな」

「まあいいだろう。てめえの本心はてめえがいちばんよく知っていらあ。おれは菊枝をここへつれこんで、こうなればもうおれのものだと思った。そして、行燈《あんどん》に灯《ひ》を入れているうちに、菊枝が茶の間へ水をのみに行ったのをついうっかりしていたんだ」

「水を――？」

「もっと顔色を変えろよ。――おれは菊枝が座敷へもどってくるのを見て、いきなり肩を抱いて引き寄せようとした。それだけは堪忍してくれと菊枝が身もがきするんで、それじゃ約束が違うじゃないかというと、あたしのおなかにはもう直江の赤ん坊がいるんだといいやがる。おれがあっけに取られて手を放すと、あたしはいま薬を飲んできたから、このまま静かに死なせてくれと後じさりするんだ」

「毒薬をのんだのか」

「眠り死にをする薬らしいな。見ているうちに目がとろんとしてきて、そこへ突《つ》っ伏《ぷ》していきやがった。息を引き取ったのは今朝の明け方だったかな」

あっと目をみはった慶三郎は二の句がつげなかった。

「おい、直江、おれが菊枝の息のあるうちにどんなまねをしたか、後でよく体を調べてみるがいい。おれはゆうべから今までたった一人で菊枝の通夜をしてやったんだから、もういいだろう。後の始末はおぬしにまかせるから、おぬしも人の娘を無断ではらませた罪ほろぼしに、一人でしばらく通夜をしてやるがいいぜ」

それが精いっぱいのいやがらせだったらしく、佐久間はそういいすてるなりすっと立ちあがって、座敷の障子から廊下へ出ていく。

「待てっ、佐久間」

「刀にかけてのあいさつなら後日にしろ。仏のまくらもとをさわがせるのはかわいそうだからな」

佐久間は相手にならず、もう玄関のほうへ出ていっている。

「お菊——」

かっと全身が熱くなってきた慶三郎は、夢中で北をまくらにしている菊枝のそばへ走り寄っていった。

まるで眠っているような穏やかな死に顔である。閉じたまぶたの長いまつげがひどく子供っぽい。

が、あごの下までかけてある小掻巻きをはぐってみる気にはどうしてもなれない。明け方までは血のかよっていた女体なのだ。佐久間がどんな侮辱《ぶじょく》をその女体に加えているか、あの執念の鬼のような男がなんにもしていないとは到底考えられないのだ。そんなみじめな姿は見るにたえない。

そう思う心の底から、この目で真実を見ておかなくてはいられない欲望が火のように燃えあがってくるのだ。

「お菊、おれはおまえの亭主なんだ。おまえのおやじさまもそれを許してくれたんだから、どんなことをしても目をつぶっていてくれるな」

おれなら見ても、黙っていればそれですむことなのだ。検視をされて、そんなことがわかっては、それこそ取りかえしがつかないことになる。

「お菊――」

とうとうたまらなくなった慶三郎は、思いきって一気に小掻巻《こかいまき》きを引っぺがしてみた。

菊枝は昨夜自分が舟七の二階で抱いたままの身なりで、女らしくひざを折り曲げ、すそひとつ乱さずにきれいに死んでいる。侮辱をされたような跡はどこにもない。

助かったと思ったとたん、どっと涙がまぶたをあふれてきて、

「よかったなあ、お菊」

慶三郎は我にもなく遺骸《いがい》の上へのしかかるように体を投げかけていって、力いっぱいほおずりをしていた。

まるで氷のように冷たいほお、体であった。

それでも離れがたい気持ちのほうが火のように強かった。

この女体を昨夜は自分がしっかと抱きしめて、情熱にまかせながら愛撫《あいぶ》していたのだ。女体もまた歓喜に燃えて惜しみなく身もだえしていたのに、今はそれもむなしい。

「なぜ、おまえ、死んだんだ。逃げようと思えばいくらも逃げられたんじゃないか」

しかし、それは無理だったかもしれぬ。菊枝は自分の恐ろしい血を知っていたのだ。

いつかは死のうと覚悟していたから、毒薬の用意までしていたのだろう。

その死期は、自分の子が胎内に宿ったとわかった時だったかもしれぬ。だから、直江の子が腹にいると、そんなうそがとっさに口にも出たのかもしれない。

そのうそが、菊枝の体を佐久間の侮辱からまもってくれたのだ。

「本当におれの子がもうここにいるかもしれないなあ、お菊」

慶三郎は菊枝の下腹へ手をやりながら、またしても涙があふれてきた。

「菊枝は貴様が殺したんだ」

佐久間の恨《うら》みがましい声がはっきりと耳へよみがえってくる。

そのとおりだ。おまえはおれが殺したのかもしれない。今はすなおにそんな気さえしてくる慶三郎だ。

――それにしても、いつまでもお菊をこんなところへ寝かせておくわけにはいかぬ。

慶三郎ははいだ小掻巻きをそっと元のように菊枝にかけてやりながら、少し興奮がおさまってきた。

とにかく、遺骸を早く妻恋坂の家へ運んでやらなければならない。隠居には菊枝の死をなんと伝えたものか。いや、それより、ここで菊枝が死んだことはなるべく世間へ知られないようにしたほうがいいのではないか。

――困ったなあ。おれ一人ではどうすることもできない。遺骸を一人だけここへおいて人を呼びに行くのは忍びない気がするし、おぶっていくにしては菊枝は少し大きすぎるのだ。

「どうする、お菊。――おまえ一人でいるのは寂しいだろう」

茫然《ぼうぜん》として菊枝の死に顔に話しかけている時、

「だんな、いますか。直江のだんなさま」

玄関のほうからあたりをはばかるようにこっちを呼んでいる声が耳に入った。

どうやら松吉の声のようである。

五

「どうしたんだ、松吉」

慶三郎が玄関へ出ていっていきなり声をかけると、松吉は助かったというような顔をして、

「ああよかった。いま佐久間さんが裏口から出ていったんで、だんなさまはどう

なったのかと思って、わしずいぶん心配したです」

　と、あらためてこっちの顔色を見ている。

「おまえ、ずっとおれの跡をつけてきたのか」

「へい。御隠居さんにそっと様子を見てくるようにといいつけられたんで、黙って後からついてきたです」

　すると、野村老人も今日は刃傷沙汰《にんじょうざた》になるかもしれないとそれを心配していたのだろう。

「直江さま、この下駄はお嬢さんのですね」

　松吉はさぐるような目つきになっている。

「うむ、お菊のだ」

「じゃ、お嬢さんは、お嬢さんはここにいたんですね」

「いた。会わせてやるから、あがれ」

　慶三郎はどうしてもやさしい言葉が口に出ない。

「あれえ、雨戸がしまっている」

　こっちの後について廊下へ出た松吉は、なにかどきりとしたようだ。

　慶三郎はかまわず手前の座敷から入って、

「松吉、お菊はあそこに寝ている」

と、そっちを指さしながら自分はそこへ立ちどまった。

松吉はつかつかと菊枝のまくらもとへ行って顔をのぞきこみながら、

「あっ、死んでいる。お嬢さんは死んでいるんでしょう、直江さま」

と、こっちへ食ってかかるような目を向ける。

「おれがここへきた時からそんなかっこうになっていたんだ」

「佐久間が、お嬢さんを殺したんですか」

「いや、お菊は自分で薬をのんだんだ」

「薬をですか」

松吉はぺたりとそこへ座って、もう一度菊枝の眠っているような顔をのぞきこんで、

「どうして死んじまったんですよう、お嬢さん」

と、急に声をあげて泣き出していた。わしづかみにした手ぬぐいでふいてもふいても涙がとまらないといった子供のような泣き方である。

慶三郎もそこへ座って一度は懐紙《かいし》を目にあてたが、

――おれはもう泣くまい。

と思った。菊枝はちゃんと覚悟をして自決しているのだ。薬をのんで、意識がすっかりなくなるまで、自分はもう慶三郎の妻なのだとそれだけを思い詰め、安心して死んでいったに違いない。その心根はふびんでたまらないが、自分と菊枝はしょせんはそいとげられない宿命を持って生まれてきていたのだ。生きていて苦悩の日をかさねていくより、菊枝としてはむしろこうなったほうが気が楽になれるのだ。

今から考えてみると、昨夜菊枝が別れるまでこっちがふしぎに思うほどたのしそうにしていたのは、いつかはこうして死ぬ時がくると覚悟していて、せめていっしょにいられるその時だけでもたのしく生きたいという気持ちだったに違いない。

――おれはそのたのしいお菊だけをいつまでも胸に抱いていてやればいいのだ。悲しい菊枝のほうは早く忘れてやったほうが功徳《くどく》になるのだ。

慶三郎はそう自分にいい聞かせながら、やっぱり涙があふれてきそうになる。

「お嬢さんはどうして死んでしまったんだろうなあ」

泣きたいだけ泣いた松吉は、ぽかんとした顔つきになってそんなことをつぶやいた。

「松吉、これはここだけの話だが、お菊は普通の娘と時々どこか違うようなところはなかったか」

まだそれを聞いてみずにはいられない慶三郎なのである。

「そんなことはないです。お嬢さんはとても情が深くて、だれにでもやさしかったです。五郎吉《ごろきち》さんに聞いたってわかるです」

松吉は怒ったようにいいかえす。

「それはおれも知っているんだが、おまえ時々お菊の使いでここへ佐久間を迎えにきたことがあるんだろう」

「二度か三度、御隠居さんの碁の相手をたのみにきたことがあるです。それはたいていお嬢さんが湯島へ行きたい時で、だからわし、どうして直江さまは早くお嬢さんをもらってあげないんだろうと恨んだこともあるくらいです」

「そうか」

「これはお仲さんから聞いたんですが、お嬢さんは血の道が重いほうで、月に一度三日ぐらいはふさぎの虫がおこることがあったです。それは女だからしようがないことで、その時は気をつけていてあげるようにっていわれていたです」

するど、因果な血は月のさわりのとき騒ぎ出しやすくなっていたのかと、慶三郎はどうやらなぞが解けかけてきたが、いまさらそれを追及してみたところでどうにもならないのである。いや、そんな悲しい事実をこれ以上掘りかえしていくのはつらかったのだ。

「松吉、そんな話はもう忘れよう。実はな、おれはゆうべお菊と上方へ駆け落ちしようと約束をして、妻恋坂の門の前で別れたんだ。それをどうして佐久間がかぎつけたか、お菊を呼び出しておれを切ると脅《おど》しながらここへつれこんできたんだ。だから、お菊は切羽《せっぱ》詰《つ》まって薬をのんでしまったらしい。佐久間はさっきおれに、菊枝はおまえが殺したのとおなじだといって恨んでいた」

慶三郎は昨夜のいきさつをそう説明しておく。

「直江さま、お嬢さんはまさか、まさか佐久間にいたずらされているんじゃないでしょうね」

松吉ははっとしたように目を引きつらせている。

「それだけは大丈夫だったようだ。お菊はおれの子がもうおなかにいるんだから堪忍してくれといったとかで、佐久間はああいう偏屈者だから、いたずらだけはあきらめたらしいんだ」

「じゃ、お嬢さんはもう身重になっていたんですか」

「おれにもそこまではっきりわからないが、たぶん身をまもるためにそんなうそをいったんじゃないかと思う」

「御隠居さんも悪いです。早くお嬢さんを湯島へやってあげればこんな悲しいことにならずにすんだのに、末っ子だもんだからかわいくて手放せなかったんでしょうね」

松吉はまたしても菊枝の死に顔をのぞきこんで涙をこぼしていた。

「そこでなあ、松吉、おれはこれから妻恋坂へ知らせに行かなければならないんだが、おまえ一人でここでお菊の番をしているのはいやか」

慶三郎はあらためて切り出してみた。

「そんなことはないです。でも、直江さま、このままお嬢さんを家へつれて帰っちゃ悪いんでしょうかねえ、早く妻恋坂へ帰りたいんでしょうがねえ」

「それも伊賀に相談してみるつもりなんだ」

「御隠居さん、さぞびっくりするんだろうなあ。どうしてお嬢さんはこんなにあわてて死ぬ気になっちまったんかなあ」

「できてしまったことはしようがない」

慶三郎にしても、いちばんつらいのは野村老人に会うことだった。

「直江さま、わし一人でお嬢さんのお守りをしているです。お嬢さんだっていつまでもこんなところにいるのはいやでしょうからね。早く家へ帰れるようにしてあげてください」

「そうか、たのむよ」

慶三郎は菊枝のまくらもとへ進んでもう一度しみじみと顔をなでてやりながら、

「お菊、おれはすぐ帰ってくるからな」

といい聞かせてやった。それから、合掌《がっしょう》して、その白蠟《はくろう》のような顔へ自分の手ぬぐいを出してかけてやる。

秋風が胸の中を吹きぬけていくようなやるせない気持ちだったが、もう涙は出なかった。

六

どこをどう歩いたかはっきりはおぼえてはいなかった。ただ、西両国の盛り場だけはわずらわしいから意識してよけて通り、いつの間にか新シ橋《あたらばし》の南たもとへ出ていた。

やがて九ツ半（一時）になるだろうと思われる秋の日が白々しく目に痛いが、自分だけはまだあの薄暗い矢ノ倉の座敷の中からどうしても抜けきれないでいる。

――お菊はとうとう死んでしまったんだ。

それがなにかうそのような気さえしてくるのだ。眠り薬だというから、ひょっとすると今ごろ目をさましているかもしれない、そんなことを考えると、急にそこから矢ノ倉へ引きかえしてみたくさえなってくる。

「あっ、だんな――」

橋をわたってきた泥丸《どろまる》が、いきなり飛びつくようにこっちの腕をつかんでいる。

「泥か、――どうした」

慶三郎はぽかんとその顔を見すえる。

「大変だ、だんな。お縫さんがさらわれていっちまったんでさ」

「なにっ、お縫がか」

泥丸は細い目をぎらぎらと光らせている。

「だんなが妻恋坂へ出かけてからしばらくして、駿河台の奥方の駕籠《かご》が湯島へ乗りこんできたんです。風間のやつがいっしょでしてね。御用人さまが応対に出たんだが、奥方はどうしてもお縫さんを出せというんです。御用人さまは白《しら》をきりとおしたんですが、奥方はそれならお支配頭の屋敷へ訴え出るといい出したんです」

「それで、どうした」

慶三郎はふいに現実の中へ突き飛ばされたような気がした。

「御用人さんは腹を切ってもがんばるつもりでいたようですが、それがお縫さんにもわかったんで、自分から奥方の座敷へ出ていってしまったんです」

「まずいな、それは」

「まずくたってしようがありません。お縫さんにゃ御用人さんは見殺しにできやせんからね。駿河台へなら帰りますと奥方にいって、奥方も駿河台へ帰るのだからとちゃんと約束したんで、お縫さんはお乳母さんや御用人さんにあいさつをして、いっしょに湯島を出かけたんです。おとなしいけど、しっかりしていやすねえ、あのひとは。泣き顔ひとつ見せねえんでさ」

「お縫は歩いていったのか」

「いいえ、奥方の駕籠は、浜村ってのと中間《ちゅうげん》が一人ついて、まっすぐ駿河台へ向かったようですがね。お縫さんには風間がついて、天神前の駕籠宿へ入ったんです。そこでお縫さんは町駕籠に乗せられたんで、あっしは駕籠が出るとすぐその駕籠宿へ飛びこんでいって、行く先を聞いてみたんです」

「お縫のほうは駿河台じゃなかったんだな」

「そうなんです。行く先は松下町だっていうんで、松下町なら倉田屋ですからね。畜生《ちくしょう》、あの駿河台の雌《め》ぎつねめ、いけしゃあしゃあとして一杯はめこみやがったんでさ。あっしは五郎さんにお縫さんの駕籠の後をつけてもらって、すぐ妻恋坂へ駆けつけやした。松吉さんは留守で、出てきたお仲さんて人が、直江さんはたしか矢ノ倉の佐久間の家だっていうんで、いま矢ノ倉へ駆けつけるところだったんです。だんな、すぐに行ってやっておくんなさい。お縫さんはいまごろ倉田屋へ運びこまれているに違いないんです」

泥丸ははっと気がついたようにこっちの腕をつかんで、土手下の道をぐんぐん和泉橋《いずみばし》のほうへ歩き出す。

「そうか、たしかに倉田屋なんだな」

死んだ者より生きている者のほうを助けてやるのが先なのだ。

風間源吉にはまだ一度も会ったことはないが、伊賀の話では佐久間などよりもっとすごい男だと聞いている。こんどは刀で勝負をつけるようになるかもしれないと、慶三郎はとっさに覚悟をきめていた。

——お縫まで殺してしまったんでは、おれは生きてはいられない。

そして、お縫もまたいざとなれば自害をしてしまいそうな芯《しん》じまりな娘なのである。

「泥、おまえはこれから矢ノ倉へ行ってくれ」

慶三郎は急に立ちどまりながらいった。

「矢ノ倉って、佐久間の屋敷ですか」

泥丸はどきりとしたようである。

「うむ、裏口があいているからそこから入るんだ」

「佐久間の家になにかあるんですか」

「ゆうべお菊がそこで死んでいる」

「なんですって、だんな」

「おれはこれからそれを妻恋坂へ知らせに行くところだったんだが、いまお菊には松吉が一人でついている。松吉も一人じゃ心細いだろうから、おまえも行ってやってくれ」

「じゃ、菊枝さんは佐久間に殺されたんですか」

「いや、自分で薬をのんで自決しているんだ。くわしいことは松吉が知っているから、松吉に聞いてくれ」

「ひでえや、だんな。ふいにそんなことをいったって、あっしには本当にできねえや」

泥丸は涙も出てこないようである。

「たのんだぞ、泥」

慶三郎はぐずぐずしていられないので、かまわず歩き出す。

「だんな、待っておくんなさい。だんな、だんな」

泥丸は二足三足追いかけてきたようだが、慶三郎はもう振りかえってもみなかった。

そのころ――。

お縫を乗せた町駕籠は、風間源吉がつきそって、柳原土手下の籾蔵《もみぐら》の南がわの道へかかっていた。

慶三郎のことばかり思いつづけて駕籠にゆられていたお縫は、なんとなく駿河台へ帰る道とは違うような気がしてきた。屋敷へ帰るのならもう坂道へかかっているはずなのである。

「駕籠屋さん――」

お縫は外へ呼んでみた。

「へい、御用でござんすか」

「ここはもうどの辺なんでございましょう」

「ちょうど柳原の籾蔵へかかったところですよ。お嬢さん」

駕籠屋は正直に答えてくれる。

あっとお縫は目をみはった。もしやと疑ってみないでもなかったが、こっちへきたのでは駿河台へ帰るのではなく、やっぱり松下町の倉田屋へつれていかれるのだ。しかも、この駕籠についているのは風間源吉という知らない男なのである。

——どうしたらいいでしょう、慶三郎さま。

屋敷へ帰っているのならきっと慶三郎が助けにきてくれるという望みが持てるが、倉田屋へつれこまれたのでは。その前にどうされてしまうかわからないのだ。

——いやだ、あたくし。

この体は慶三郎さまにもらってもらう大切な体なのである。その前にもしだれかにけがされるようなことがあっては、もうあの人といっしょにはなれない。

そのくらいなら、いっそなつかしいあの人のおもかげを胸に抱いたまま、きれいな体で死んでしまったほうがましである。

お縫は体中がすくんでくるような気がした。一度はこの肩を抱いて、口まであわせ、愛情を誓ってくれた恋しい人、たのみになる親も兄弟もないお縫にとっては、その人だけが太陽なのである。

――慶三郎さま、あたくし死んでしまいます。

もう一度会いたいけれど、倉田屋へつれこまれてからではもうおそいのだ。

その人をのぞいては、この世に未練などは少しもないお縫だった。

湯島で暮らしたたのしい一日一日をなつかしく思い出しながら、お縫は帯の間にはさんでいた懐剣を錦《にしき》の袋ごとそっと抜き取っていた。無意識に手早く袋のひもをといている。

「先棒、ちょいと待ってくんな」

後棒が先棒に声をかける。

「ほいきた。――どうした、後棒」

「いいから、駕籠をおろしてくんな」

「おかしなことをいうぜ」

とんと軽く駕籠がおりて、おやっとお縫が思っているうちに、後棒がさっとたれをまくりあげたのである。

「いけやせんや、お嬢さん。どうもおかしいと思ったんだ」

「すみません」

お縫はいそいで懐剣を帯の間へしまって真っ赤な顔になる。

「どうしたんだ、駕籠屋」

風間源吉がそばへ寄ってきた。

「だんな、すんませんが、お客さまにここでおりてもらいやす」

「なにっ」

「駕籠の中でお嬢さんに自害なんかされちゃことですからね。——お嬢さん、どんなわけがあるか知りやせんが、短気なまねをしちゃいけやせん。死ぬ前に、このだんなともう一度相談してごらんなさい」

後棒はお縫に同情するようにいって、そこへ下駄をそろえてくれるのである。

「そうか、あぶなかったなあ、後棒」

先棒はいまさらのように目を丸くしながら、

「そういえば、おれも肩の当たりがちょいと重くなったなと気がついちゃいたんだ」

と、あらためてお縫のほうを見なおしている。

風間は苦い顔をしてそこに突っ立っていた。すぐ向こうに松下町の自身番が見えるあたりだった。

七

「お縫さん、行こう」

お縫が駕籠からおりると、風間は鋭い目になってうながした。駕籠屋は自分のほうから客をおろしたのだから駄賃《だちん》をくれとはいわなかったが、事の成りゆきが気になるらしく、まだなんとなく立ち去りかねているようだ。

「あたくし、駿河台へならもどります」

お縫ははっきりといって動こうとしない。

「それは、一応倉田屋へあいさつをしてからのことです」

「あのう、倉田屋へなんのあいさつをしにまいるのでしょう」

「あんたは、この間、倉田屋を無断でぬけ出している。そのあいさつをしてからでないと駿河台へはもどれない体なんだ」

「あたくしは倉田屋の召し使いではございません。そんなこと、いやでございます」

死のうとまで覚悟がきまっているのだから、お縫は強かった。

「そんなわがままは許さん。あんたは千両で倉田屋へ買われている体なんだ。ここで強情を張ると小栗の家名に傷がつく。それでもいいのかね」

ちょうど人通りの多い時刻だから、往来へはそろそろ人立ちがしてきた。風間はその野次馬のほうへも自分の立場をあきらかにしておかないと不利になるのだ。

「そんなことございません。倉田屋へまいるくらいなら、あたくしここで自害します」

お縫はまたしても懐剣の袋へ手をかけようとする。

それが本気なのだから、風間もちょいと持てあましてきて、

「ばかっ、いたずら娘のくせに、生意気をいうな」

と、その利き腕を引っつかむなり、右手で思いきりぴしゃりとお縫のほおを張り飛ばしていた。

「あっ」

思わずお縫がひるむすきに、風間は利き腕を取ったまま引っ立てるようにして自身番のほうへ歩き出す。その自身番の角を右へ曲がると松下町の横町になるの

だ。

「ひでえことをしやあがるぜ」

「だれか口をきいてやる人はねえのかなあ」

駕籠屋たちは聞こえよがしにいっていたが、相手が侍なのでどうしようもない。そっちの野次馬たちも、風間の剃刀《かみそり》のような険しい目でにらみつけられるとみんなこそこそと道をあけてしまう。

お縫は武家の娘だから、さすがに大声をあげて救いを求めるようなはしたないまねはできなかった。

しかも、人の見ている前でほおをぶたれるような辱《はずかし》めをうけたのははじめてなので、

――悔しい。

と思う気持ちのほうが頭の中でうずをまいていた。

その血走った目が、行く手の野次馬が道をあけたとたん、そこの籾蔵《もみぐら》の東角から大股《おおまた》にこっちへ出てくる慶三郎の姿を見つけたのである。うれしいと思ったのと、

「慶三郎さま――」

夢中で風間の手を振り切ってそっちへ駆け出したのと同時だった。

「お縫」

慶三郎はすがりついてきたお縫をしっかりと胸でうけとめて立ちどまった。

「慶三郎さま、あたくしほおをぶたれましたの。悔しい」

お縫はなによりも先にそれを訴えながら、子供のように涙がぽろぽろとあふれ出てきた。

「もういい。泣くな、お縫」

その肩をひしと抱いてやりながら、慶三郎もまたどうやら間にあったという感が深い。

「だれだ、おぬしは」

不覚にも一瞬の油断から掌中《しょうちゅう》の玉に逃げられた風間は、凶悪な目を光らせて慶三郎をにらみつけている。

「わしは湯島の直江慶三郎だ」

「ああ、おぬしか、人の娘をかどわかして屋敷へつれこみ、勝手になぐさみものにしていた女たらしは」

相手に悪名をしょわせておかぬと、人だかりの中で刀は抜きにくい。

「風間源吉とかいう悪党は貴公か」

「悪党は貴様のほうだ。お縫をおとなしくこっちへわたさぬと、駿河台から貴様の不法を公儀へ訴え出るぞ」

「それはわしのほうで望むところだ。そこに自身番があるから、いっしょに行け」

武家の作法はけんか両成敗で、どっちも家名がつぶれるかもしれない。が、今の慶三郎は家名などどっちでもよかった。

「ほざいたな、直江」

自身番へ出れば旧悪があるから勝ちみのない風間なのだ。

「抜けっ、ここで勝負をつけてやる」

風間は借り着の羽織をさっとぬぎすてる。

「お縫、どいていろ」

慶三郎はお縫をわきへ押しやって、

「来い。相手になってやる」

と、こっちも刀の柄《つか》に手をかける。しょせんは白刃《しらは》で勝負をつけなければおさまらない相手なのだ。

「お嬢さん、あぶないですよ」

いつの間にきていたか、五郎吉がお縫の手を取って自身番のほうへさがってい
く。

「うぬっ」

風間はついに抜刀した。

「おうっ」

同時に慶三郎も抜きあわせる。相青眼だった。

剣先の間合い六尺、白日に二本の白刃からめらめらっと殺気がほとばしって、
野次馬どもはあっと息をのんでいるようだ。

「えいっ」

「おうっ」

真剣勝負に慣れている風間の構えは堂々たるもので、もう勝負はこっちのもの
だと自信にあふれているようだ。

「宇之吉を柳原土手で切りそこなった宗十郎頭巾は貴様だな」

「なにっ」

「その構えに見おぼえがある」

このふいの慶三郎の舌刀《ぜっとう》は、あきらかに風間の胸へこたえたようだ。

「くそっ」

風間は一気に勝負を決しようとまなじりを裂いて強引に間合いを詰めてくる。長びいてはどんなじゃまが入るかもしれないと、死にもの狂いになってきたのだろう。

「慶三郎さま――」

うしろでお縫がたまりかねたように金切《かなき》り声《ごえ》をあげた。それに誘われたように、

「おうっ」

風間の太刀が上段にかわって、必殺の切りこみをかけようとする。

それを待っていた慶三郎は、敵が上段にかわろうとする一瞬を見のがさず、こっちからも度胸よくだっと踏みこみざま、

「えいっ」

例の得意の籠手《こて》へ疾風の切りこみをかけていく。

「う、うっ」

それが見事にきまって、右の手首をぽろりと切りおとされた風間は、よろよろとうしろへよろめきながらどっとしりもちをついていた。

「うぬっ」

それでも強情な風間は、追いうちにくれば双脛《もろずね》を払う気だったらしく、悪鬼の形相《ぎょうそう》になって一刀を左手で構えている。

が、命まで取る気はない慶三郎なのだ。

風間が戦闘力を失ったと見ると、後へさがって刀をぬぐい、さっさと鞘《さや》におさめてしまう。

「慶三郎さま——」

お縫が必死な顔つきですがりついてくる。

「行こう、お縫」

こっちはお縫さえ無事に取りかえせばいいのだから、そのお縫の手を取って、人目をのがれるようにいま来た籾蔵の角から柳原土手のほうへ歩き出す。

それにしても、今日は佐久間との勝負はまぬがれないと覚悟していたのに、それが風間の籠手を切りおとすことになってしまったと思うと、慶三郎はひそかに苦わらいをせずにはいられなかった。

「あのう、あたくし湯島へ帰るのでございますね」

柳原土手へ出てから、お縫がそれをたしかめるように聞いた。

「うむ、湯島へ帰るんだ」

「うれしい、あたくし」

お縫はいそいそと寄りそいながら、もうほかのことはなにも考えたくないというような明るい顔をしていた。

五郎吉が黙って後からついてくる。

八

後で聞くと、風間はそのとき松下町の自身番へまわってきた伊賀の介抱をうけ、そのまま番所へ送りこまれたということである。

伊賀がその日うまく松下町へ駆けつけたのは、念のために矢ノ倉の佐久間の家へまわってみて、そこで松吉に会い、思いがけない菊枝の死んだ話を聞いて、いそいで慶三郎の跡を追いかける途中、また泥丸に出会ったからだという。

その伊賀の計らいで、菊枝の死骸《しがい》はその夜つり台で妻恋坂の隠居所へひそかに運ばれ、表向きは家で急病死したということにしてすませたのである。

「お菊さんは気の毒だったが、一足違いでお縫さんが助かったのはせめてもだったな、慶さん」

伊賀は後で二人きりの時しみじみといっていた。

「うむ、お縫の話だと、駕籠《かご》の中で自害するつもりだったのを、駕籠屋に見つかってしまったんだそうだ」

「そうらしいな。実は、おれが駆けつけた時、その駕籠屋がまだそこにいてね、その話をくわしくしてくれたんだ。二人とも風間のやり方をひどく憎んでいてね」

「そうか。お縫は風間にほおを張り飛ばされたそうだからね」

「少しぐらい痛いおもいをしても、命があったほうがいい。慶さんは菊枝さんと上方へ駆け落ちをする約束があったそうだが、本当なのかね」

慶三郎は野村老人にも伊賀にも菊枝が自殺した本当の理由はまだ話してないのだ。

だから、伊賀はことに、菊枝がなぜ自殺をしなければならなかったのか、そこに不審を持っているようだ。

「あの晩、お菊を家へ帰さずに、いっそ舟七から駆け落ちを実行していれば、こんなことにならずにすんだんだ」

「すると、お菊さんがおとなしく佐久間について矢ノ倉へつれていかれたのは、その駆け落ちを隠居にあばくと脅《おど》されたからなのか」

「佐久間はおとなしく自分についてこなければおれを切るともいってお菊を脅迫したらしいんだ」

「それにしても、慶さんはどうしてお菊さんと駆け落ちなどしなければならなかったんだね」

「お菊にはもうおれの子ができていたかもしれないんだ」

「ふうむ」

伊賀は黙ってこっちの顔をながめながら、

「じゃ、隠居にも多少責任はあるわけなんだな」

と、不承不承にそれで納得したようである。

「いや、責任は全部おれが取る」

「まあいいさ。隠居は自分にも責任があると思うから、お縫さんを自分の娘にもらいうけて、他日慶さんの嫁にしようと骨を折っているんだ」

事実、野村老人はわざわざ自分で駿河台へ足を運んで、そんな交渉をしていてくれるのである。

「佐久間の行方はその後わからないかね」

慶三郎はそれとなく話をかえてしまう。

「わからない。江戸にゃいないんじゃないかな」

そのほうが慶三郎には助かるのだ。

なまじ佐久間の口から事の真相がもれては、菊枝がかわいそうだからである。

「佐久間には賭《か》け碁《ご》という手に職があるからね、どこへ行っても食うには困らない」

「風間は利兵衛殺しをまだ白状しないのかね」

「あれも一筋なわではいかぬ男だからね。こっちは駿河台の奥方と突きあわせ吟味をやれば簡単なんだが、それをやるとお縫さんのほうへひびいてくる」

「そうだろうなあ。駿河台のほうにもその弱みがあるから、お縫に手を出さずにそっとしておくんだろう」

「どうだ、お縫さんは落ち着いているかね」

「うむ、落ち着いている。こんど駿河台から迎えにきたら死骸になって帰るつもりでいるらしいんだ」

「やれやれ。因果娘がまた一人ふえたようなもんだな」

伊賀は冗談のようにいってまゆをひそめていた。

が、お縫は伊賀が心配するほど駿河台のほうのことは気にもしていないようだった。自分ではもう直江の嫁になったつもりでいるらしく、毎日お磯《いそ》と内職の針仕事をしながら明るい顔をしている。

「だんな、死んじまった者はしようがありやせんや。菊枝さんが生まれかわってきたんだと思って、お縫さんにやさしくしてあげてくださいよ」

泥丸がそんななぞをかけてくるほど、だれの目にもお縫は直江家の者になりきっているのである。

が、慶三郎としては、なんとか駿河台のほうと話がつくまではお縫をどうしてやりようもない。

月が変わってからまもなく、野村老人が珍しく湯島へたずねてきた。

その後、慶三郎は前のように時々妻恋坂の隠居所へ顔を出すようになっていたが、内心はともかくとして、隠居はもうすっかりあきらめてしまったように、菊枝のことはあまり口にしなかった。そのかわり、いつも、

「お縫さんは元気かな」

と、お縫のことを聞いてくれる。

あの日、風間を切って、その足でお縫といっしょに隠居所へ行き、菊枝の死骸を迎えて一晩中お縫は仏の通夜をした。その時から菊枝とはまったく肌の違うお

縫の娘らしさが隠居の気に入ってしまったようだった。

「小父上《おじうえ》、御用ならお使いをいただけばこっちから出向きましたのに」

奥の居間へ迎えて慶三郎がそういうと、

「いや、今日はこっちから足を運ばなくてはならん用でな」

と、隠居は気さくに答えて、その口の下から、

「お縫さんも元気のようでなによりだ」

と、もうお縫のことを口にしていた。

「元気には元気なんですが、どうも駿河台のほうが中ぶらりんなんでかわいそうです」

「実は今日はそのことで出向いてきたんだが、まずこれをそっちへもどしておこう。おまえの国宗《くにむね》だ」

隠居は持ってきた国宗の刀を、袋ごと慶三郎の前へおいた。

「それは困ります。小父上。それは十両の借金の抵当《かた》においてきたんです」

慶三郎は赤面せずにはいられない。

「なにをいう。これを抵当に取った者はもう死んでいる。死んだ当人の気持ちは、おまえがいちばんよく知っているはずだぞ。つまらん遠慮はせぬことだ」

「恐れ入ります」

「それから、駿河台のほうだがな、どうにもらちがあかぬ。主水どののほうは承知なんだが、あそこはかかあ天下だからな、奥方に頭があがらぬようだ。その奥方のほうは、わしの見たところではお縫さんをもっと金のある家へ押しつけたい気でいるんじゃないかと思える」

「直江の貧乏は音にひびいていますからね」

「娘を金に換えるなどということはほめたことじゃない。しかし、それを口にしてみたところであの女には通じぬ。あの女は自分さえよければ人のことなど痛くもかゆくもない性質なのだ」

「伊賀もそれで手を焼いているようです」

「それでな、わからず屋にはこっちもわからず屋でいくほかはない。おまえお縫さんをつれて、今夜にも黙って駆け落ちをするのだ」

隠居は真顔で、そんな思いきったことをいい出す。

「駆け落ちですか」

「おまえは一度その決心をしたことがあるんだから、お縫さんを菊枝だと思えばいいんだ。ぐずぐずしていると、わからず屋がまたどんな小細工をたくらむかわからぬ。わしはお縫さんをこれ以上つまらぬ目にあわせるに忍びないのだ。わかるだろうな」

「はい」

「江戸にいなければ、わからず屋のほうでも手の打ちようがない。いいあんばいに、わからず屋の弱みは伊賀が握っていてくれる。後は伊賀にまかせておけばいいのだ」

　しかし、慶三郎としては、そう簡単には返事ができないことなのだ。

「ここにな、菊枝の嫁入りの時にと思って用意しておいた金が百両ある。あれの供養《くよう》にもなることだから、これを路銀《ろぎん》につかってやってくれ」

　老人は一気にいって、ふところから重いふくさ包みを取り出してそこへおき、ふっと悲しい目を床の間へ逃げる。

　そこに野菊が一輪、竹筒に投げ入れてある。

　菊枝をしのぶよすがにもと、あの日以来お縫が毎日黙って取りかえてくれる野菊だった。

「ほう、これはいい。わしの自慢の菊などより、このほうが野趣があってまたおもしろいものだな」

隠居はあかずそれをながめながら、深い感情を奥歯でじっとかみしめているようである。

——大輪の菊と、可憐《かれん》な野菊。

慶三郎はやっと決心がついてきたような気がした。

※この作品は二〇一三年に小社から刊行されたものです。
本書には今日では差別表現として好ましくない表現も使用されていますが、作品の時代背景および出典を尊重し、あえてそのまま掲載しています。

コスミック・時代文庫

貧《びん》乏《ぼう》旗《はた》本《もと》 恋《れん》情《じよう》剣《けん》法《ぽう》

2022年11月25日　初版発行

【著 者】
山《やま》手《て》樹《き》一郎《いちろう》

【発行者】
相澤　晃

【発 行】
株式会社コスミック出版
〒154-0002 東京都世田谷区下馬 6-15-4
代表　TEL.03(5432)7081
営業　TEL.03(5432)7084
　　　FAX.03(5432)7088
編集　TEL.03(5432)7086
　　　FAX.03(5432)7090

【ホームページ】
http://www.cosmicpub.com/

【振替口座】
00110 - 8 - 611382

【印刷／製本】
中央精版印刷株式会社

ISBN978-4-7747-6432-0 C0193

貧乏旗本 恋情剣法

山手樹一郎

コスミック・時代文庫

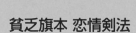